KB178360

시는 기도다

임동확 林東確

광주광역시 광산구에서 태어나 대학과 대학원에서 국어국문학을 전공했다. 1987년 시집 『매장시편』을 펴낸 이래 시와 산문, 비평 분야에서 활동해왔다. 그간 시집 『살아 있는 날들의 비망록』 『운주사 가는 길』 『벽을 문으로』 『처음 사랑을 느꼈다』 『나는 오래 전에도 여기 있었다』 『태초에 사랑이 있었다』 『길은 한사코 길을 그리워한다』 『누군가 간절히 나를 부를 때』, 시론집 『사람이 꽃보다 아름다운 이유』, 시 해설집 『우린 모두 시인으로 태어났다』, 산문집 『들키고 싶은 비밀』, 번역시집 『어느 침묵하는 영혼의 책』, 시화집 『내 애인은 왼손잡이』 등을 펴낸 바 있다.

시는 기도다

초판 1쇄 발행 · 2023년 2월 2일
초판 2쇄 발행 · 2023년 11월 5일

지은이 · 임동확
펴낸이 · 한봉숙
펴낸곳 · 푸른사상사

주간 · 맹문재 | 편집 · 지순이 | 교정 · 김수란, 노현정 | 마케팅 · 한정규
등록 · 1999년 7월 8일 제2-2876호
주소 · 경기도 파주시 회동길(서패동) 337-16
대표전화 · 031) 955-9111(2) | 팩시밀리 · 031) 955-9114
이메일 · prun21c@hanmail.net
홈페이지 · http://www.prun21c.com

ISBN 979-11-308-2006-4 03810
값 22,000원

푸른사상
산문선
48

임동확 산문집

시는 기도다

작가의 말

적어도 필자에게 산문은 일정한 형식의 제한 없이 자유롭게 쓰는 글의 하나가 아니다. 당면한 현실과의 치열한 대결이자 엄정한 대화의 산물이다. 스스로가 겪은 경험이나 느낌 따위를 그야말로 '맘 가는 대로' 쓰는 글이 아니라 부단한 자기성찰과 불굴의 비판의식, 무엇보다도 치밀한 논리와 전망이 함께해야 하는 그 무엇이다. 그래서 어느 시인의 정직한 탄식처럼 시보다 산문 쓰기가 더 어렵다. 예컨대 시의 경우, 굳이 자신의 느낌이나 감정을 입증할 이유가 없다. 보고 듣고 느낀 바에서 오는 어떤 마음의 흐름 또는 정서를 집중적으로 강렬하게 보여주면 그만이다. 반면에 산문의 경우는 어떤가. 시처럼 자신의 생각이나 주장을 자유롭게 펼치는 것은 금기 중의 금기다. 반드시 그걸 뒷받침하기 위해 앞뒤 문장의 정합성과 사고의 합리성을 요구하며, 그래야만 정당성과 설득력을 갖는다.

하지만 다름 아닌 시가 순전히 감성에만 관계하는 것인가. 또한 산문은 순전히 이성의 장르인가. 오히려 시는 직관뿐만 아니라 추상적이고 명상적이며 환상적인 능력의 성공적인 종합 내지 융합으로 탄생하는 것은 아닌가. 엄연히 다른 두 문학적 양식 사이의 이분법적 구분을 넘어, 시야말로 단지 인간의 순전한 욕망과 영성만이 아니라, 무엇보다도 냉철한 이성과 폭넓은 지성을 구비해야 하는 양식이다. 특히 시가 단지 개체적 진실만이 아니라 역사적이고 시대적 진실을 동시에 추구하는 장르라면, 그 삶을 이해하고 세계를 해석하는 방법과 태도에 있어 시 정신과 산문 정신은 서로 배치되기보다 영원한 길항관계에 있다.

그럼에도 불구하고 스무 해 만에 펴내는 나의 두 번째 산문집『시는 기도다』는 분명 시와 산문 사이에서 어중간한 포즈를 취하고 있을지도 모르겠다. 무엇보다도 사유를 전개하고 담론을 이끌어가는 주요 논거와 사변이 자주 시와 시인들의 말로 의지함으로써 저도 모르게 현실을 객관적으로 탐구하면서 매서운 비판을 가하는 산문 정신 대신 자아와 세계의 동일성에 더 주목하는 일종의 시론(詩論)에 가까워진 것은 아닌지 조심스럽다. 하지만 내게 시는 분명 어떤 '겉사실'의 현실보다 더 현실적인 '속사실'의 대상이다. 특히 올바른 시가 단순히 현상의 사건이 아니라 가장 깊은 심연의 언어를 그 근본으로 하고 있다면, 표면적인 형태와 그 접근 방법이 다를 뿐 시 정신이야말로 산문 정신이 지향하는 사유 체계와 비판 정신의 정수다.

젊은 시절, 나에게 하나의 길잡이이자 일종의 경전이었던 김수영의『퓨리턴의 초상』과『시여, 침을 뱉어라』등에 실려 있던 산문들과 시의 관계가 그 좋은 예다. 내심 나의 문학적 스승으로 삼아왔던 김수영의 말처럼 주로 개인적 자유에 관계하는 시 정신과 정치적 자유를 이행하는 산문 정신을 그야말로 '온몸'으로 밀고 나갈 때, 어느새 시와 산문은 서로의 차이와 대립을 끌어안으며 역동적인 통일을 이룬다. 얼핏 대립적으로 보이는 주관과 객관, 사유와 존재, 형식과 내용 사이의 끊임없는 운동과 '모험'이 서로 밀접한 관계를 맺으면서 문득 그 차이를 넘어서게 하는 '기적'을 낳는다.

제2산문집『시는 기도다』는 무슨 종교적인 사색이나 시의 종교성을 의식하고 정한 것이 아니다. 단적으로 이는 문학평론가 김현이 마지막 남긴 평론「보이지 않은 심연과 안 보이는 역사 전망」의 한 구절 "시는 외침이 아니라 외침이 터져 나오는 자리"와 깊게 관련되어 있다. 오랫동안 나는 그가 왜 시를 그렇게 정의하고자 했는지에 대한 쉬 풀리지 않는 의문을 가져왔다. 그러다가 최하림 시인의 10주기를 계기로 쓴 추도문 '시는 기도(企圖/祈禱)다'가 나로선 그에 대한 일종의 응답이었으며, 종내 이를 이번 산문집의 제목으로 삼았음을 여기 밝혀둔다.

각설하고, 제1부 '잎새에 이는 바람에도 괴로워하는 이유'에선 당대의 현실을 비추는 거울이자 가늠자로서 윤동주, 김수영, 김종삼, 최하림, 기형도 시인 등의 시와 산문을 통해 당대 현실의 문제점과 그에 대한 대안을 나름대로 개진해보았다. 특히 그 과정에서 여전히 변화와 모색 중에 있는 나의 시론(詩論)을 어느 정도 정립할 수 있었던 것은 과외의 소득이라고 할 것이다.

제2부 '태초에 우연이 있었다'는 독자와 문학지들의 요청으로 '시인은 시로 말할 뿐'이라는 원칙을 불가피하게 어긴(?) 글들을 한데 모은 것들이다. 하지만 결국 나의 시적 비밀을 들켜주며 자작시를 해설하는 기분이 그리 나쁘지만은 않은 것 같다.

제3부 '어디서 무엇이 되어 다시 만나랴'는 마르케스 소설 세계와 장흥의 소년 뱃사공을 신화적 사건으로 보면서 새로운 문학과 동학의 가능성에 대한 탐색과 광주 · 안좌도 · 운주사 · 해남 등을 경유하는 여행기가 뒤섞여 있다. 특히 화가 수화 김환기를 필두로 강연균 · 김호석 · 허달용 · 강운의 그림세계에 대한 감상평이 주를 이루고 있다.

제4부는 격동하는 현실과 전망 부재의 시대적 혼돈 속에서 그때그때의 현실인식과 더불어 그에 대한 비판과 성찰을 담은 일종의 시론(時論) 성격이 강한 글들로 구성되어 있다.

끝으로 부족하기만 한 글을 세상에 내보려고 하니, 문득 연담 이운규 선생이 그의 제자인 김항에게 건네준 바 있는 '영동천심월(影動天心月)'이라는 화두가 떠오른다. 그리고 곧잘 '그늘이 세상을 바꾼다'로 해석되곤 하는 이 수수께끼 같은 화두 속에서 '그늘'은, 나에겐 다름 아닌 맑은 하늘에 낀 구름 같은 '부끄럼'으로 다가온다. 나의 이 산문집은 어쩌면 영원히 지워지지 않은 그 '부끄럼'의 흔적이자 기록일지 모른다.

어찌 그렇지 않겠는가! 그러니 단지 '자강불식(自强不息)'하겠다는 약속으로 이 '부끄럼'을 대신할 수밖에 없다. 무엇보다도, 그러니 끊임없이 독자 제현의 넓고 깊은 혜량을 구할 수밖에 없다.

2023년 새해 와정루(蝸井樓)에서

임동확

차례

제2부 태초에 우연이 있었다

제3부 어디서 무엇이 되어 다시 만나랴

제4부 그럼에도 불구하고 우리는

제1부

잎새에 이는 바람에도 괴로워하는 이유

시가 터져 나오는 자리*

— 시는 기도다**

시는 어떤 위대한 대의나 이념에 봉사하는 일방적인 외침이 아니다. 시는 또한 어느 한쪽을 절대시하는 단성적인 외침이 아니다. 그러기는커녕 시는 바로 그 외침이 터져 나오기 직전, 모든 세상의 슬픔이나 고통의 근원을 들여다보고 껴안은 행위에 가깝다. 그렇다고 시가 모든 외침을 배제하는 것은 아니다. 때로 우린 '불이야'처럼 자신의 의견이나 사회적 요구 따위를 강하게 주장하고 요구할 때가 있다. 상황의 절박감이나 생의 간절함이 저절로 단말마적 시를 낳게 한다.

하지만 어떤 외침의 경우, 자칫 자신의 슬픔이나 고통만이 절대적으로 선하고 옳다고 믿기에 상대방을 고려하지 않는 일방적인 목소리로 돌변한다. 자신의 도덕성과 정당성을 전적으로 확신하기

---

* 김현은 그의 마지막 유고인 「보이는 심연과 안 보이는 역사 전망」에서 "시는 외침이 아니라 외침이 터져 나오는 자리"라고 말하고 있다.

** 최하림 시인이 '시가 무엇이냐'고 묻는 딸에게 들려준 대답 중의 하나.

에 타인들이 말할 기회를 가로막거나 아예 차단하는 흉기로 전락한다. 비록 표면적으로 선하고 도덕적이며 교훈적일지라도, 결과적으로 어떤 외침은 자신만의 이념이나 신념을 강요하는 파시스트의 언어와 닮아 있다. 자칫 길거리나 지하철에서 '예수 천국 불신 지옥'을 외치며 지나가는 광신도처럼 상대방의 반격이나 자유를 인정하지 않는 안하무인의 외침에 그치고 만다.

바로 그 때문에 끝내 접근할 수 없는 거리나 이뤄질 수 없는 소망을 기본 전제로 하는 시는, 자신의 말만을 따르기를 강요하는 영웅들이나 독재자의 말이 아니다. 누군가를 가차 없이 심판하고 재단하면서 단죄하는 심판자의 말일 수 없다. 오히려 그것은 '나는 아무것도 아니다'라는 처절한 자기고백에 속한다. 동시에 그것은 한 인간으로서 자신의 존재가 '아무것도 아니다'라는 구구절절한 침묵의 신앙고백에 속한다. 한낱 유한한 시간 속을 살아가는 나약하고 무기력한 존재들의 무의 심연에서 저절로 터져 나오는 침묵과 묵상과 명상의 기도가 각기 한 편의 시편들이다.

시는 그러기에 우리가 어떤 사물을 마치 미인대회 참가자들처럼 눈앞에 세워두고 품평하거나 서열 짓지 않는다. 오히려 그 자체로서 자연스레 우리에게 다가오거나 말 걸어오는 사물 자체가 갖는 아름다움 바로 그 앞에 우리가 불려 세워진다. 기도가 신을 불러냄으로써 신을 가까이 다가오게 만들듯이 시는 그게 무엇이든 부름으로써 불림을 당한 채 더욱 사물 가까이에 다가선다. 그리고 시인은 그런 점에서 뭔가를 부르는 자이자 어디론가 불려가는 자이다. 산 자와 죽은 자를 지극한 사랑의 감정 속에서 부르고 기억하며 그들을 필사적으로 불러 일으켜 세우는 자가 시인이다.

그런 시는 살아 있는 공동체와 그 속을 살아가는 우리들이 선택하는 기도(企圖)이다. 하지만 동시에 그런 모든 기도의 불가능성의 확인이자 좌절의 시도다. 기도자의 삶의 양양함과 오만이 아니라 오히려 어떠한 기도도 무력하다는 처연한 자각 속에서 싹트는 그 무엇이다. 근본적으로 극복할 수 없는 유한성과 우연성에 무방비로 노출된 자의 나약성을 있는 그대로 보여주는 것에서 시작되는 것이 기도다.

세상에 존재하는 '나무들'은 이런 시인들의 표상이다. 모든 '나무들'이 오직 제 양심의 흐름과 불가역적인 그 명령에 복종하는 고독한 시인처럼 각기 서 있는 그곳이 바로 생명 유지의 작업장이자 침실이며 기도실이다. 스스로를 지탱하는 뿌리를 땅속 깊은 곳의 세계 중심에 둔 채 하늘과 영원을 향해 가지를 뻗어가는 '나무들'은, 자유로운 구속 속에서 최고의 필연성을 추구하는 시인들을 닮아 있다. 특히 그것들은 근원적으로 무릎을 땅에 꿇고 두 팔을 위로 치켜든 채 기도하는 기도자와 닮아 있다. 평생 세상과 스스로 담을 쌓은 채 살아가는 봉쇄수도원 수사들처럼 고결한 정신의 시인들을 연상시키는 게 한 그루 나무다.

시는 그러기에 아무래도 외침이 아니다. 어떤 경우에도 섣불리 외치기보다 여기 도래하지 않는 자유와 영원에 대한 호소이거나 갈망의 목소리에 가깝다. 그렇다고 마냥 침묵하지도 않는 한 편의 시는 제 힘과 의지로 제어할 수 없는 '폭풍' 속에 기꺼이 자신을 내맡긴 나무들처럼 우리에게 그 자체로서 자신을 드러내는 사물들의 소리 없는 소리, 또는 보이지 않는 '존재의 파동 내지 율동'을 들려줄 따름이다. 하늘과 땅과 물의 총체로서 나무들처럼 그 자리에 멈춰 말없이 마음속으로 기도를 드리는 묵상 이외에 그 어떤 것도 아닌 것이 각기 한 편의 시들일지 모른다.

시인은 그런 면에서 부동의 진리를 일방적으로 외치는 자가 아니다. 어떤 진리를 확정하고 단정하는 자가 아니라 마치 흔들리는 한 그루 나무처럼 과연 그게 진리인지 묻고 의심하는 자다. 어떤 절대 진리를 믿고 옹호하기보다 새로운 진리의 가능성을 타진하고 모색하는 자다. 끊임없이 자신으로부터 벗어나면서 스스로를 해방시키고 창조하는 희망과 전망을 지닌 한 그루 나무가 시며, 그 진리의 나무를 떠받치고 지탱하는 뿌리가 바로 기도인 것을 잘 알고 있는 까닭이다.

다시 말하지만, 시의 말은 결코 '외침'이 아니다. 모든 기도(企圖/祈禱)가 무화되고 무력해지는 어떤 이념이나 종교가 침투하기 이전의 자리에서 솟아나는 어떤 외침의 목소리. 그러나 한 그루 나무처럼 결코 아무 말도 하지 않는 '외침이 터져 나오는 자리'에서 들려오는 무언의 말이자 기도가 한 편의 시다.

최하림 시인의 둘째 딸 소설가 최승린은 실제와 허구를 섞어 기리는 글에서 그의 아버지의 육성을 이렇게 들려주고 있다.

> "얘들아, 시는 기도란다. 모든 예술은 기도야. 하늘에 닿기 위한 기도. 그런데 하늘에 닿으려면 어떻게 해야 하지? 그렇지 가벼워야 하지. 그래야 붕붕 날아올라 하늘에 닿지. 시는 그렇게 모든 걸 버리고 가벼워지는 거란다."

잎새에 이는 바람에도 괴로워하는 이유

— 자기규율로서 시적 윤리와 '서시'의 길

한 편의 시는 단순히 낱말이나 문장의 기계적인 결합이나 집합체가 아니다. 또 형식주의자들이 말하듯이 '일상 언어'에 '조직적인 폭력'을 가하거나 '인지적 충격' 또는 '낯설게 하기'의 결과도 아니다. 그 누구의 간섭이나 명령 없이 인간과 신, 하늘과 땅이 서로 묻고 대답하고, 말하고 듣고, 달려가고 달려오는 가운데 하나의 이슬방울처럼 결성된 언어공동체에 가깝다. 서로가 서로를 비추는 거울처럼 서로가 서로를 마중하고, 때때로 거부하고 갈라서면서도 기꺼이 끌어안고 감응하는 존재의 동태(動態)가 빚어내는 파노라마를 현재화하는 것이 한 편의 시다.

한 편의 '시 짓기'는 그러기에 결코 무료한 시간을 보내기 위한 오락이나 생의 권태나 불안을 잠시 잊기 위한 방편일 수 없다. 또 누군가 말한 대로 오로지 자기만족적인 미적 취향의 수단일 수 없다. 그보다는 오히려 스스로의 법칙에 의해 끝없는 삶과 죽음의 장엄한 드라마를 연출해내는 순진무구한 생명의 놀이와 깊게 연관되어 있다. 처음부터 어떤 의도나 목적, 관념이나 이념을 갖지 않은 채 접근할 때 다가오는 사물들의 말들을 더욱 생생하게 포착하기 위한 진지하고 성스러운 언어 놀이의 일종이 '시 짓기'다.

하지만 모든 '시 짓기'가 마냥 행복하거나 자유로운 것은 아니다. 아무런 목적이나 누구의 지시 없이 골목에서 노는 아이들의 숨바꼭질 놀이처럼 자발적 언어놀이로서 '시 짓기'에도 그만의 원칙과 금기가 있기 때문이다. 곧 그 어떤 이유나 근거에도 구애됨이 없을 것 같은 시적 놀이로서 '시 짓기'엔 뜻밖에도 그 자체를 끌어가고 지속하기 위한 규율 또는 법칙이 존재한다. 특별한 경향성이나 의도성을 갖지 않을 것 같은 시적 놀이 또는 시적 자유도 엄연히 자기 방식의 질서와 윤리를 갖고 있다.

그러나 시적 놀이의 규칙이나 법칙은, 물론 대다수 사람들이 예외 없이 지켜야 하는 법률 같은 것이 아니다. 강제적이고 억압적인 기존의 율법이나 공공의 질서들과 무관하다. 한 편의 시를 탄생시키기 위한 시적 윤리로서 이러한 부자유는, 때로 타인의 시선으로 볼 때 쉽게 이해가 가지 않는 한 개인의 자기규율에 가깝다. 경우에 따라 행여 당대 사회의 윤리도덕과 심각한 불화를 겪을지라도, 양보할 수 없는 내면의 소리와 직결되어 있다. 때로 목숨을 위협하는 위험이나 압박에도 흔들릴 수 없는 자기규율로서 도덕률이 '시 짓기'에 필수적으로 동반되는 규율이나 질서라고 할 수 있다.

일찍이 윤동주 시인이 보여준 깊은 자성의 울림과 흠결 없는 마음의 순결성이 대표적이다. 일제강점기의 드높은 시적 윤리성을 대표하는 윤동주 시인이 따르고자 했던 내면의 율법은, 결코 상황이나 조건에 따라 달라지고 요구되는 세속의 윤리나 도덕을 가리키지 않는다. 또한 그것은 자신만의 윤리나 도덕이 '옳다'고 주장하거나 그걸 타인에게 강요하는 독선적인 자기만의 원칙이나 가치의 세계를 의미하지 않는다. 오히려 그것은 윤동주 스스로가 세우고 지키려 했던 제 마음속의 도덕률 또는 저도 모르는 양심의 요청으로서 자기규율에 해당한다.

> 죽는 날까지 하늘을 우러러
> 한 점 부끄럼이 없기를
> 잎새에 이는 바람에도
> 나는 괴로워했다
> 별을 노래하는 마음으로
> 모든 죽어가는 것을 사랑해야지
> 그리고 나한테 주어진 길을
> 걸어가야겠다
>
> 오늘 밤에도 별이 바람에 스치운다

— 윤동주, 「서시」 전문

여기서 '나'는 타인의 규제나 사회적 관습에 따라 사는 '나'가 아니다. 일생 동안 "하늘을 우러러/한 점 부끄럼이 없기"를 소망하는 '나'는, 온갖 형태로 한 개인을 옭아매는 기존의 제도나 체제와 다른 저만의 도덕률과 의지를 실천하려는 '나'다. 특히 한낱 "잎새에 이는 바람에도" '괴로워'하는 '나'는, 모든 사물들과 세계가 서로 조응하고 감응하는 데서 들려오는 '존재의 소리'에 응답하는 시인으로서

'나'이다. 한 인간으로서 태어나 "죽는 날까지" 피해 갈 수 없는 방황과 갈등 속에서도 문득 출현한 훼손되기 이전의 '나'를 가리킨다.

하지만 누구나에게 숙명처럼 주어져 있을 본연의 '나'만의 길을 가는 것은 생각처럼 쉽지 않다. 스스로 제정한 자신만의 원칙과 약속을 실현하려는 도상(途上)엔 수많은 유혹과 타협, 위험과 함정이 곳곳에 도사리고 있는 까닭이다. 달리 말해, 여느 인간들처럼 무수한 욕망에서 결코 자유로울 수 없는 존재로서 내가 "죽는 날까지" "한 점 부끄럼 없"는 전인적(全人的)인 삶을 살기는 거의 불가능하다. 특히 그 어떤 흠결이나 과오도 없는 본래적인 '나'에 대한 접근은, 바로 그것이 일상적인 의식이나 자아의 경계를 넘어서서 존재하는 까닭에 근본적으로 영원히 도달할 수 없는 이상에 불과하다.

한낱 "잎새에 이는 바람에도" "괴로워"할 수밖에 없는 건 단지 '나'를 둘러싼 외부세계의 강압이나 타자의 눈길 때문만이 아니다. 오히려 그것은 '잎새'처럼 연약한 자아를 가진 '나'로서 과연 본래적인 '나'의 모습이 무엇인지 알 수 없다는 데서 온다. 내가 찾고자 하는 본연의 '나'의 전부를 의식의 표면으로 떠올릴 수 없다는 절망적인 자각과 맞닿아 있다. 제아무리 노력해도 그 깊이와 넓이를 짐작조차 할 수 없는 미지의 '나'에 대한 궁금증과 신비가 '나'의 '괴로움'을 부른다. '나'의 원초적인 흔들림과 괴로움은 한 점 "부끄럼"도 없는 완벽한 인격체로 살겠다는 '나'의 소망과 의지 실현의 가능성과 불가능성 사이의 쉼 없는 요동의 결과일 뿐이다.

그 가운데 '별'은 "잎새에 이는 바람" 같은 미세한 충격에도 흔들릴 수밖에 없는 '나'의 자아를 붙들어주는 대타자의 일종이다. 실낱

같은 한 줄기 '바람'에도 쉽게 무너지거나 흔들리는 '나'의 최초의 내면적 다짐이나 약속을 지탱하거나 유지시키는 대응물에 속한다. 그리고 그 가운데 지고의 존재 또는 영원한 것으로 대변되는 신적 질서 또는 초월의 세계를 향한 마음가짐이 "별을 노래하는 마음"이다. 온갖 제도와 금기로부터 스스로를 고립시키면서까지 자기실현의 '길'을 포기하지 않겠다는 '마음'이 높고 깊은 내면의 궁륭에 자리한 '별'을 '노래'하게 만들고 있다.

그러나 그러한 '나'의 위대성은 단지 '별'로 상징되는 삶의 지고함과 심오함을 추구하는 데 있지 않다. 단연 "모든 죽어가는 것"을 사랑하고자 하는 데 있다. 즉 '나'의 궁극적인 관심사는 결코 불멸의 가치를 추구하는 데 있지 않다. 오히려 인간을 비롯한 모든 생명들이 지닌 필멸성 또는 유한성에 관심이 있다. 불변의 진리 또는 예지의 세계를 나타내는 '별'에 다가가기를 게을리하지 않으면서도, '나'는 동시에 인간과 세계에 대한 무한한 연민의 눈길과 더불어 연대의 손길을 뻗는다. 자신이 추구해가고자 했던 생의 불변의 원칙이나 불멸의 가치를 잊지 않는 가운데서도, '나'는 자기중심적인 인생관이나 세계관을 넘어 타자들과의 진정한 연대와 소통을 시도하고자 한다.

마치 거부할 수 없는 운명처럼 나한테 '주어진 길'은, 따라서 순전히 개인적인 완성과 도야의 길이 아니다. '나'를 둘러싼 이웃과 역사적인 상황들을 외면하거나 초월해서 들어설 수 있는 '길'과도 그 거리가 멀다. 오히려 그 '길'은 영원한 것과 영원하지 않는 것, 보편적인 것과 개별적인 것, 불멸하는 것과 필멸하는 것을 결합시키고 일치시키려는 인간적인 노력과 각고의 수고가 요구되는 '길'이다. 필생 동안 쉼 없이 다가가고자 해도 결코 도달할 수 없기에 수많은 대가와 희생을 요구하는 '길'이 다름 아닌 바로 '나한테 주어진 길'이자 한 명의 시인으로서 걸어가야 할 '길'이라고 할 수 있다.

흔히 우린 윤동주 시인을 순결한 자아를 가진 민족적 저항시인이라고 말하고 있다. 하지만 이러한 관점에서 볼 때 그의 시적 순결성과 저항 의식은 단지 국권 상실에 대한 일말의 분노나 슬픔 때문에 발생한 것만이 아니다. 스스로의 생존을 위협하는 절체절명의 위기와 압박 속에서 자신도 미처 의식하지 못한 보다 깊고 넓은 자신의 심층 무의식의 움직임과 무관하지 않다. 끊임없이 흔들리고 괴로워하는 가운데서도 제 마음 속의 윤리가 지극히 보잘것없는 "잎새에 이는 바람에도 괴로워"하게 만들었으며, 순수한 영적 흐름의 표상으로서 '별'을 출현토록 했다고 할 수 있다.

생전에 한 권의 시집도, 이렇다 할 등단 절차도 밟지 않은 채 절명(絕命)한 윤동주 시인은 일단의 일제강점기 시인들과 달리 굳이 어떤 슬로건이나 문학적 이념을 내세우지 않았다. 그러기는커녕 그의 목소리는 역사와 대지 앞에 한없이 부드럽고 겸손하기만 하다. 한없이 낮고 침착한 그의 시적 음성 속엔 절대적인 힘의 열세와 열악한 삶의 조건 속에서도 자신의 불리함이나 무력함을 탓하지 않은 채 자신의 존엄과 자존을 지키고자 했던 자의 고집 센 비타협성이 스며들어 있다. 그리고 바로 그 점이 그를 뜻하지 않는 비극적 죽음으로 이끌어 갔겠지만, 특히 그는 끊임없이 흔들리고 괴로워하면서도 끝내 타협이나 굴종의 길을 걷지 않았다. 결코 도덕적 패배나 치욕을 용납하지 않은 바로 그 이유 때문에 그는 또한 일제강점기에 보여줄 수 있는 가장 깊은 심층의 순결성과 최대치의 저항 의식을 동시에 보여주는 시인이 될 수 있었던 것이다.

우린 이런 윤동주 시인을 자주 우리 앞에 소환하곤 한다. 그건 무엇 때문일까. 그에 대한 대답은 각자마다 다를 것이다. 하지만 한 가지 분명한 것은, 우리가 온갖 불의에 저항하고 투쟁하기보다는 순응하거나 체념하기에 바쁜 오늘의 시대 속에서 그의 이름을 기억해내는 것은 먼저 지난 시절의 역사적 야만을 기억해내는 일이리라. 또한 그것은 '어머니'로 상징되는 조국이나 민족에 대한 자기 구속성, 곧 한 인간의 성장을 돕고 보호해온 장소와 그 장소에 대한 '추억'과 '사랑'의 소중함과 관련되어 있을지도 모른다. 윤동주의 길이자 모든 시인들이 걸어가야 할 「서시」의 길, 곧 "잎새에 이는 바람에도 괴로워"하며 스스로들에게 "주어진 길"로 들어서게 하는 자기규율의 도덕률이 우리 모두를 불현듯 불러 세우고 있는 것과 결코 무관하지 않을 터이다.

근원상실 시대와 자체 발광(發光, 發狂)으로서 시쓰기

"성취한 사람들 손에 붙들린 처녀들//짐승들은 크고 작은 이유로 이곳에 버려진 지//여러 해가 지났다 근원은 사라졌다//자의든 타의든 제발//자체 발광 빛나봐"(이재연, 「남아 있는 자들의 도시」, 『쓸쓸함이 아직도 신비로웠다』 부분)

시인의 언어는 객관적이고 물리적인 법칙을 다루는 과학언어와 다르다. 동시에 시인의 말은 자신이 하는 모든 말은 정의라고 주장하는 뻔뻔한 정치인의 웅변과도 다르다. '어떤 주장이나 판단'을 단정적으로 말하는 과학자나 정치인과 달리, 올바른 의미의 시인들은 제 말에 '만일'이나 '혹은'이라는 부사를 달고 다닌다. 어떤 주장이나 진실을 의심 없이 확언하거나 정언(定言)하기에 앞서 '너 자신을 알라'고 중얼거린다. 설령 자신의 주장이나 신념이 옳다고 백 번이고 확신하더라도, '너 자신이 진리의 담지자거나 정의의 사도라고 착각하지 말라'고 스스로에게 경고하고 경계한다.

그렇다고 모든 시인의 언어가 단정하기보다는 주저하고, 판단하기보다는 회의하는 흘음(吃音)의 세계를 지향하는 것은 아니다. 때로 세상의 타락을 가차 없이 비판하거나 비꼬는 풍자(諷刺)의 언어는 한 치의 물러섬도 없이 날카롭고 노골적인 태도로 상대방을 몰아세운다. 특히 한 사회의 발전이나 진보를 목적으로 할 때라면, 시인의 풍자 언어는 한낱 냉소주의나 말장난을 넘어 더욱 그 가치를 발한다. 절대 권력과 맞설 수밖에 없는 시대 상황 속에서 풍자는 시인의 중요한 시적 발화의 수단을 넘어 부정의 형식을 통해서나마 새로운 모럴에 바탕한 바람직한 사회의 모색에 기여한다.

하지만 주된 속성상 대상에 자신을 포함시키지 않는 날카로운 부정과 공격성의 언어로 무장한 풍자를 감행할 때조차 그 발화자가 시인의 경우 자신의 정당성과 진실성을 내세우는 정치인의 발언과 다르다. 특정 집단의 이념과 주장을 관철시키려고만 할 뿐 자신들의 도덕성을 문제 삼지 않는 정치 집단의 풍자와 달리, 시인들에게는 예외 없이 그 풍자 대상보다 더 우월한 도덕성과 정당성이 요구된다. 명명백백한 세상의 타락을 꾸짖고 비꼬는 순간에도, 과연 '너(시인)는 그걸 비판하거나 풍자할 자격을 갖추고 있는가' 묻기를 멈추지 않는다. 타인의 어리석음과 잘못을 크게 꾸짖는 풍자시에서조차 '그렇게 발언하는 너는 누구냐'는 자기회귀성(reflexivity)의 반문에 시달린다.

시의 언어는 그런 점에서 항상 발언하는 자기를 문제 삼는 '자기-언급(self-reference)'의 언어다. 타인이나 대상을 겨냥하면서 동시에 자신을 겨냥하는 '자승자박(自繩自縛)'의 말이자 자기를 발화의 주체로 내세움과 동시에 그 객체로 다루는 복화술(複話術)의 언어다. 자신이 내뱉은 말과 행동에 자신이 갇혀 필요 이상으로 괴로워하고 아파하는 자의식의 언어이자 겸손과 자성의 언어다.

각 개인과 시대마다 다르게 '자체 발광'하는 '존재의 말(Spuch des Seins)'은 그렇게 탄생한다. 김수영의 말대로 "그 자신을 배반하고, 그 자신을 배반한 그 자신"을 "무한히 배반하"(「시인의 정신은 미지」)기를 반복하는 가운데 역사적 '운명(Geschick)'으로서 존재의 언어가 탄생한다. 무한히 반복되는 자기-언급적이고 자기-구속적인 자기반성과 자기성찰 속에서 모든 "시작(詩作) 행위"는 비로소 "가장 결백한 것"(횔덜린)이 되고, 무엇보다도 '특정한 시대의 지식의 모든 흐름 아래에 있는 정신적 하부구조'로서 '에피스테메(episteme)'(푸코)가 된다.

예컨대 1990년대 세기말을 앞두고 심야극장에서 홀로 쓸쓸히 죽어갔던 기형도 시인이 탄생 시킨 "위대한 혼자"(「비가 2-붉은 달」)라는 시어가 그렇다. 기형도 시인만의 독창적인 발견을 담고 있는 근본 언어로서 '위대한 혼자'는 그야말로 자폐적인 개인을 가리키지 않는다. "더 이상" 제 "것이 아닌 열망"과 불안 속에서 몰락해가는 동시대의 단독자적인 개인의 내면을 나타낸다. 마치 "빈집에 갇"힌 "장님"(「빈집」)처럼 미증유의 불안과 공포를 동반하며 다가올 시대를 선체험하거나 내면화하고 있는 개인을 지칭한다. 승자독식의 신자유주의 체제나 별다른 희망이나 전망을 기대할 없는 '신헬조선' 시대에 대한 근본경험과 원리가 '위대한 혼자'라는 시어 속에 선취되어 있다.

이재연의 '자체 발광'은 이러한 '위대한 혼자'의 연장선상에 있는 시어다. 지금 여기의 세계를 '근원이 사라진 시대'로 명명하면서 '스스스로가 미치거나(自體發狂)' '스스로 빛을 내며(自體發光)' 살 수밖에 없음을 관통하는 '자체 발광'이라는 시어는 의식적이든, 무의식적이든 한 시인의 우연한 창조적 발상으로 치부할 수 없다. 문득 그녀가 마주했던 '자체 발광'이란 단어는 타인과 바깥세상에 대해 말하는 순간에도 스스로가 '위대한 혼자'가 되어 스스로를 돌아보는 자문자답 속에서 마주친 '블랙홀' 같은 불가해한 삶의 심연과 맞닿아 있는 말이다. 다양한 경험으로 물들어 있는 자신을 반성적으로 점검하고 새로운 사실들을 포섭하는 가운데 터져 나온 심연의 소리이자 우리 시대를 관통하는 일종의 근본 경험의 언어가 '자체 발광'이다.

그렇다고 해서 이러한 시인들의 예지력과 새로운 세계의 창조력의 언어가 그 언제나, 그 어디에서나 환영받는 것은 아니다. 플라톤의 '시인 추방론'이 보여주듯이 당대의 윤리도덕의 검열 체계와 맞서거나 거기에 곧잘 걸려들곤 하는 시인들은, 오히려 한 공동체 내의 평화와 질서를 위협하고 방해하는 성가신 존재들로 취급되곤 한다. 특히 그들의 창조성과 작품성을 증명하는 제일의 질료인 광기와 영감은 분명 해방적이고 혁명적인 성격을 감안하더라도, 때로 한 개인이나 사회를 타락과 위험 속으로 몰아넣는 불온한 것으로 치부되기 일쑤다. 마치 면죄부를 받은 것처럼 행동하기도 하는 시인들의 무절제한 광기나 욕망은 때로 구제 불능의 자기상실이나 공황 상태를 유발할 뿐이다.

그럼에도 불구하고 시인들은 '보다 인간다운 것이 무엇인가'란 끊임없는 질문을 멈추지 않는다. 자칫 어떠한 연대성이나 사회성을 갖추지 못한 광인(狂人)으로 오해받기도 하는 시인들은 그 속에서도 인간의 본질과 존재 의의의 영역을 끊임없이 확장하고자 한다. 기꺼이 믿고 의지할 말한 근원 상실의 시대 속에서도 어떤 평가나 이해에도, 신념 체계나 이념에도 좌우되지 않은 인간의 경험의 깊이와 자기 존재의 수준을 높여주는 자기 초월력을 위해 더 과감하고 무모하게 존재의 심연까지 모험하기를 마다하지 않는다.

그런데도 몇 해 전 '토요(촛불)혁명'이 진행되던 동안 단 한 명의 시인도 광장의 무대에 초대받지 못했다. 이처럼 오늘의 한국 사회는 유감스럽게도 더 이상 이런 시인들의 목소리에 귀 기울이지 않는다. 탈출구 없는 심연과 무의미한 말장난에 갇혀 대중들의 신뢰와 지지를 잃은 지 오래인 탓이다. 나와 세계 사이의 끊임없는 맴돌이(feedback loop)의 부재와 불철저한 현실 인식 속에서 오늘의 시인들은 뿔뿔이 술집으로, 각자의 밀실로 흩어져가고 있을 뿐이다.

하지만 오늘도 이 땅의 시인들은 어디선가 돈도, 명예도, 권력도 안 되는 시를 쓰고자 한다. 쓰면 쓸수록 가난해질 수밖에 없는 시를 버리지 못한 채 오늘도 세상의 편견과 오해, 질시와 무시 속에서 펜을 들고 있다. 적어도 하루에도 몇 번씩 '왜 내가 시를 쓰는가'를 되물으면서 한 걸음씩 미지의 세계의 심장으로 육박해 들어가고자 한다. 끝없는 자기 물음의 소용돌이 속에서 시인들은 자기 근거와 의미, 책임과 임무를 물으며 가장 고유한 자기본래성의 고향으로 귀환하고자 한다. 이웃을 향해 있을 때조차 자신을 문제 삼으며 어쩌면 예비하거나 각오하지 않았기에 미처 받아들일 수 없었던 한 시대의 구원을 향해 있다.

하지만 미리 규정되거나 제한된 당대의 금기와 제도와의 지난한 싸움의 과정 속에서 시인들은 곧잘 치명상을 입는다. 때로 기꺼이 굴욕감이나 자괴감을 지불하거나 지독한 가난과 외로움 속에서 홀로 죽음을 맞이하기도 한다. 여전히 반향 없는 메아리 속에서도 그들은 왜 자신의 시대와 끊임없이 대결하거나 불화하는 아웃사이더이자 이방인으로 기꺼이 남고자 할까. 그들이야말로 미처 발견하지 못한 타자의 무한한 가치와 의미에 접근하는 유일한 통로가 시의 언어라는 것을 알고 있는 까닭이다. 슬프게도 제가 미처 의식하지 못한 정신적 모험이나 창조적인 열정이 오직 반복적이고 지속적인 '자체 발광'의 춤 속에서 터져 나온다는 것을 몸소 체감하고 있는 자가 다름 아닌 시인들인 까닭인지도 모른다.

'시중인(時中人)'과 세계의 존부

— 김수영과 하이데거

김수영 시인이 불의의 교통사고로 세상을 떠난 후 입관할 때, 그의 아내 김현경 여사가 그의 관에 '틀니'와 함께 넣어준 것은 하이데거의 『존재와 시간』이었다. 김 여사는 첫 번째로 구입한 일본어판 하이데거 전집이 낡고 닳아 한 번 더 또 다른 전집을 구입했을 정도로 하이데거에 심취했던 김수영 시인에 대한 작별인사를 그렇게 표현했다. 그런 하이데거와 어떤 식으로든 뗄 수 없는 관계에 놓여 있는 김수영 시인의 특징 하나가 각기 그의 시들 끝에 적혀 있는 날짜 표기다. 거의 예외 없이 그의 시들 말미엔 창작 완성 시기를 알 수 있는 시간이 강박적으로 표기되어 있다. 그리고 어쩌면 무심히 지나칠 수도 있는 이런 행위를 통해, 우린 그가 달아나기에 바쁜 시간(「연기」)에 매우 민감한 시인이었음을 알 수 있다.

예컨대 그는 신간 외국 잡지를 누군가에게 순순히 빌려주느냐 마느냐 갈등하는 사이에도 시간과 싸우고 느낀다. 시간과 시간 사이의 연관을 찾아내고자 한다. 그로 인해 빛나는 시간을 인식하며 급기야 "시간은 내 목숨야"(「엔카운터지」)라고 선언하고 있다. 여전히 우리에게 난삽하게 다가오는 하이데거의 용어인 '현존재'를 대신하여 그를 '시중인(時中人/市中人/詩中人)'이라고 불러도 좋을 만큼 '시간'의 의미에 대한 지대한 관심 속에서 자신의 삶과 시의 존재 의의를 묻고자 했다.

김수영이 이처럼 소중히 여긴 시간은, 그러나 일정한 주기성과 반복성을 가진 계산 가능한 일상적 삶의 시간을 의미하지 않는다. 피곤한 하루의 나머지 시간 혹은 그 틈새로 눈을 깜박거리는 무수한 간단(間斷)의 시간이자 "내가 나의 밖으로 나가는"(「피곤한 하루의 나머지 시간」) 탈자(脫自)의 시간을 의미한다. 어룽대며 변하여가는 찬란한 현실을 붙잡으려 하는 가운데서 만난 화룡점정이 이루어지는 순간(「영사판」)이자 "성스러운 향수와 우주의 위대감을 담아 주는 삽시간의 자극"(「나의 가족」)을 나타낸다. 본래적 자신으로 귀환하는 "동요 없는 마음"의 시간 속에서 다가오는 무량의 환희 또는 그런 나의 마음을 딛고 가는 발자국 소리(「구라중화」)가 들려오는 순간을 가리킨다.

하지만 김수영은 자기 상실과 자기 회복을 거듭하는 가운데 자신의 고유한 가능성을 타진하는 자기 완성적인 시간성의 지평에 머무르지 않는다. 앞으로 나아가면서 처음으로 되돌아가는 전회(Kehre)의 시간, 이전에 감히 상상하지 못한 거대한 뿌리로서 전통(「거대한 뿌리」)과의 만남의 시간으로 이어진다. 동시에 그 거대한 뿌리로서 역사가 매일 경험하는 시시한 발견에 자신을 양보하는 "고요한 숨길"(「이 한국문학사」)을 느끼는 순간이자 '늙게 하는 동시에 젊게"(「현대식 교량」)의 시간의 탐색으로 나타난다. 무언의 말이자 우연의 말이면서도 때로 "죽음을 꿰뚫는 가장 무력한 말"(「말」)이 솟아나는, 그 무엇보다도 완전하고 뚜렷하게 경험되는 '존재의 시간'과의 만남으로 확장된다. 회상하는 순간이자 전망하는 시간이며, 근원으로 돌아가는 시간이자 과거로 거슬러 오르면서 미래로 뻗어가는 순간이 올바른 의미의 김수영의 시간성이다.

꽃은 과거와 또 과거를 향하여
피어나는 것
나는 결코 그의 종자에 대하여
말하고 있는 것이 아니다
또한 설움의 귀결을 말하고자 하는 것이 아니다
오히려 설움이 없기 때문에 꽃은 피어나고

꽃이 피어나는 순간
푸르고 연하고 길기만 한 가지와 줄기의 내면은
완전한 공허를 끝마치고 있었던 것이다

중단과 계속과 해학이 일치되듯이
어지러운 가지에 꽃이 피어오른다
과거와 미래에 통하는 꽃
견고한 꽃이,
공허의 말단에서 마음껏 찬란하게 피어오른다

— 김수영, 「꽃 2」 전문(1956)

한 식물의 절정이자 존재 사건에 대한 놀라운 신비와 새로운 시각을 의미하는 "꽃이 피어나는 순간"은 한 개의 '종자'가 발아해 싹트고 성장하는 순차적인 경과와 과정의 귀결로서가 아니다. "푸르고 연하고 길기만 한 가지와 줄기의 내면"이 "완벽한 공허를 끝마"치는 때다. 이른바 꽃 핌과 낙화, 종자와 개화, 과거와 미래가 동시에 일어나는 이해 불가능한 순간과 맞물려 있다. 예측 가능하며 순차적인 진행의 결과인 "설움의 귀결"로서가 아니라 "오히려 설움이 없"는, 어떤 원인이나 근거 없이 피어나는 게 '꽃'이다. 달리 말해, "어지러운 가지에" "피어오른" 한 송이 꽃은 끊임없이 "중단과 계속"을 거듭한다는 의미에서 '무(無)'라고 할 수 있는, 끝없는 생성의 흐름을 의미하는 존재의 율동 속에서 피어난다. 종잡을 수 없는 무질서와 끊임없는 변화를 의미하는 무(無) 속에서 항상성(homeostasis)을 유지하는 상태가 '꽃'이다.

하지만 그런 의미에서 '과거'를 향하여 피어나면서 동시에 '미래'와 '통하는' 꽃은 대상과 대립하여 비판하고 비꼬는 '풍자' 속에서 피어나지 않는다. 오히려 대상을 한층 넓고 깊게 통찰하면서 동정적으로 감싸주는 '해학'과의 '일치' 속에서 더욱 찬란하게 피어난다. 그리고 바로 그때 이미 있어-온 것을 새롭게 보존하고, 도래적인 것을 항상 새롭게 기대하고 전망할 수 있는 '과거'가 그 자체로 존속할 뿐만 아니라 동시에 다가오는 '미래'와 긴밀한 관계를 맺는다. 그야말로 아무것에도 강요되지 않거나 의욕하지 않은 채 텅 빈 자기 안에 고요히 머무르는 "공허의 말단"에서 찬란하게 피어오르는 것이 한 송이 "견고한 꽃"이라고 할 수 있다.

그런 김수영은 1958년에 쓴 시 「모리배」를 통해 처음으로 하이데거와 자신의 관계를 분명히 한다. 또 그의 대표적 시론으로 그가 사망한 해인 1968년에 발표되었던 「반시론」과 「시여, 침을 뱉어라」를 통해, 주로 하이데거의 예술론과 관련하여 시의 예술성과 시적 모험 문제 등을 다루며 그만의 개성적인 시론을 전개하고 있다. 하지만 1950년 6월 『신경향』에 발표한 시 「토끼」에서 그가 토끼를 어미의 입에서 탄생과 동시에 추락을 선고받은 존재로 규정하고 있는 것을 감안하면, 김수영이 하이데거를 본격적으로 사숙한 시기는 적어도 1950년 이전으로 소급해볼 수 있다. 모든 인간은 태어나자마자 이미 죽기에는 충분히 늙어 있다는 하이데거의 『존재와 시간』의 한 구절을 연상시키기에 충분하기 때문이다. 하이데거적인 의미의 죽음의식(Sein zum Tode)을 보여주고 있는 그의 시 「병풍」(1956년 2월) 역시 그 한 증거다. 문득 자신이 임종할 나이를 "마흔여덟"(「미숙한 도적」)이라고 밝히고 있는 시참(詩讖)을 그대로 증명하려 했던 것일까. 그가 죽은 그해 무렵에 '늘 죽음을 생각하며 살라'는 의미의 '상주사심(常住死心)'을 좌우명으로 삼았던 김수영은 주검을 가지고 주검을 막고 있는 병풍을 통해, 일찍부터 죽음을 한낱 두려움의 대상이 아니라 삶의 가장 숭고한 행위로 승화시키고자 했음을 잘 보여준다.

김수영과 하이데거의 관계는 또 다른 한편으로 그의 시에서 반복적으로 등장하는 '설움'과 '절망' 그리고 그 연장선상에 있는 '사랑'의 정서에도 곧잘 드러난다. 하이데거의 관점에서 보면, 한낱 그것들은 주관적이고 고립된 정서들을 표출하기 위한 시어들이 아니다. 일종의 무상감 속에서 자신과 세계를 이전과 완전히 다르게 드러내는 이른바 '근본기분(Grundstimmung)'에 속한다. 예컨대 주로 질서와 무질서 사이에 움직이는 가운데 발생하는 그의 설움(「여름 뜰」)은, 무엇보다도 먼저 끊어야 할 온갖 허위와 거짓보다 더 높은 비폭(飛瀑)과 유도(幽島)를 점지(「병풍」)하는 심오한 기분 중의 하나다. 또한 모든 행동이 죽음에서 나오는 "욕된"(「사령(死靈)」) 삶의 시대 속에서 체험되는 '절망' 역시 그렇다. 모든 희망이 단절된 상태 속에서도 뜻밖에 그 속에 예기치 않은 구원의 순간(「절망」)을 내장하고 있다. 특히 김수영이 욕망의 입속에서 발견하고자 했던, 언젠가 한번은 미쳐 날뛸 날이 올 거라고 생각한 사랑 또한 마찬가지다. 근본기분으로서 이러한 '설움'과 '절망'을 견디고 보존하는 가운데서 밀려오는 황홀한 감정의 하나가 단단한 고요함으로 이루어진 사랑(「사랑의 변주곡」)이다.

김수영은 청장년기에 해방정국의 혼란과 모든 것을 파괴한 전쟁(「국립도서관」)을 몸소 겪고 지켜보았던 시인이다. 하지만 그걸 외면하지 않은 채 마땅히 피를 쏟고 죽어야 할 오욕의 역사를 자발적으로 감당하고 민족의 "공동의 운명"(「광야」)을 스스로 책임지려 했던 시인 중의 한 명이다. 김수영이 하이데거에 그토록 심취할 수밖에 없었던 까닭도 아마 여기에 있을 것이다. 횔덜린을 통해 신적인 존재의 눈짓을 민족에게 전하는 데서 시인의 존재 의의를 찾았던 하이데거처럼, 김수영 역시 죽음의 표지만을 지켜온 당대인이나 절망과 슬픔의 밑바닥만을 보아온 민족의 마비된 눈에 하늘, 곧 하이데거적인 의미의 신성 또는 성스러움을 가리켜주는 시인(「VOGUE야」)으로 살고자 했기 때문이었을지 모른다.

김수영은 그가 하늘과 땅 사이의 통일을 느꼈다고(산문 「저 하늘이 열릴 때」) 감격한 4·19혁명을 분수령으로 그가 겪어온 한국 현대사가 이미 충분히 세계성을 띠고 있으며, 따라서 "멋진 세계의 촌부"(「시작노트 2」)가 되는 것을 자신의 과제로 삼은 바 있다. 그러면서 당대의 시인들이 기껏해야 편협한 민족주의의 관점에서 남북통일을 노래할 때(「반시론」), 돌연 그는 자신의 문화와 민족, 그리고 심지어 인류를 염두에 두지 않으면서도 바로 그것들에 공헌(「시여, 침을 뱉어라」)하는 '세계적 촌부'의 시인을 꿈꾼 바 있다. 하지만 그것의 성취 여부는 무엇보다도 먼저 이른바 후진국 지식인으로서 '앞섰다'는 것이 아니라 '뒤떨어졌다'는 것을 확실히 의식하고 직시하는(「모더니티의 문제」) 것을 그 전제로 한다.

김수영은 짐짓 뚫거나 빠져나갈 구멍이 아직은 오리무중(「반시론」)이라고 엄살을 부렸던 하이데거를 그렇게 극복해낸다. 그는 자기의 현실에 충실하고 그것을 정직하게 작품 위에 살릴 줄 아는 시인의 양심(「문맥을 모르는 시인들」)을 통해 순전히 자기 존재의 가능성 추구에 머물러 있는 하이데거적인 양심의 세계를 넘어선다. 그저 인류의 신념과 이상을 관조하는 데 그친 하이데거와 달리, 그는 현대사회가 제출하는 역사적 과제를 적극적으로 해결하려는 열의(「'현대성'에의 도피」)와 더불어 전위적이고 현대적인 시인이 추구하는 언어적 순수성에 사회적이고 인간적인 윤리를 포함(「새로운 포멀리스트들」)시킴으로써 문득 우리 앞에 "광휘에 찬 신현대문학사"(「이 한국문학사」)를 빛내는 '시인 중의 시인'으로 우뚝 선 채.

'내용 없는 아름다움'과 이념 지우기

— 김종삼 탄생 1백 주년 토론문

지난 2021년 탄생 1백 주년을 맞았던 시인 김수영과 김종삼은 마치 해와 달의 관계처럼 보인다. 태양빛과 달그림자처럼 호기롭게 인류를 논하고 시의 가능성을 논하는 김수영의 뒤편 저만치엔 소주병을 들고 어슬렁거리는 김종삼의 모습이 어른거린다. 예컨대 김수영은 모든 것을 백일하에(an den Tag) 드러내고자 최고의 '명석'함(「공자의 생활난」)과 최종적인 '완성'성(「꽃잎」), 절대적인 "진리"(「꽃잎」)와 "윤리"(「설사의 알리바이」) 등 아폴론적이고 태양적인 낮의 시학을 추구한다. 반면에 김종삼은 흐릿한 달빛의 '묵화' 같은, 더 이상 그 근거를 물을 수 없는 삶과 죽음, 사랑과 슬픔의 흰 그림자가 드리운 밤의 시학을 추구한다.

달리 말해, 김수영이 내가 보려는 것을 고집하며 밀물처럼 한없이 수다를 떨거나 소음을 일으키고자 하는 시인이라면, 김종삼의 경우 그 자체가 하찮고 귀찮으며 의미가 없다고 여기며 썰물처럼 침묵 속으로 빠져드는 시인에 해당한다. 예컨대 행여 누군가(神) "그동안 무엇을 하였느냐"(김종삼, 「구고(舊稿)」)고 묻는다면, 김수영은 당당하게 '나는 인류를 위해 시를 써왔다'고 말할 게 분명하다. 반면에 김종삼은 "(난) 다름 아닌 인간을 찾아다니며/물 몇 통(桶) 길어다 준 일밖에/없/다"(「구고(舊稿)」)며 수줍게 말했을 게 틀림없다.

얼핏 보면, 그런 김수영과 김종삼은 서로 반목과 대립의 관점에서 있을 듯하다. 하지만 놀랍게도 김수영과 김종삼은 우선 '세계의 참상(비참)'을 그들의 시적 출발지로 삼고 있다는 점이 공통적이다. 또한 최소한 자신의 죄(hamartia)에 대해 몸부림칠 줄 안다는 점에서 일치점을 보인다. 그뿐 아니다. 프랑스 상징주의와 쉬르레알리즘을 사숙하거나 궁극적으로 코스모폴리탄의 관점에서 '인류애'의 구현을 시적 목표로 삼고 있는 점이 서로 닮아 있다. 이밖에도 그들의 시가 불가피하게 '시적 난해성'을 띠고 있으며, 그들 모두가 한국어가 서툰 '일본어 세대'와 무관하지 않다. 특히 그들 모두 음악과 그림에 대해 지대한 관심과 더불어 나름의 식견을 갖추고 있다는 점 등이 결코 우연의 사태로만 보이지 않는다.

실제로도 그렇다. 김종삼은 어디에선가 '김수영이 자신을 시인으로나 생각하고 있었을까'라고 술회한 적이 있다. 하지만 김종삼은 그의 시 「시인학교」에서 비록 '휴학계'를 낸 학생이지만 김수영을 '김소월'과 더불어 그를 '시인학교'에 초대하고 있다. 또한 그의 시 「장편(掌篇) · 3」에서는 '시인 전봉래'와 '문학평론가 임긍재', 그리고 '화가 정규'와 더불어 '김수영'을 '심우(心友)'로 지명하고 있다. 그뿐 아니다. 김종삼은 그의 시 「새벽」에서 "연민"과 "인정이 찾아가지 못했던 나라"에서 "따사로운 풍광"과 "추억의 나라"와 함께했던 시인으로 "조지훈과/박목월"과 "장만영" 등 세 명의 선배시인들과 더불어 "김수영"의 이름을 거론하고 있다. 특히 이와 관련된 '시작 노트'를 통해, 김종삼은 "유난히 둥글던 큰 눈에 큰 덩치의 사나이, 수영(洙暎)은 술친구였다. 유머도 있어 보이던 녀석을 보기만 하여도 저절로 웃음이 나오곤 했다. 아는 것도 많음직하고 우수한 작품을 쓰던 녀석은 술자리에서나 다른 데서도 문학에 관한 얘기를 한 번도 한 적이 없었다. 그래서인지 녀석에게 언제나 호감이 갔었다."(『月刊朝鮮』, 1981.3.)라고 말하고 있다.

하지만 아마도 친한 친구일수록 더욱 엄격하고자 했던 비평적 염결주의 때문일까? 김수영은 이상하리만치 김종삼의 시를 언급하는데 인색하다. 김수영의 시평에서 좀처럼 김종삼 시인의 이름을 찾아보기 힘들다. 그럼에도 불구하고 김종삼은 이런 김수영에 대한 한없는 호감과 한결같은 신뢰를 보내고 있다. 그리고 이는 서로 다른 문학적 경향에도 동갑내기로서 그들이 서로의 작가적 역량과 작품성을 인정하고 있었다는 움직일 수 없는 증표다. 굳이 서로의 문학을 화제로 삼지 않을 만큼 그들 사이가 돈독한 우정의 '지우(知友)'이자 문학적 '지음(知音)'의 관계였음을 보여주고 있다.

서두가 길어졌지만, 지난 2021년으로 탄생 1백 주년을 맞는 김종삼의 시세계를 한 구절로 정의한다면, 단연 "내용 없는 아름다움"(「북 치는 소년」)이다. 어쩌면 바로 그것이 그의 시세계를 해명하는 열쇠구멍이자 시세계를 결정짓는 원형 구조다. 하지만 이러한 그의 '내용 없는 아름다움'은 그동안 그를 이른바 '순수문학주의자' 또는 현실과 무관한 '순수시파' 시인으로 분류하는 근거로 오해되기도 했던 문제의 시 구절이다. 하지만 분명 그것은 그저 모든 역사와 이데올로기, 사건과 삶의 의미를 추방한 진공 상태의 '아름다움'을 나타내지 않는다. 강대국 이데올로기의 대리전(代理戰)일 뿐인 '더러운 내전(內戰)'으로서 한국전쟁이 남긴 '그악스런 이념 지우기'(임우기)와 밀접하게 관계되어 있다.

그러니까 김종삼의 '내용 없는 아름다움'은, 예컨대 "나는 이 세상에/계속되어온 참상들을 보려고 온 사람이 아니다"(「무제」)가 보여주듯이 '사회적 효용이 없는 무상성' 혹은 '증류수이며 기형적인 한국의 순수문학'의 이념과 관계없다. 굳이 비유하자면, 김종삼이 추구하는 '내용 없는 아름다움'은 '흙탕물이 가라앉은 물'처럼 제 마음속의 온갖 앙금을 가라앉힌 이후 평정 상태와 같다. 비록 투명하고 잔잔하게 보이지만, 동족상잔의 내전이 남긴 상처와 이념적 갈등이 남긴 잔재와 비극의 그림자와 함께하는 '아름다움 아닌 아름다움'이 그의 '내용 없는 아름다움'이다.

김종삼의 음악에 대한 유난한 집착이 바로 그 첫 번째 증거다. 음악의 주요 특징 중의 하나가 현상세계를 부인하면서 동시에 모든 이념을 뛰어넘는 데 있다면, 그의 음악에 대한 선호는 단순히 한 개인의 취향이나 소양의 문제가 아니다. 비록 무의식적인 행동일지라도, 거기엔 무엇보다도 모든 개념과 인위, 그리고 현상적인 자연의 '모방'에 대한 부정 의식이 개입되어 있다.

그런 만큼 김종삼에게 음악은 한갓 고통스런 현실을 잊기 위한 마취제나 값싼 위로의 대체제가 아니다. 특히 '미적 무의지성' 또는 '미적 무용성'과 관계되어 있지 않다. 오히려 그것은 어떤 영상도 개념도 없이 이루어지는 음악을 통해서 전쟁의 상처로 인한 근원적 고통의 '지우기' 또는 '치유'와 관계되어 있다. 아니, 모든 상대적인 관계와 고통스런 시간을 떠나, 인간 속에서 그 자체로 아직 침묵하고 있는 것들과 함께 나타나는 것이 음악이다.

김종삼의 '앙포르멜' 또는 '세잔느'와 '반 고흐'의 그림에 대한 선호 또한 이와 무관하지 않다. 구상 · 비구상을 초월하여 기존의 모든 정형을 부정하며 새로운 조형의 세계를 구축하려는 움직임으로서 '앙포르멜'이나 자연의 대상을 기하학적 형태로 환원하는 독자적인 화풍의 폴 세잔, 그리고 후기인상파 반 고흐의 미술세계에 대한 경도는 '회화의 모범'(에른스트 블로흐)으로서 음악에 대한 지대한 관심의 연장선상에 놓여 있다. 바흐나 베토벤의 음악을 형식적인 음악 구조로 파악할 수 없듯이 김종삼은 이런 음악적 특징을 가진 현대미술의 흐름이나 화가들의 그림 세계를 통해, 알게 모르게 "지은 죄 많아/죽어서도/영혼"조차 "없"(「라산스카」)는 당대인의 심연에 자리한 깊디깊은 침묵을 파악하고 소환해내고자 했던 것이다.

달리 말해, 김종삼 시인의 시들에 자주 나타나는 음악적이고 회화적인 이미지의 출현이나 '시인학교' '강사진'으로 초대된 '에즈라 파운드'에 대한 그의 관심은 단순히 시각적인 대상으로서 '이미지즘' 차원에 그치지 않는다. 단순히 견고하고 간결한 표현 차원이 아니라 특별한 상황을 포함한다. 어떠한 종교적인 초월성과도 무관한 '침묵'의 직관 또는 환기와 밀접한 연관을 맺고 있다. 어떤 행동이나 목격했던 대상, 혹은 그때마다 느낀 쾌나 불쾌의 감정을 포함하는 이른바 '이미지 기억(image-souvenir)'(베르그송)이 김종삼 시의 이미지다.

결과적으로 그의 '내용 없는 아름다움'은 순전히 모든 관념이나 웅변, 교훈 등 산문적인 요소를 제거하거나 음악처럼 언어적 의미와 관계없는 효과에 주력하고자 했던 프랑스 상징주의적인 의미의 '순수시'와도 무관하다. 특히 자신만만하게 이른바 세계의 모방 또는 재현을 과신하는 참여시나 리얼리즘 계열의 시들은 물론 그에 대한 문학의 반동으로서 탈정치 · 탈이념을 표방한 한국 문학계의 기형적이고 극우적인 '정치맹(政治盲)'들의 순수시와는 더욱 무관하다. 오히려 그것은 절대적으로 자족적이면서 본래의 모습 그대로 존속하는, 모든 지각과 함께하는 그만의 환원할 수 없는 순간을 구성하고 있는 '우발적 기억(souvenir spontané)'을 말한다. 무엇보다도 인류의 유토피아에 대한 염원을 비롯한 모든 이념이나 실재에 대한 비판 내지 반성의 원리로 제시된 것이 김종삼의 '내용 없는 아름다움'의 핵심이라고 할 것이다.

말들의 시간성과 구천동 시론

— 최하림 시인 10주기에 부쳐

"문학은 일종의 무의식과 같은 것 아닐까. 억압의 시대를 만나면 지표면 아래로 복류(伏流)하다가 언제든 분출할 기회를 갖는 물처럼 말야."

아마도 내가 최하림 시인과 첫 대면의 자리였을 것이다. 당시 J일보 논설위원으로 부임해 광주시 매곡동 소재 K아파트에 거주하던 때, 인사차 사 들고 간 병맥주를 나눠 마시며 어느 정도 서먹함이 가시자 대뜸 나는 "도대체 이 시대에 문학이 과연 무엇을 할 수 있는가?"라는 질문을 던진 바 있다. 그저 부끄러울 따름인 한 나의 첫 시집『매장시편』을 상재한 이후임에도. 여전히 문학의 효용성이나 시인의 역할이 당대의 주요한 문학적 화두로 나의 의식을 짓누르고 있을 때이기도 했다.

그와의 첫 만남을 통해 비로소 나는 문학을 목적론적으로 대하지 않는 계기가 되었다면 과장된 것일까. 벌써 10주기가 지났다는 게 전혀 실감나지 않는 세월 속에서도, 처음 최하림 시인과의 첫 만남에서 나눈 이 대화와 그날의 분위기가 지금도 잊어지지 않는다. 모든 기억들이 안개처럼 흐릿하게나마 지워가고 변해가는 속에서도, 그 말만은 여전히 나의 가슴속에 또렷하게 각인되어 있다. 여전히 무거운 시대적 압박의 공기 속에서도, 비로소 나는 오래 참았던 숨을 내쉬는 것 같은 해방감을 느낀 바 있다. '겨울 깊은 물소리' 같은 그의 시처럼 최대한 말의 풍요로움과 삶 자체의 아름다움에도 소홀히 하지 않는 시인이 되고자 결심한 적이 있다.

그렇게 만난 이후 최하림 시인은 어느 날 내게 "시인은 침묵할 줄 알아야 하고, 실패할 수 있는 용기가 있어야 한다"고 했다. 1964년 등단 이래 첫 시집 『우리들을 위하여』(1976)가 10여 년이 넘은 후에야 나온 이유에 대한 나의 질문 끝에서였다. 그러니까 결코 그가 그 기간 동안 그가 절필하다시피 한 것은 『최하림 시전집』(2010)의 연보에 나온 대로 "직장의 타성에 빠져 거의 시를 폐업하고 미술과 역사에 몰두했"던 것이 아니었다. 작가적 '침묵' 속에서 거듭 자기 붕괴(einbrechen)와 자기 은적(隱跡)을 통해 다양한 문학적 실험과 근원적 도약을 꿈꾸기 위한 것이었다.

이제야 밝히는 바이지만, 내가 제5시집 『처음 사랑을 느꼈다』(1999)를 펴낸 이후 제6시집 『나는 오래전에도 여기 있었다』(2005)를 7년 만에 낸 것도 그 때문이었다. 그때 그의 말을 듣는 순간, 난 내심 최소 10여 년간 시집을 내지 않겠다는 결심을 한 바 있다. 마치 양계장의 닭처럼 허겁지겁 작품 발표나 시집 내기에 급급하기보다 자기만의 세계 구축과 더불어 시적 도약을 위한 자기 성숙이 먼저라는 생각 때문이었다. 하지만 난 그의 시인적 자세를 흉내(?) 내려던 그 결심을 끝까지 지켜내지 못했다. 누가 뭐라기 앞서, 스스로와의 약속을 어긴 채 겨우(?) 7년 만에 제6시집을 펴낸 바 있다.

생전에 나는 그런 인연의 최하림 시인과 목포를 여행한 적이 있다. 그러나 말이 여행이지, 사실은 당시 내가 근무하던 광주일보사 발행의 『월간 예향』의 취재차였다. 나는 목포라는 한정된 소도시에서 어떻게 저마다의 세계를 뚜렷이 구축한 세 문학인들이 동시대에 출현할 수 있는가 대한 궁금증 때문에 '그때 그 자리'란 연재물을 기획했다. 그러면서 그 첫 번째 연재 장소로 그들이 젊은 시절 교유했던 '목포오거리'를 택했다. 그리고 거기서 나는 젊은 시절의 김현·김지하·최하림 사이의 우정과 보이지 않는 경쟁의 밑자리를 더듬고자 했다. 남종화의 대가 남농(南農) 허건(許楗, 1907~1987)의 격려대로 마치 '오스본의 성난 젊은이들'처럼 문학적 열정과 패기를 꽃피우던 그들의 흔적을 더듬어보고자 했다.

얼핏 투명한 것 같으면서도 금세 최면성의 반투명 세계로 뒤바뀌는 그의 시세계처럼 그의 낮고 따스한 목소리와 온화한 얼굴 표정, 그리고 결코 서두르지 않는 거동들이 흐릿하게 다가온다. 결코 뚜렷하게 의미화할 수 없는, 순간 나타났다 사라져간 무수한 시간의 흔적들이 영원한 현재로 나의 뇌리 저편의 어둠 속에 가만 자리 잡고 있다. 그와 여행하거나 동행했던 모든 시간들이 분명 뭔가를 말하고 있지만, 그러나 안개처럼 몽롱한 전(前)언어적인 형태를 하고 있다.

이제 나는 그가 잠시 몸을 의탁했던 광주에서 목포 대반동 바닷가 술집, 보성 고인돌공원, 섬진강변, 하동포구, 변산반도, 충북 영동, 무주 구천동, 양수리 등을 함께 여행하면서 나눈 수많은 말들의 향연을 기억하지 못한다. 그의 몸짓과 시선들을 기억하거나 남김없이 재현해내지 못한다. 다만 나는 오로지 따스하고 투명한 '결빙의 문장' 속에 빛나는 그의 시어(詩語)들이 나의 귓전에 속삭이는 영원한 '침묵의 말'이자 '정적의 소리(Geläut der Stille)'를 듣고 있을 뿐이다.

> 구천동은 어둠이다 구천동은 침묵이다 구천동은 죽음이다 구천동은 물이다 지난여름엔 장마가 길어 물소리 그치는 날이 없었다 그렇다고 물이 길 넘어오는 일도 없었다 언제나 물은 길과 개울쯤에서 소리 내며 흘러갔다 매장시편의 시인 임동확이 어느 날은 길을 이탈하여 물속으로 들어갔다 이웃 시선들을 개의치 않았다 임동확은 물과 함께 흘러가면서 물의 부피만큼 부풀어 길 위로 넘실거린 때도 있었으나 물속의 제 그림자를 보는 시간이 많았다 그는 지광국사를 생각지 않았다 그의 입적도 생각지 않았다 그는 물이었고 죽음이었고 침묵이었다
>
> — 최하림, 「구천동 시론(詩論)」 부분

최하림 시인은 「구천동 시론(詩論)」을 통해 나의 실명(實名)을 직접 거론하면서 지광국사를 말하고, 그의 고독과 무색계의 시간에 대해 이야기한다. 나는 그것들이 무얼 말하는지 여기서 따지고 싶지 않다. 다만 이제 분명해진 것은, 이제 여기서 '임동확'은 '최하림'이다. 분명 '나'는 무제한 지금의 시간 속에 서 있고, 대신 '그'가 이전도 이후도 없는 무색계의 어둠 저편에 서 있지 않는가. 누구도 부인할 수 없는 확고한 그의 물리적 죽음은, 관찰자로서 그의 구천동의 시간에 대한 모든 사색과 자기 성찰을 무력하고 무기력하게 만든다. 또 왜 그가 지속적으로 고향 신안 안좌도로부터 멀어져야 했으며, 또 어떻

게 '비취강'의 고향으로 끝없이 귀환하고 있었는지, 왜 그가 그토록 죄와 벌에 집착했는지 더 이상 묻지 못하도록 가로막는다.

돌이켜보건대, 그러나 최하림 시인과 나 사이의 인연을 깊이 맺어준 이는 문학평론가 김현이었다. 김현은 그의 마지막 유고가 된 「보이는 심연과 안 보이는 역사 전망」에서 "시는 외침이 아니라 외침이 터져 나오는 자리"라며 그와 나의 시적 혈연을 예리하게 지적해준 바 있다. 그렇다고 우린 생전에 김현의 그런 평가에 대해 서로 말한 적이 없다. 다만 우리는 좋은 의미의 시들은 자신의 역사와 동시대인과의 소통 속에서 살아 있는 육성을 얻어야 한다, 하지만 그 육성은 모든 구호와 이데올로기 이전의 근원적 시간 속에 자리 잡은 그 어떤 것이어야 한다는 그의 주장에 암묵적으로 동의하고 있었을지 모른다.

그렇다면 과연 최하림 시인은 누구인가? 먼저 그는 오랫동안 개인과 집단의 시간성과 역사성에 대해 천착해온 시인이다. 그래서 일단 그의 시들은 역사의 발전과 의식의 진보를 지지하는 리얼리즘 계열에 속한다. 하지만 그렇다고 그는 여기에 전격적으로 동참하거나 지지를 보낸 시인은 아니다. 자칫 대의명분이나 이념에 사로잡힐 수 없는, 언어 이전의 사태를 제대로 파악하거나 포착할 수 없는 리얼리즘 문학의 한계를 간과하지 않았기 때문이다. 하지만 그렇다고 그는 문협 중심의 예술지상주의적인 순수주의에도, 검증되지 않은 새로운 것 사냥에 급급했던 한국적 모더니즘 문학에도 합세하지 않았다. 김수영 시인의 말대로 '시대에 뒤떨어졌다'는 것을 자각하지 못한 채 동시대 인간들과 교류하고 소통하는 능력을 상실한 이른바 순수문학이나 모더니즘에도 곁눈을 주지 않았다.

그래서였을까. 그는 내심 이른바 '창비파'에도, '문지파'에도, '문협'에도 가담하지 않았다. 그리고 솔직히 그것 때문에 김현의 염려대로 상대적으로 적은 관심과 문학적 평가를 받아온 것도 사실이었다. 무엇보다도 그것들이 필시 그에게 끝없는 '고독'과 고립감을 선사했을지 모른다. 하지만 이제와 생각해보면, 그게 오히려 그만의 세계를 확고히 하는 계기가 되었다고 나는 생각한다. 특히 그런 그의 시들이 시대적 양심의 부름에 응답하는 실존 의식과 뗄 수 없는 관계에 놓여 있으며, 자신의 존재론적인 결여를 침묵 속에서 떠맡으면서 자신의 본래성을 회복하고자하는 존재론적 모험을 동반하고 있는 게 그의 '순수주의'의 핵심이라고 믿고 있다. 그러면서도 소중히 지켜가고자 했던 그의 '역사주의' 속엔 자신의 실존의 무게와 공동체의 운명이 함께 실려 있다고 확신한다.

오랜만에 병석에서 힘없는 손으로 서명했던 『최하림 시전집』을 가만 펼쳐본다. 미처 그를 보내지 못한 슬픔과 상실의 시간 속에서도 그와 함께했던 따스함과 부드러움, 맑은 향처럼 피어오르던 말들의 시간성이 떠오른다. 비로소 처음으로 본질적인 것에 이르는 근원적 고독 속에서 모든 사물들이 소란스레 깨어나는 소리가 끊길 듯 이어진다.

하지만 벌써 그는 '빈약한 올훼의 회상'의 시간 속으로 흘러간 것이 아닌가. 결코 오르페우스가 아닌 나는, 분명 흘러갔음에도 어느 지점에서 결코 흘러가지 못한 시간의 정점에 잠시 쉬고 있는 그를 뒤돌아보지 못한 채 엉거주춤 서 있다.

‘이만하면’과 ‘괜찮다’ 사이

— 김수영이냐, 서정주냐

김수영은 그의 산문 「창작 자유의 조건」에서 “시를 쓰는 사람, 문학을 하는 사람의 처지로서는 ‘이만하면’이라는 말은 있을 수 없다”고 말한다. 기본적으로 모든 창작 활동은 ‘언론 자유’를 포함, 현실에 존재하는 모든 ‘척도나 규범을 넘어선 것’으로서 그에 대한 일체의 ‘중간사’나 타협이 있을 수 없다는 주장이다.

김수영의 이 같은 단호한 태도는 그의 시 「공자의 생활난」에 그대로 드러난다. 「묘정의 노래」를 제외하면, 실제 등단작에 해당하는 「공자의 생활난」 속에서 그는 “동무여 이제 나는” “사물과 사물의 생리와/사물의 수량과 한도와/사물의 우매와 사물의 명석성”을 “바로 보마”라고 선언하고 있다. 김수영은 초기부터 사물과 사회현상을 합리적이고 궁극적으로 이해하고자 하는 야무진 태도를 보여주고 있다.

이와 달리, 서정주는 그의 초기 시 「자화상」에서 “별이거나 그늘이거나 혓바닥 늘어트린/병든 수캐마냥 헐떡거리며” 살아“왔다”고 말한다. 청년기적인 방황과 갈등을 고려하더라도, 하지만 “스물세해 동안 나를 키운 건 팔 할이 바람"이었다는 고백이 보여주듯이 그는 처음부터 제어되지 않는 감정의 분출과 방향이 없는 불투명한 세계 인식을 그대로 노출하고 있다.

따라서 서정주가 어느 순간 "식민지에 태어난 고단한 삶이라도 처자 이끌고 생겨날 자손들도 생각하며 잘 참아 견디어 살아나가야겠구나" 하며 그야말로 "순응과 체념"의 "마음의 상태에 놓"(『서정주 문학앨범』)이게 된 것은 우연일 수 없다. 특히 후일 별다른 자의식 없이 '부일(附日)'하거나 학살자를 찬양하게 된 것은 이처럼 불투명한 세계 인식과 안이한 삶의 가치 지향에서 비롯되었다고 할 수 있다.

그런 김수영과 서정주는 유년기에 서당에서 한학(漢學)을 공부하였으며, 둘 다 사서삼경(四書三經) 등 한자 문명의 교양과 지식에 노출되어 있다는 점이 공통점이다. 그리고 이들 간의 공통점은 그들의 작품에 자주 등장하는 잦은 한자와 한자 용어 사용으로 드러난다. 특히 알게 모르게 유교주의적 윤리와 가치관에 기반한 일종의 '선비의식'을 드러내고 있다는 점에서 서로 닮아 있다. 어떤 방식으로든 유교적 인격체를 뜻하는 선비적 교양과 지식이 투영되어 있는 게 이들의 작품세계다.

하지만 이들이 동양 전래의 유교적 의식과 교양을 수용하는 태도나 결과는 천지 차이다. 먼저 김수영의 경우 내심 "깨끗한 선비로서의 높은 정신을 지"(「일기초(抄) 1」)켜가고자 했다. 그러면서 그는 그의 시 「공자의 생활난」이 보여주고 있는 대로 실제 사물과 세상의 이치를 객관적으로 연구하여 지식을 완전하게 하고자 하는 '격물치지(格物致知)'와 더불어 자기의 인격 완성을 위한 '거경궁리(居敬窮理)'

의 자세를 잃지 않는 시인이고자 했다. 적당히 타협하거나 안주하는 것을 거부하는, 그야말로 시인이란 이름에 걸맞는 역할과 행위가 실천되어야 한다는 유교적 정명사상(正名思想)이 관철되어 있는 게 김수영의 시세계다.

반면에 박한영 대종사의 문하에서 불경(佛經) 공부를 하기도 했던 서정주의 경우, 호구지책으로 한문본『옥루몽』을 한글로 번역할 만큼 한학에 밝았던 시인이다. 하지만 그의 시와 삶을 지배하는 것은 널리 사물의 이치를 궁구하여 정확한 지식을 얻는 유교적 '궁리(窮理)'나 항상 몸과 마음을 삼가서 바르게 가지는 유교적 '거경(居敬)'과 거리가 멀다. '보고 듣는 것을 분명하고 투명하게 하는(視思明 聽思總)' 선비의 행동 자세보다는, 그의 시「자화상」이 보여주고 있는 것처럼 일정하게 사는 곳과 하는 일이 없이 방탕하게 생활하는 '부랑자 의식'이 강하다. 처음 무과(武科)에 급제하지 못한 조선 시대의 호반(虎班)을 가리켰지만, 후일 돈 잘 쓰고 잘 노는 사람을 지칭하는 용어로 변질된 '한량(閑良) 의식'이 지배적이다.

김수영과 서정주 사이의 결정적 차이는 바로 이것이다. 결코 '이만하면'을 허용하지 않았던 김수영은 비록 궁핍하지만 "올바른 정신을 가다듬으면서" 당대의 잘못된 권력에 저항함과 더불어 깨끗함과 고상함을 잃지 않은 선비적 자세로 끝까지 자신만의 "길을 걸어왔다"(「아메리카 타임지」, 1949)고 할 수 있다. 반면에 "누이의 어깨 너머/누이의 수(繡)틀 속의 꽃밭을 보듯" 건들건들 혹은 어영부영 "세상"을 건너"보"(「학(鶴)」)고자 했던 서정주는 마침내 모든 것을 "괜찬타"고 치부하는 자기 기만적인 "운명"(「내리는 눈발 속에서는」)의 수용 속에서 마침내 자기 민족을 배신하고 독재자를 찬양하는 인격적 파탄의 시인으로 전락해갔다고 할 수 있다.

하지만 이해(利害)와 의리(義理)가 충동할 때 의리를 택하거나 '모든 행동에는 예의염치가 있어야 한다(行己有恥)'는 것이 올바른 선비의 조건이자 참된 시인 됨의 바탕이다. 김수영은 이러한 선비 됨의 조건을 충족하기 위해 '이만하면'으로 대변되는 적당주의를 그의 시와 삶에서 일체 허용하지 않았다. 그러면서 그는 당대 역사와 실존의 모호성 속에서 "죽음의 벽을 뚫고 나가기 위한" 시적 "숙제"와 "행동"의 "윤리"(「설사의 알리바이」)를 치열하게 모색했으며, 그 결과 그는 사후(死後) 50년이 지나도 살아남을 '50년 후의 시인'으로 평가되고 있다.

하지만 생의 주요 고비마다 '괜찬타'를 남발한 서정주의 경우, 끝없는 "일탈(逸脫)"과 "관류(貫流)"를 거듭하다가 결국 "개화 일본인"들이 "도색(塗色)해놓"은 "허무"(「한국성사략(韓國星史略)」)주의의 덫에 허우적거리다가 자진(自盡)해갔다. 살아서 '한국문학의 정부(政府)'라는 극찬을 받았지만, 어떠한 희생과 굴욕을 치르고서라도 '사는 것'이 중요하다며 곧잘 권력과 유착된 삶을 보여주었다. 어쩌면 '극우문학'에 지나지 않는 '순수문학'의 대가였을 뿐인 그는 죽자마자 비판의 대상이 되었던 것이다.

앞으로 차차 궁구(窮究)해볼 참이지만, 여전히 김수영보다 서정주의 아류들이 더 우세한 한국 시단에서 김수영이냐, 서정주냐는 결코 단순한 문제가 아니다. 심지어 서정주를 반대하는 진영조차 서정주류의 '시시껄렁함'이나 맹목적인 '가족주의'가 곧잘 확인되고 있는 까닭이다.

아직도 우리 시에는 서정주는 너무 많고, 김수영은 아주 적다.

시인 추방론과 절대 공동체

고대 그리스 철학자 플라톤은 일찍이 '시인 추방론'을 주장한 바 있다. 시(문학)가 영혼의 이성적인 부분을 파괴한다는 확고한 믿음 때문이다. 시인들이 쓴 한 문장의 리듬이 영혼의 가장 밑바닥이자 이성의 적대자인 격정(thumos)을 일으킨다는 이유에서였다. 하지만 플라톤의 제자인 아리스토텔레스의 경우 영혼의 비이성적인 상태를 자극하는 '격정'은 결코 부정적인 것이 아니다. 플라톤이 부정적으로 보았던 그 시적 리듬은 연민과 공포의 감정을 자극하여 인간의 영혼을 정화시키는 기능을 갖고 있다.

일반적으로 각 음(音)들의 위치나 상대적 길이를 나타내는 리듬은, 그런 까닭에 단지 시학이나 미학적인 문제가 아니다. 또한 철학자 루드비히 비트겐슈타인이 말하듯이 시의 영원한 매력을 뿜어내는 샘인 시적 리듬이 한 문장의 정확한 이해와 관련되어 있는 것만도 아니다. 오히려 리듬은 눈에 보이는 삶의 존재감뿐만 아니라 보이지 않는 생명의 존재적 깊이와 연관되어 있다. 특히 리듬이 가진 높낮이와 장단, 빠르기와 느리기 등의 움직임은, 한 개인이나 사회의 존재의 심연과 더불어 한 집단이나 민족의 역사적 시간과 삶의 질서를 보여준다.

그러니까 플라톤의 '시인 추방론'은 한 편의 시적 리듬이 마치 아편처럼 이성을 파괴하고 중독시킬 수 있을 만큼의 위력을 가지고 있다는 것을 역으로 보여주는 사례다. 시의 음악적 요소의 하나인 리듬은 플라톤이 구상한 공화국의 존재를 위협할 만큼의 영향력을 가지고 있다. 단지 음악적인 요소의 하나가 아니라 강력한 정치력을 내장하고 있으며, 바로 한 사회를 전복하는 위력을 갖고 있는 게 우리가 결코 실체화할 수 없는 리듬이다.

누구나 한 번쯤은 스스로의 생활이 무의미하게 반복되거나 정체되어 있다고 느낄 때면 문득 여행을 꿈꾸거나 돌연 가출해본 경험이 있을 것이다. 그러한 경험 역시 이와 무관하지 않다. 낯선 곳으로 이사를 하거나 기존의 세계와 결별하고 전혀 다른 삶의 양식을 선택하고 결단했던 자들의 내면엔 공통적으로 견딜 수 없는 일상의 반복 또는 참기 힘든 삶의 획일성에 대한 강력한 저항감과 거부감이 들어 있다. 더 이상 안정된 삶의 리듬에 안주하거나 기존의 생활 패턴과 적당히 타협할 수 없다는 생각이 이전 세계와의 결별을 부른다. 마치 대체 불가능한 진리나 질서인 양 군림하는 권력이나 체제가 강요하는 삶의 리듬이나 사회적 시간을 용납할 수 없을 때 가장 과격하고 돌발적인 혁명 사태가 발발하기도 한다.

우리가 중고등학교 시절 신학기가 시작되거나 새로운 각오를 다질 때면, 어김없이 먼저 시간표를 짜고 하다못해 책상의 위치라도 바꾸었던 기억이 그 좋은 예다. 기존의 생활 태도나 삶의 방식을 바꾸지 않는 모든 시도는, 결국 전혀 새로운 변화나 혁신을 기대할 수 없는 동일한 삶의 반복에 지나지 않는다. 어떤 식으로든 창조적 붕괴와 결별의 단계를 거치지 않는다면, 우린 전혀 새로운 삶의 희열이나 존재의 근원적인 도약을 맛볼 수 없다. 우리가 꿈꾸고 원하는 전망과 삶의 지평에 도달하기 위해선, 무엇보다도 그동안 자신들을 압박하고 구속하고 있는 온갖 삶의 리듬과의 결별이 우선적으로 요구된다.

지난 1999년 시작된 '슬로시티 운동'이 그 하나다. 이러한 움직임들은 단순히 '시간이 돈'이라는 자본주의 사회의 속도전에 대한 저항과 반발에 그치지 않는다. 거기엔 '보다 빨리, 보다 멀리, 보다 높이'를 외치는 근대문명 속에서 새로운 종류의 삶의 시공간을 만들고자 하는 범인류적인 염원이 들어 있다. 인간과 자연, 인간과 세계의 분리와 해체를 당연시하는 자본주의적 시간으로부터 자유로운 삶의 시간, 진정 새로운 리듬의 세계를 창안하려는 공통의 노력이 내장되어 있다.

한국의 대표적인 슬로시티에 해당하는 완도 청산도, 장흥 유치, 하동 악양, 신안 증도, 담양 창평 등이 바로 그렇다. 이들 장소에 대한 새로운 주목 속엔, 한국 근대화 과정을 지배했던 〈새마을 노래〉와 같은 군가풍 또는 행진곡풍의 리듬으로부터 해방되고자 하는 열망이 숨 쉬고 있다. 또한 거기엔 모든 삶을 획일화하고 평균화할 뿐인 사회적 시간 속에서 각자마다 고유하고 독립적인 시간의 창조와 삶을 향유하고자 하는 현대인의 욕망이 투사되어 있다. 저만의 생명력과 호흡, 리듬과 멜로디를 가진 삶의 노래를 부르고자 하는 소망이 이러한 탈근대적인 시공간에 대한 재발견으로 이어졌던 것이다.

1980년 5월 광주 또한 그렇다. 그 사태는 단지 당대의 모순과 불의에 대한 시민항쟁의 성격만으로 한정할 수 없다. 가장 직접적이고 급작스런 방식으로 자신들을 통제하고 억압하는 국가권력으로부터 자신들만의 존재 양식과 공동체를 실현하려는 노력을 포함하고 있다. 특히 광주시민들이 보여준 '절대공동체'(최정운)는 군부세력의 잔인하고 비인간적인 파시즘의 시간을 역전시키려는 역동적인 삶의 리듬과 창조적인 시간 감각을 구현하고 창안하는 기간이라고 봐도 무방하다. 방금까지 함께했던 시민들이 죽어가는 가운데서도 그 누구의 권유나 강요 없이 이전까지 연주된 적이 없는 멜로디와 박자에 맞춰 자발적인 독무(獨舞) 또는 거대한 군무(群舞)를 연출했던 시간이 80년 5월 광주의 '해방공간'이었을 테니까.

우여곡절 끝에 '아시아 문화전당'이 개관했다. 하지만 자신만의 시간과 삶의 빠르기를 갖지 못한 자가 노예이듯, 특별히 광주시민들만이 아니라 고유한 삶의 리듬과 시민적 시간을 창출해내지 못한다면 그 또한 죽은 도시의 하나에 불과하다. 특히 광주를 알리는 또 하나의 상징이 될 게 분명한 '아시아 문화전당'은, 결국 공허한 콘텐츠 개발과 프로젝트가 난무하는 소란스런 스펙터클의 장으로 전락하고 말 것이다. 각자마다 고유한 삶의 리듬이 연출하는 복수의 시간성과 각자마다 다른 생성의 시간성이 자유롭게 흐르며 공생하는 장이 되는, 비로소 국가와 인종이 경계를 넘어 세계인이 공감하고 지지하는 기념비적 '아시아 문화전당'을 기대해본다.

역사적 진리와 개체적 진실 사이

대학 2학년 때 맞은 5월이 벌써 30주년이라니! 우연히 5·18 당시 거리에서 생면부지로 마주쳤다가, 그야말로 한 세대가 지난 이후에 기적적으로 만난 한 사람과 나는 광주 여행을 약속했었다. 그러면서 성대하고 화려한 5월 30주년 기념식장 대신 광주의 가장 허름한 막걸릿집에서 그동안 살아온 얘기이며, 맑은 눈과 검은 머리를 치렁이던 시퍼런 청년 시절을 피로 물들인 그날들을 우리들끼리 되돌아보고자 했다. 하지만 그 약속은 유보되고 있다. 공수부대의 곤봉에 맞아 혼절했다가 겨우 살아났다가 어느덧 탄탄한 사업가로 변신한 그와 나의 일정이 맞지 않았던 탓도 있었지만, 과연 앞으로의 30년을 또 어떻게 보낼 것인가에 대한 확신이 선뜻 안 섰기 때문이기도 하다.

지난 30년의 세월은 단연 그랬다. 제임스 조이스의 말처럼 나에게 지난 "역사는 깨어나려고 몸부림치는 악몽"이었다. 개체적이고 실존적인 진실을 무자비하게 짓밟고 지나가는 역사였다. 멀쩡하게 깨어 있는 낮이든 겨우 잠든 밤이든 그에 대한 저주와 탄식, 회한과 슬픔들이 수시로 찾아오던 날들이었다. 지나가면 그뿐인 역사의 캐터필러와 군홧발 속에서 문학은, 시는 무엇을 말할 수 있는 것인가. 또 그 속에서 한 개체적 삶의 의미는 무엇일 것인가, 번민해온 날들이기도 했다.

나의 문학과 공부는 그런 고통스런 질문과 대답들의 과정 속에서 탄생한 것들이었다. 지역 출신 작가임에도 나의 면전에서 "5월에 대해 단 한 편의 시도 쓰지 않았다"고 자랑스레 떠벌인다든가, "무슨 덕을 보려고 줄곧 5월 문제에 매달리느냐"는 질시와 야유 속에서 나는 비정하기만 한 역사의 악몽에서 깨어나고자 했다. 아니, 내가 1980년 5월을 내 삶과 문학의 화두로 삼은 것은 필사적으로 그런 역사의 대극에서 생의 신비 또는 황홀함을 찾고자 함이었다.

하지만 이러한 생각이 어찌 나뿐이겠는가. 지금까지 발표된 작가들의 5월 관련 작품들은, 과연 그것들을 발견해가는 지난한 과정이었다고 나는 굳게 믿고 있다. 나는 그들의 작품 속에서 역사의 비정함이나 무상함과 비례하는, 놀랍고도 무서운 생의 신비 또는 한 개체의 아름다움을 발견하려는 노력을 보았다. 역사의 악몽마저 끌어안은 채 되레 그걸 축복으로 만들려는 필사적인 몸부림이 바로 문학인의 중요한 자질이자 소명이며, 바로 그러한 노력들이 무너진 역사와 개체적 진실 사이를 다시 잇는 다리가 아니던가.

그래서일까. 이른바 지명도와 상관없이 거의 대부분의 작품들은 공통적으로 한 개체의 슬픔과 희망, 죽음과 희생에 주목하고 있다. 특히 5월 관련 작품들의 경우 '깨어나고 싶은 악몽'과도 같은 5월의 역사와 그 속에서 한낱 풀잎처럼 사라진 사람들이 그 주인공이다.

그러니까 올바른 의미의 작가들에게 역사적 패악이나 실패는 그 자체로 끝나지 않는다. 어떤 식으로든 개인적이고 집단적인 반성과 각비(覺非)로 연결된다. 외면하거나 거부할 수 없는 괴롭고 아픈 역사는 자신들이 뿌리내리고 서 있는 시대와 역사의 그늘 속에서 더욱 깊어지고 높아진 영혼과 정신의 흔적으로 그 생명력을 끈질기게 이어간다.

늘 새롭게 태어나는 '광주 5월'에 접근할 때 주의할 것은 바로 그 점들이다. 나는, 80년 5월은 우리에게 역사와 권력의 부정적인 본성을 유감없이 보여준 사건이었지만, 그와 함께 도저히 이길 수 없는 물리력에도 굴하지 않고 맞설 수 있었던 참된 용기와 선한 의지가 우리의 내면 깊숙이에 자리하고 있었음을 확인시켜준 사건이었다고 생각하고 있다. 또한 그것은 역사적 허무주의 내지 인간에 대한 환멸을 부르기도 했지만, 새로운 형태의 정신적 각성과 혁명을 아프게 일깨워준 돌발적인 사태였다고 믿고 있다.

그렇다고 이른바 '5월 문학'이 모두 성공을 거둔 것은 아니다. 80년 5월과 같은 역사적 사건을 다루는 데 있어 솔직히 표피적인 진실 규명의 차원에 그치거나 당위적 명제에 치우친 구호와 절규의 작품들이 많았던 것도 부인할 수 없는 사실이다. 그것들마저 '5월 문학'의 성취와 확산에 일정하게 기여했다고 보지만, 그럼에도 불구하고 우린 모든 문제를 객관적인 역사적 지평에서 해석하는 협애한 환원주의를 곧잘 확인할 수 있다. 특히 80년 5월에 대한 사회과학적 상상력이 그것이 품고 있는 수직적 깊이를 수평적인 확장으로 평면화시키고 있다는 생각을 지울 수 없다.

물론 80년 5월에 대한 사회과학적인 접근이 역사적 사건 자체의 객관적 판단과 경험적 패턴을 이해하는 데 도움을 주고 있는 것은 분명한 사실이다. 하지만 딱히 80년 5월을 비롯한 크고 작은 한국 현대사들을 다룬 문학예술 작품들이 거듭 실패로 이어진 것은 다른 이유 때문이 아니다. 합리적이고 이성적인 세계관을 바탕으로 한 그러한 사회과학적 상상력은 자칫 문학을 명제적이고 객관적인 진리의 차원에서 해명하기 마련이다. 역사적 사건을 다루는 데 있어 객관적이고 상대적인 입장은 외면세계와 그 상호관계, 그리고 감각이나 그 도구적 확장에 의해 보여질 수 있는 관찰 가능한 표면과 패턴들을 기술하는 차원에 그치기 쉽다.

물론 주관적 진실만이 전부라는 말은 아니다. 오히려 모든 문화예술은 내면적인 '나'와 외부적 '세계' 사이의 '우리'의 영역, 곧 윤리와 도덕, 세계관과 문화, 적절성과 공정성 등 상호주관적인 영역을 포함하고 있다. 어떤 경우든 올바른 의미의 문학예술은 객관적인 (사회)과학과 심미적 판단은 물론 당대의 윤리도덕 문제에도 자유롭지 못하다. 하지만 '나' 이외는 그 어떤 경우에도 도저히 기술될 수 없는, 나의 '진실'을 기술하는 데 있어 근대적 원근법의 시선은 근본적으로 무기력할 수밖에 없다. 어디까지나 문학예술의 1차 자료는 나의 내면의 진실과 슬픔, 아픔과 고통인 까닭이다.

다시 강조하지만, 역사적 진리만이 전부는 아니다. 그 체험 여부와 상관없이 역사적이고 당위론적인 시선만으로 80년 5월 같은 시대적 아픔과 슬픔을 제대로 포착할 수 없다. 특히 30년의 세월이 흐르는 동안 시대적 맥락과 더불어 깊어질 대로 깊어진 한 개인의 내면과 생명 세계의 심층을 발견하고 접근하는 데 근본적인 한계를 보일 수밖에 없다. 한 개인이 가진 진실성 역시 거대한 역사의 무게만큼 값지기 때문이다.

모든 위대한 문학예술은 거대한 역사가 아니라 그로 인한 존재 망각에 맞서 결코 소통할 수 없는 것들을 가장 깊숙이 소통시키는 것을 자신의 운명이자 가장 고유한 본질로 삼고 있다. 특히 비록 타인들의 눈에 보잘것없어 보이지만, '저마다'에게는 가장 절실하고 더없이 간절한 개체적 진실이 바로 모든 문학예술의 출발점이며 중심축이다. 5월 문학은 그런 점에서 늘 그 시작점에 서 있다.

비극은 어떻게 예술이 되는가?

— 4 · 16 대재난과 미적 혁명

이른바 '세월호 대참사'로 대변되는 4 · 16 대재난 이후 팽목항이나 광화문 광장을 비롯한 전국 각지에서 그날의 비극을 추모하고 기억하려는 리본이나 만장, 깃발들이 나부낀다. 그럴 때마다 나는 특정한 장소나 전시 공간을 고려하여 제작된 작품과 공간이 총체적인 하나의 환경을 이룸으로써 그 자체가 작품이 되는 미술의 한 종류인 '설치미술(installation art)'을 떠올린다. 언제부턴가 광장이나 가로수, 다리 난간이나 나뭇가지 등에서 펄럭이는 노란색의 물결과 마주칠 때면, 특정한 전시 공간을 고집하지 않은 채 다양한 소재와 파격적인 주제를 다루는 설치미술이 자연스레 연상된다. 전통적 미술 양식과 확연히 구분되는 다양한 퍼포먼스와 오브제 작업 등을 통해 자신의 메시지를 효과적으로 전달하려는 설치미술가들의 노력과 4 · 16 대재난의 진실을 알리고 밝히려는 뜻있는 시민들의 다양한 노력들이 결코 다르지 않다는 생각이 든다.

하지만 어떤 식으로든 설치미술은 지금까지 주로 미술가 중심의 미술계 내부의 행위에 머문다. 반면에 지금 여기 이 땅에서 벌어지고 있는 일종의 설치미술적인 행위들은, 우선 그 행위자가 익명의 다수라는 점에서 협의의 미술 범주를 훌쩍 뛰어넘는다. 그러니까 설치미술이 기존의 미술 개념을 혁신하고 확장하는 데 그치는 한계를 갖고 있다면, 4 · 16 대재난 이후 벌어지는 일종의 예술 행위들은 당초부터 미술가적 행위 자체를 의식하지 않은 채 자발적으로 시작되었다는 점이 다르다. 특히 이러한 설치미술은 전 국토를 대상으로 하고 있으며, 전체적으로 보면 인류 역사상 보기 드문 거대한 설치미술이라는 생각을 지울 수 없다.

아직도 4 · 16 대재난의 비극이 진행되고 있는 상황 속에서 오늘의 우리들이 배울 점은 바로 그것이다. 지금 이 순간에도 그 어디선가 지속되고 있을 설치미술적 행위들은, 단지 4 · 16 대재난을 기억하거나 그것들을 기리는 정치적이고 사회적인 추모 행위 차원에 그치지 않는다. 우리가 경험하는 다양한 아름다움의 사태를 미적(美的, das Ästhetische) 현상이라고 할 수 있다면, 4 · 16 대재난 이후 시민들이 자발적으로 참여하여 만들어내고 있는 이러한 거대하고 집단적인 설치미술은, 우리가 지금껏 경험해보지 못한 전혀 새로운 미적 경험이자 그동안 잃어버린 총체적인 예술 행위라고 할 수 있다. 특히 이러한 미적 현상들은 한낱 예술 행위가 아니라 인간이 추구하는 핵심적인 가치라고 할 수 있는 진(眞)과 선(善)의 행위들을 동반하고 있다는 점에서 더욱 그 의의가 크다 할 것이다.

따라서 4 · 16 대재난 이후 우리가 간과해서는 안 될 것은 다른 것이 아니다. 미적 현상이나 미적 가치가 단지 의식적으로 추구되는 예술 현상에 국한될 수 없다는 자각이다. 특히 인간이 수행하는 모든 활동이 미적 가치를 지니며 평가 대상이 될 수 있다는 새로운 발상의 전환이다. 그러니까 올바른 예술(fine arts) 행위는 오로지 한 개인의 내적 경험의 표현과 같은 창조적인 활동 및 그 결과로서의 작품만을 지시하는 것이 아니다. 우리들 삶 자체 하나하나가 미적 현상이자 윤리의 토대다.

그러니까 미적 가치는 단지 한 개인의 주관적 산물이거나 의식적으로 제작하거나 창조하는 것에서 발생하지 않는다. 오히려 그보다는 근대사회를 거쳐 오면서 예술의 영역과 멀어져간 참(眞)과 착함(善)의 가치가 서로 결합되는 데서 새로운 미적 윤리가 탄생한다. 예술이 순전히 한 개인의 미적 충동에 의해 탄생된다는 생각은 지극히 근대적인 편견이며, 근대 미학이 가진 치명적인 한계에 불과할 뿐이다.

4 · 16 대재난 이후 이름 없는 시민들의 자발적 참여로 엮어내는 거대한 설치미술적 행위들이 그 증거다. 이들이 펼쳐내는 거대한 만다라적 풍경의 연출은, 기존의 예술이라는 틀 안에 갇혀 있는 것이 아니다. 예술이 예술 밖의 풍경과 만날 때 확장되고 새로이 탄생할 수 있다는 것을 잘 보여주고 있다. 달리 말해, 아름다움(美)은 예술이라는 어느 특정한 미적 대상에 국한되는 것은 아니다. 모든 예술 행위와 결과를 주체에 귀속시키고 작품의 의미 역시 주체 행위의 연장으로 보려는 것이야말로 근대적 사고의 소산이다. 예술 또는 미적 행위를 진리나 윤리와 독립된 영역으로 보는 것이야말로 오직 주관적인 미적 충동에 미적 가치를 부여하고자 했던 근대 미학의 한계를 고스란히 드러낼 뿐이다.

그동안 이른바 '촛불시민'들이 연출하는 일종의 설치미술 내지 집단 퍼포먼스를 접할 때마다 문득 세계 자체가 하나의 거대한 심미현상이라는 생각에 잠긴다. 매일매일 부딪치는 세계가 단순히 반복되는 일상의 되풀이가 아니라 다시는 반복될 수 없는 미적이고 심미적 사태라는 생각으로 비약한다. 특히 그것들은 뜻밖에도 그동안 근대라는 이름으로 추방하고 박해하길 주저하지 않았던 우리들 안의 신성, 미신이라는 이름으로 잃어버린 인간과 인간, 자연과 우주 전체와의 연대성을 회복하는 계기를 마련해주고 있다고 믿고 있다. 참담한 비극의 삶 속에서도 충만한 기운에 전율할 줄 아는 예술이 가져다주는 참된 미적 혁명의 경험을 함께 나눌 수 있지 않겠는가.

우린 오랫동안 진부한 일상의 세계 속에 숨어 있는 심미 현상을 먼저 직감하는 자들이 시인이라고 믿어왔다. 특히 올바른 의미의 시인들이라면 온갖 억압과 구속 속에 감춰져 있던 어떤 힘과의 접속과 더불어 인간 정신과 사회적 해방을 꿈꾸는 자들이라고 생각해왔다. 하지만 이제 지난 시대의 그런 시인들을 '촛불시민'들이 대신하고 있다. '촛불시민'이야말로 자신들도 모르게 각자의 생활세계 속에서 우주와 관계를 맺고, 우주의 중심에 관여하며 코스모스의 세계를 건립하는 설치미술가들이자 미래의 시인들임에 틀림없을 것이다.

제2부

태초에 우연이 있었다

『매장시편』이 나올 무렵

근래 어느 잡지의 작가 특집에 '자술연보'를 쓰면서 문득 이영준이라는 이름이 떠올랐다. 내가 지금껏 시인 행세를 해온 데 있어 가장 결정적인 사건이 그와 연결되어 있기 때문이다. 그는 제3회 '오늘의 작가상' 최종심에서 밀려난 낙선작 『매장시편』을 한 권의 시집으로 꾸리자고 제안한 당사자였던 것이다. 나중에 들은 얘기지만, 당시 그는 민음사 편집부에 갓 입사한 신입사원이었다. 그럼에도 불구하고 심사위원들이 뽑은 당선작 외에 응모작들을 폐기처분하려다가 내 작품을 읽어보고 당돌하게 박맹호 사장을 찾아가 직접 설득했다고 한다.

그래서 나는 지금껏 '대한민국 최고 편집자'로 평가받고 있는 그와의 만남을 내 인생의 행운 중에서 가장 큰 행운 중의 하나로 여기고 있다. 그가 아니었더라면, 나의 첫 시집 『매장시편』은 이 세상에 존재하지 않았을지도 모르기 때문이다. 하지만 그와의 운명적인 만남을 여태껏 소중하게 간직해오고 있는 건, 나의 첫 시집 『매장시편』을 바깥세상으로 내보내는 데 결정적인 역할을 했다는 이유만은 아니다. 우여곡절 끝에 다시 만난 지금의 아내 권유로 구례 화엄사 지장암(地藏庵)에 칩거하며 다급히 『매장시편』을 써내려갈 때 내가 세운 몇 가지 원칙이랄까, 내심 1980년 5월의 비극이 공허한 언어 사태 속에서 휘발되고 있지는 않는가, 하는 우려와 염려 속에서 시작한 나의 작품이 이 세상의 빛을 보게 되었다는 안도감이 더 컸다.

구체적으로 나는 어쩌면 3, 40년의 시간을 앞당겨 쓴 셈인 『매장시편』을 통해, 그때까지 내가 직접 보고 느낀 것만을 쓰자, 그러나 완결된 역사적 사실(史實, 事實)에 기초한 서사시적 구성이 불가능하기에 연작시가 적당하다, 동시에 여전한 비극 현장의 직접적인 체험과의 거리 확보를 위해 신화적 상상력을 도입하되, 나의 모태신앙이자 필시 모어(母語)의 한 부분일 천주교의 정서와 언어를 바탕으로 죽은 자들의 슬픔과 더불어 산 자들의 부끄럼을 노래하자, 그리고 무엇보다도 50년, 1백 년 후에라도 80년 5월 광주를 인류사에 각인시키고 드높이는, 낡지 않는 사유와 심연의 언어를 남기자는 원칙을 세우고 나의 『매장시편』을 구상하고 써내려간 바 있다.

고백하건대, 하지만 일부러(?) 해설을 싣지 않은 채 발간된 『매장시편』에서 나의 가장 큰 고민은 다른 게 아니었다. 실상 강제징집으로 끌려간 군대의 탄약고에서 시작된 나의 『매장시편』을 이끌어 가는 내용이나 서사보다 오히려 그것들을 지탱하는 행과 연 처리가 고민거리였다. 무엇보다도 『매장시편』을 이끌어 가는 리듬을 어떻게 처리하느냐가 가장 큰 과제였다. 당시 나는 그때까지의 한국시가 행과 연을 처리하는 방식이 안이하고 천편일률적이라고 보았다. 특히 3 · 4음보 형식과 그 변형에서 크게 벗어나지 않는 시들에서 갑갑함을 느꼈다. 무엇보다도 그런 당대의 리듬 의식으로는 80년 광주 5월과 역사적 무게를 감당할 수 없다고 생각했다.

다행히도 후일 문학평론가 홍용희는 2007년 개정판 『매장시편』 해설에서 그 점을 놓치지 않았다. 불길하고 격정적인 서사를 현장감 있게 묘파하는 원동력의 하나로 『매장시편』을 떠받치고 있는, 그러나 보이지 않는 언어의 울림 또는 음향적 효과에 대한 나의 이런 숨은 노력을 '광주항쟁에 대응하는 시대적 리듬의 창조'로 평가해주었다.

그런 나의 『매장시편』이 발간되고 얼마간의 시간이 흐른 후였을 것이다. 우연히 합석한 자리에서 김광규 시인으로부터 "이젠 부활시편을 써야지요"라는 말을 들은 적이 있다. 그때 나는 김광규 시인의 대표시의 하나인 「희미한 옛사랑의 그림자」를 떠올리면서, 다소 도발적으로 "광주 5월이 4·19처럼 회고 대상이 되지 않도록 하겠습니다"라고 대답한 것 같다. 하지만 나는 그동안 그날의 대화를 까마득히 잊고 지냈다. 그러다가 4, 5년 전 문득 김광규 시인이 내게 했던 말을 생각해냈다. 그러면서 어떤 강력한 영감에 사로잡혀 단숨에 한 권 분량의 미완성 서사시를 써내려간 적이 있다.

하지만 나의 천성적인 게으름 탓이기도 하거니와 과연 나의 신작 서사시가 과연 『매장시편』을 잇는 진정한 '부활시편'이 될 것인가에 대한 확신이 쉽사리 서지 않는다. 동시에 내가 '부활의 노래'를 부르기엔, 우리가 살고 있는 이 세계가 아직도 너무 많은 어둠과 죽음을 품고 있다는 생각을 지울 수 없다. 그래서 난 그 서사시 발표를 일단 미루며 고쳐가는 중이다. 아니, 미완의 생처럼 영원히 미완성작으로 남거나 아예 그 발표를 보류할지도 모른다.

여전히 나의 『매장시편』은 나를 앞으로 끌어가는 바람 앞의 '돛'이자 언제나 그 새로운 항구를 향한 출항을 잡아끄는 무거운 '닻'이다.

풀은 더러 바람에 움직이지 않는 놈조차 있다

'바람이 동쪽에서 분다고 해서 모든 풀들이 일제히 서쪽으로 흔들리는 것은 아니다'. '더러 아예 움직이지 않는 놈들조차 있지 않는가.' 지난 1986년, 내가 대학 4학년으로서 고향 근처의 중학교에서 교생 실습 중일 때였다. 나는 교무실에서 바라보이는 운동장 가에 서 있던 미루나무 이파리들이 일률적으로 움직이지 않는다는 사실에 화들짝 놀란 바 있다. 그러면서 문득 나는 엉뚱하게도 김수영의 시 「풀」을 떠올리며 회심의 미소를 지었다. 모두가 의심의 여지 없이 '풀'이 민중의 혁명적인 움직임을 의미한다고 믿고 있는 시대 속에서였다. 나는 내심 '바람보다 늦게 누워도' '먼저 일어나고', '늦게 울어도' '먼저 웃는다'는 '풀'의 조건반사적이고 인과론적인 운동성을 반격할 거점을 찾았다고 생각했다. 의당 바람의 반작용에 의해 나뭇잎들이 그 반대편 쪽으로 움직이리라는 나의 생각과 달리, 상당수의 이파리들이 아예 움직이지 않거나 어떤 이파리들의 경우 되레 바람 부는 쪽으로 기우는 걸 보면서였다.

제2시집 『살아 있는 날들의 비망록』(1990)에 실려 있는 시 「외로운 단수형의 풀잎 하나」는 그렇게 탄생했다. 나는 김수영의 '풀'이 민중적이고 혁명적인 상징으로 동시대인의 사랑을 한 몸에 받고 있을 때, 교생 실습 기간에 보았던 '풀' 대신 그 미루나무 이파리들을 떠올리며 "풀은 신기하게도/더러 바람에 움직이지 않는 놈조차 있다"는 구절을 써내려 갔다. 그러면서 그 뒷구절에 "그것이 순풍이든 역풍이든 간에/그것이 복수형의 신앙에 대한/온몸의 풍자든 반동이든 간에/바람보다 늦게 누워도 먼저 일어나고/바람보다 늦게 울어도 먼저 웃는 걸 거부"하고 있다고 썼다. 그렇게 나는 김수영의 '풀'에 대한 당대의 낭만적이고 관념적인 해석과 지배적 문학담론과 다른 나만의 소심한 이의 제기이자 반감을 표출한 바 있다.

그러니까 나는 김수영의 최후작인 「풀」이 지닌 역동성과 상징성에 주목하면서도, 그러나 '누움과 일어섬', '울음과 웃음'을 기계적이고 자동적인 반복성으로 이해하는 당대의 인식들에 쉽게 동의할 수 없었다. 아니, 더 정확히 말하자면 그의 '풀'에 대한 당대의 인식과 일방적 해석에서 그 어떠한 예외도 인정하지 않는 파시스트적인 사고의 흔적을 느꼈다고나 할까. 나는 그들의 주장처럼 민중이 작용과 반작용 속에서 일사불란하게 움직이는 풀이라면, 그 민중은 아무런 주체성도, 인격적 자립성도 갖추지 못한 존재일 수밖에 없다고 생각했다. 백번 양보해 만일 '풀'이 일사불란하게 움직이는 '민중'을 상징한다고 하더라도, 바로 그 순간 김수영의 '풀'은 일체의 개인적 자립성을 허용하지 않는 억압적인 집단주의를 대변하는 것에 지나지 않기 때문이다.

굳이 내가 나의 졸작 「외로운 단수형의 풀잎 하나」에 대해 중언부

언한 것은, 그러나 수동적이고 집단적인 주체로 격하시키고 있는 김수영의 '풀'을 능동적이고 적극적인 주체로 복귀시키고자 한 작품이었다는 말을 하기 위한 것이 아니다. 특히 시대적이고 집단적인 움직임 속에서도 동시에 미세하게 떨리는 주체의 자율적인 권리 또는 고유성의 움직임에 주목한 것을 새삼 강조하기 위한 것도 아니다. 어느 순간 내가 시적 스승으로 삼은 김수영이 무조건적인 나의 숭배의 대상이 아니었다는 것을 말하고자 함이다.

하지만 그는 내가 문단에 등단하기 이전에도, 이후에도 나의 시적 전범이면서 한편으로 내가 반드시 넘어서야 할 거대한 벽이었다. 그리고 그에 대한 또 다른 증거의 하나가 그의 시 「폭포」에 대한 나의 대결 의식이다. 나는 '폭포'를 소재로 한 나의 시 「얼어붙은 폭포」(제4시집 『벽을 문으로』 수록), 「구성폭포」(제6시집 『나는 오래전에도 여기 있었다』), 「폭포」(제8시집 『길은 한사코 길을 그리워한다』)에서 한사코 '떨어'지는 데 급급한(?) 그의 '폭포'를 반격하고자 했다. 시종일관 위에서 아래로 '무서운 기색도 없이' 낙하하는 김수영의 '폭포'를 의식하고 반론을 제기하면서 그걸 필사적으로 넘어서고자 했던 것이다.

예컨대 나는 먼저 「얼어붙은 폭포」에서 "무엇을 향해 떨어진다는 의미도 없이" "쉴 사이 없이 떨어"지는 김수영의 '폭포'가 몰락한 채로 끝나는 게 아니라, 어느 순간 "가파른 정신의 빙벽으로 직립"할 수 있음을 강조하고자 했다. 또한 「구성폭포」에서도 나는 "취할 순간조차 마음에 주지 않은" 채 "높이도 폭도 없이/떨어"지는 김수영의 일방적인 하강의 '폭포'와 달리, "겨울폭포"의 정경을 통해 "살아 솟구쳐 오르다가 더러 얼음기둥이 되어" 우리 앞에 현시되어 있는 상승의 폭포를 보여주고자 했다.

어디 그뿐인가! 나는 김수영의 시「폭포」가 자칫 "한사코 하나" 될 수 없는 어떤 "중심을 고집"하고 옹호하는 것으로 귀결되는 것은 아닌지 반문하면서, "걸핏하면 하나의 목표 또는 신앙을 강요하고 설득해온" 역사의 폭력성을 고발하고자 했다. "하나의 가치로 결집될 수 없"는 인간의 가치와 삶의 다양성을 드러내고자 했던 시가 내가 가장 나중에 쓴 나의 시「폭포」였던 셈이다.

내가 이러한 김수영을 통해 가장 먼저 배운 것이 있다면, 우선 이른바 정실(情實)이나 친소관계에 좌우되지 않는 그의 글쓰기다. 예컨대 그는 먼저 친구이자 문학적 라이벌 관계였던 박인환 시인에 대해 스스럼 없이 자신이 "가장 경멸한 사람"(「마리서사」) 중의 한 명이라고 말한다. 생전에 함께 어울리며 서로 영향을 주고받은 사이였음을 감안하면 매우 냉혹하고 몰인정한 평가다. 평소 가족 간에도 친밀한 관계를 유지했던 소설가 김이석을 추도하는 자리에서도 마찬가지다. 그는 가차 없이 소설가 김이석이 자기 사상을 제대로 펴지 못한 "선천적으로 소시민적인 작가"(「김이석의 죽음을 슬퍼하면서」)라고 평가한다. 비록 평소 긴밀하고 호의적인 사이였을지라도, 사사로운 인정이나 인간관계에 끌리지 않는 것이 그의 글쓰기의 특징의 하나다.

하지만 김수영은 단지 타인에게만 엄격했던 시인이 아니다. 아니, 어쩌면 그는 "죽음과 가난과 매명(賣名)"의 "문제"(「마리서사」)를 생의 극복 과제로 삼았던 그 자신에게 더 가혹하고 엄격했던 시인이다. 예컨대 그는 곧잘 페미니스트들의 공격 대상이 되어 있는 시「죄와 벌」에서 "우산대로/여편네를 때려눕"힌 후 "집에 돌아와서/제일 마음에 꺼리는 것"은 "아는 사람이/이 캄캄한 범행 현장을/보았는가 하는 일"이라고 말한다. "아니 그보다도/먼저" 더 "아까운 것"은 다름 아닌 자신의 아내를 때려눕힌 "지우산을 현장에 버리고 온 일"이라고 한 번 더 강조한다.

표피적으로 볼 때, 분명 이러한 김수영의 이러한 처사는 지탄받기에 충분하다. 하지만 다른 각도에서 보면, 여기서 그는 자신의 잘못된 행위를 일체 변명하거나 정당화하려 들지 않는다. 그러기는커녕 오히려 그의 잔학성과 가학성을 부각시킨다. 어쭙잖은 자기 처벌이나 양심의 가책보다는 차라리 자신의 위선과 패악을 있는 그대로 드러내기를 택한다.

후배 시인으로서 내가 김수영을 결코 넘어설 수 없다고 생각하는 지점은 바로 여기다. 나는 결코 어느 소도시의 유곽에서 오입을 해본 일이 있는데, 거기서 만난 여인이 반절하며 들어오는 모습이 퍽 좋게 보였다(「내실에 감금된 애욕의 탄식－여성의 욕망과 그 한국적 비극」)고 말하는 그의 솔직성을 흉내 낼 수조차 없다. 특히 나는 한 창녀촌에서 하룻밤을 지내고 나온 아침에 등굣길에서 만난 여고생을 더 순결한 눈으로 바라볼 수 있다(「반시론」)고 태연히 실토하는 그의 무서운 고백에서 그 어떤 알 수 없는 절망감을 느낀다. 무엇보다도 나는 자신의 아내가 아닌 창녀와 섹스를 하고 "와서" 그걸 모면하고자 자신의 "여편네"(「성(性)」)와 의무적으로 잠자리를 하는, 매우 부도덕한 모습을 과감히 보여주는 그의 준엄한 내면적 용기에서 그 어떤 종교성을 느낀다. 김수영의 시와 행위에 대한 윤리적인 판단이나 평가에 앞서, 나는 자신의 행동에 대해 이만큼 정직하고 과감하게 까발릴 수 있는 작가라는 사실 하나만은 내가 앞으로도 도저히 넘을 수 없는 벽이라고 생각하고 있다.

지난 6년여간 '김수영 연구회'에서 그의 시와 산문을 함께 읽고 토론하면서 새삼 확인한 바지만, 자신이 살고 있는 시대와 역사의 방관자보다 그것들과의 문학적이고 사상적인 대결을 택했던 김수영은 단연 내게 그렇다. 그는 "한 번 더 고비를 넘을 수도 있"지만 "그만큼/지독하게 속이면 내가 곧 속고"(「성(性)」) 마는 자기기만의 세계를 극도로 경계한 시인이다. 특히 "아무것도 안 속였는데 모든 것을 속"인 죄를 가리키는 '하마타르(hamatar)', 곧 의도치 않은 속임수조차 반성하고 또 반성하면서 "한 가지" 작가적 양심을 "안 속이려고 모든 것을 속"(「거짓말의 여운 속에서」)인 선배 작가 중의 한 명이다. 김수영은 자신을 속이거나 타자를 기만하지 않으려는 양심의 움직임 또는 시적 윤리에서 발원하는 시세계를 통해, 지금도 우리 앞을 병풍처럼 우뚝 가로막은 채 서 있다.

우연의 순간과 사랑의 변주곡

모든 현실은 우연에 의해 설명될 수 없으며, 오로지 필연적이고 합법칙적인 연관 속에서만 해명될 수 있는 것인가. 또 자연의 법칙이나 인간의 사회 발전을 규정하는 객관적이고 물리적인 어떤 원리가 존재하는가. 일단 그렇다 치자. 하지만 우연성을 적으로 삼는 과학적 발견들이 '유레카'를 외치거나, 만유인력의 법칙을 발견하는 것처럼 지극히 우연한 계기로 이루어지는 것은 어찌 된 사태인가. 그렇다면 날마다 만나고 헤어지길 반복하는 우리들이 엮어내는 무수한 얘기들을 지배하는 과학적이고 필연적인 법칙이 과연 존재하기나 하는 것인가. 인류사는 또 얼마나 이 우연의 파노라마에 크게 빚지고 있었던가.

햇수로 8년 만에 상재한 제7시집 『태초에 사랑이 있었다』는 그런 나의 숱한 의문과 질문 속에서 탄생했다. 어느 날 문득 나는 그저 눈에 보이는 현실을 지배하는 원리가 필연의 세계라고 보았다. 대신 '우연'이야말로 과학과 역사, 문명과 개인의 운명을 지배해온 보이지 않는 원리라고 생각하기 시작했다. 하지만 우린 아직도 어떤 개념이나 인식보다는 느낌과 직관과 연결되어 있는 '우연'을 겁내면서 우리들 의식에서 추방하고자 하지 않는가. 어쩌면 서양의 전통 사유에서 좀처럼 인정하기 힘든 근본적 생명 사태일 수도 있는 '우연'을 그토록 불온시하고 기피하려고 하는가.

하지만 세상에 존재하는 현상의 법칙을 연구하는 모든 과학과 학문들이 이러한 우연성을 적(?)으로 삼은 것은 결코 우연이 아니다. 그토록 '우연'을 두려워하는 그 자체가 역설적으로 도대체 가늠할 수 없거나 예측할 수 없는 우연의 막강한 힘을 의식하고 있음을 드러낸다. 자신들의 통제 밖에 있는 이 '우연성'이야말로 자신들의 삶을 결정 짓고 이 세계와 우주를 지배하는 진정한 힘이라는 사실을 너무도 잘 알고 있는 까닭이다.

때로 낯설고 섬뜩하기까지 한 그런 '우연'은, 그러나 존재하는 모든 것들이 남김없이 드러나는 유일무이한 순간이자 내가 거기에 감응하는 순간을 의미한다. 동시에 미리 주어진 선입견이나 판단을 넘어서는, 어떤 낯선 존재가 순식간에 신생하고 소멸하는 사태를 가리킨다. 모든 이의 삶의 이해와 역사의 해석을 독점하는 폭력적인 필연의 법칙들에 선행하는, 모든 척도를 뛰어넘는 정신의 가벼움과 비상을 나타낸다. 필연의 감옥에 갇힌 의식보다 더 깊은 무의식에서 솟아나는 것이 '우연'이며, 모든 경험을 하나의 전체로서 여기 지금 있는 그대로 보려는 것이 진정한 의미의 우연이다.

그런 만큼 난 당연히 제7시집 제목을『태초에 우연이 있었다』로 할 예정이었다. 하지만 시집 출간을 앞두고, 난 먼저 모 문학잡지사의 편집부에 연락해 발표될 예정이었던 동명(同名)의 시에서 '우연'

을 '사랑'으로 바꿔주길 부탁했다. 그러면서 나는 자연스레 시집 제명(題名)을『태초에 사랑이 있었다』로 변경했다. 서로 다른 것들을 결합시키는 원리인 '사랑'이야말로 유일하게 자칫 무분별한 혼돈이나 광기로 전락할 수 있는 '우연'을 길들이면서 창조적 관계로 전환시킬 수 있다는 생각 때문이었다. 예측할 수 없고 제어되지 않는 우연과 우연 사이의 관계 맺기이자 그 우연의 향연을 감싸고 다독일 수 있는 힘이 바로 '사랑'이라고 보았던 때문이기도 했다.

하지만 우린 지금도 어떤 개념에 붙잡히지 않는, 자꾸 그 개념의 틀에서 벗어나는 개별 존재자들 사이의 무수한 차이를 의미하는 우연과 마주치기를 꺼린다. 특히 우연적이고 일회적인 모든 것을 경시하거나 가상으로 취급하기 십상이다. 하지만 사랑이야말로 우연의 개입 없이는 성사되지 않는다. 자신도 모르는 사이에 다가오거나 떠나가는 모든 사랑은 그 헤아릴 수 없는 우연의 홍수 속에서 일어난다. 특정한 질서나 형태를 고집하지 않은 무수한 유무형의 우연과 우연들 사이의 관계 맺기가 유일하게 변치 않는 사랑의 본질인 까닭이다.

이처럼 나에게 사랑은 순간에 피고 지는 우연적이거나 무의식적인 것들을 무한 또는 '영원한 현재'로 소환하고 환원하는 시도이자 느슨해진 세계와 나를 결합시키는 끈이다. '우연'이라는 일시적 실재와 여전히 알 수 없는 영원한 실재 사이에 놓인 간극은 오직 엄청난 사랑의 열정 속에서만 극복 가능하다. 그리고 그때서야 '우연'은 우리가 서로 다른 타자와 하나가 되려는 모든 사랑의 유일하고 충만한 목표가 된다. 우연한 우리의 삶에 그 방향성과 의미를 제시해주는 게 사랑이다.

제아무리 하찮고 보잘것없어 보이는 이 지상의 모든 행위와 사건들일지라도, 나름대로 최선이며 전부라는 나의 절대 긍정 의식은 여기에서 비롯된다. 모든 생명체를 추동하며 "밀고 나가는" 궁극적인 원동력은, 더 이상 나에게 "낡은 추억의 힘"으로 대변되는 유물론적이고 실증주의적인 결정론이 아니다. "존재하는 모든 것들"이 "스스로가 감당할 만큼의 역사와/동력을 갖추며 직립해 있"(「가수의 노래에 술잔이 금가고」)는 내재적이고 생성론적인 세계이다. 어느 순간부터 나는 모든 존재들이 근원적으로 열리는 사태인 우연이 다른 우연과 만나 저마다의 사랑의 공동체를 형성하는 과정 속에서 비록 "이루지 못한 꿈"과 "못다 한 사랑이 있"다고 할지라도, 그 자체로 그 무한한 우연의 사태 속에서 난 "아무것도 잘못된 것이 없"거나 "원망할 것 없"(「풍경과 대화하는 법」)다는 세계관에 서 있다.

단 한 번도 마주친 적이 없던 "생생한 시간, 그러나 이미 그 시간을 벗어나버린 시간의 문짝을 활짝 열어 젖히"(「녹슨 종처럼 울기를 그친 것들이」)는 '순간'에 대한 나의 관심사는 이와 관련되어 있다. 어느 날 갑자기 "느닷없이 다가왔다 한순간에 사라지는 제트기처럼" "결코 붙잡을 수 없"고 "알 수 없는 것들"이 "쏟아내"는 "굉음"(「송정리역」)과 같은 모든 '순간'들은, 이제 나에게 미리 생각할 수 없는 우연들과의 만남으로서 아주 낯설고 새로운 풍경과 장소로 도약하고 변신해가는 사태를 나타낸다. 또한 "광속보다 더 빠르게" "다가와 미처 붙잡지 못하거나 준비하지 못한" 급변과 변혁의 그 "모든 순간들"(「조기」)은, 바로 "일체가 아주 낡아버리거나 한꺼번에 늙어버리는 세월의 블랙홀 속"에서 "뛰어넘을 수 없는 단절과 단절"의 시간을 "돌연 불멸"(「헌사」)로 뒤바꾸는 그 어떤 힘의 세계를 의미한다.

다시 말하자면, 이제 나에게 "날마다 다"르면서도 "또 같은" 이러한 무시간의 "순간"들은 결코 합리성이나 인과성에 의해 파악될 수 없는 성질의 것들이다. 동시에 그것들은 배우고 익힌다고 해서 명료하게 이해하거나 해석될 수 없는 게 내가 마주한 세계라는 것을 가르쳐주는 전령(傳令)이다. 내가 생각을 할 수 있는 척도를 훨씬 뛰어넘게 만드는 힘이자 그때그때의 방식으로 "스스로 당당하고 위대한 갱신"과 "또 다른 출발을 예비하는 종말"(「섬진강」)을 알려주는 사태이면서, "여전히 미완성일 뿐인" "역사"적 "시간"들의 "모든 과오와 미숙을 쓰다듬"거나 혹은 "연장하며 완성"(「시간의 힘」)해가는 시간형식이 바로 '순간'들이다.

어쩌면 앞으로도 영원히 해결될 기미가 없는 세상의 모든 불화와 모순들 속에서 나의 시들은 단연 그렇다. 나의 시는 "모든 것들이" "창백한 결실을 향해 속도를 재촉해가"는 그 '순간'에도 "검은 소멸의 퇴적물을 한껏 먹고 자란 시금치 씨앗이 폭설 속에서 천천히 고개를 쳐들고 있는" 생명의 터전, "결코 완결을 모"른 채 "늘 출발점일 뿐인 허기진 내장"(「가을날에」)의 세계로 열려 있다. "지루한 복습"과 "암기"를 강요하는 기존의 거대한 "이념의 교실" 속에서 그 자체로 존재하는 것들이 올바르게 드러나고 해방되는 "시간의 빙점", 그러나 "일단 시작되면 결코 멈출 수 없"이 쏟아지는 "영감(靈感)의 방울"(「북행」) 소리에 귀 기울이고 있는 게 나의 시다.

한편으로 내가 볼 때, 모든 역사와 인간을 '필연'으로 해석하려는 시도는 우리의 삶에 올바른 방향성을 제시하려는 그 선의에도 불구하고, 자칫 일정한 질서를 폭력적으로 강요하는 억압적인 기제가 되기 십상이다. 특히 그러한 질서나 규범이 불변의 진리나 구조가 아니라면 세상에 존재하는 모든 것들은 "스스로를 파괴할 다이너마이트 폭약을 가득 짊어진 채"(「먼지」) 개방성과 생동성의 세계로 진입해 갈 수밖에 없다. 물론 그렇다고 모든 악과 오류가 청산되는 것은 아니지만, 우린 원하든 원치 않든 기존의 세계를 새롭게 해석하는 부정성 속에서 더욱 예리하고 명료해진다. 우리를 덮쳐오는 무수한 '우연'들과 그걸 파수하는 '사랑'의 힘에 의지할 때 모든 현실은 긍정이 되고, 보다 높고 깊은 고유성 또는 본래성으로 들어선다.

그렇듯 나는 "온몸이 형식이고 내용인 생의 전부를 앞으로 쑤욱 내밀"(「뱀에 대한 옹호」)고 가는 한 마리 '뱀'을 통해, 모든 살아 있는 생명체에 대한 절대 긍정을 느낀다. 아니면 잠시나마 "우연히 창문을 두드리는 빗방울 하나"에서 "자꾸 고쳐가며 완성해가는 원고 같은 생의 한순간을 붙들거나 정지시키는 것을 느끼"(「너를 기억하는 동안」)면서 그 어떤 하찮은 사물도 우주와의 연속성 또는 공통성 안에서 형성되고 소멸된다는 생각을 더욱 공고히 한다. 제아무리 열악한 삶의 조건 속에 있더라도 그 누구의 삶이든 '영원'과 '순간'을 함께 하는 것이며, 따라서 우린 잠시라도 각자의 삶의 소중함과 위대함을 망각할 수 없다는 것이 나의 움직일 수 없는 시론(詩論)이라고 할 수 있다.

수정처럼 맑은 오월, 부줏머리 갯가에 숭어가 뛸 때
— 김지하의 황톳길과 생성의 길

박사학위 1차 심사 때의 일이다. 김지하 문학의 핵심으로 '생성의 사유'를 지적하자 그날 그 자리에 참석했던 한 교수가 맨 처음 말문을 열었다. "그렇다면 그것이 김지하 시인의 시에 어떻게 관철되어 있지요?" 주저 없이 나는 김지하 시인의 초기 대표작의 하나인 「황톳길」의 한 구절을 그 예로 들었다. 그의 시 속에는 "부줏머리 갯가"에 뛰는 "숭어"로 대변되는 '생명'과 "가마니 속"에 버려진 '죽음'과 같은 두 대립적인 요소들이 자연스레 공존하고 있으며, 바로 이것이 서로 다른 사물이 상보적 관계에 주목하는 '생성적 사유'를 대표한다고 대답했다.

하지만 내가 김지하 시인의 문학과 사상의 핵심을 생성의 논리로 보기까지의 과정은 그리 간단치 않다. 내가 무슨 광석 채굴업자처럼 그의 작품 세계를 탐색하거나 분석한 결과가 아니다. 돌이켜보면, 우선 그것은 김지하를 처음 접한 1970년대 말의 대학 1학년 시절과 맞물려 있다. 풍문으로만 들었지 실제로 접할 수 없었던 그의 대표 시의 하나인 「황톳길」과 처음 만났을 때의 흥분과 충격과 관련되어 있다. 금서였던 까닭으로 그의 첫 시집『황토』를 구하거나 직접 접할 수 없었지만, 부분적으로 떠도는 그의 몇 편의 초기 시만으로 뭐라 규정할 수 없는 강력한 감정의 소용돌이를 느꼈다. 특히 그의 시들을 대하면서 그때까지 읽었던 그 어떤 사회과학 서적에서도 맛볼 수 없는, 그 어떤 강렬한 격정과 주술(呪術)에 걸린 듯한 몽롱함을 느낀 바 있다. 이왕 애기가 나온 김에 덧붙이자면, 내가 대학 1학년생이었을 때였다. 전남대 용봉문학회 회원 중의 한 명이 서울 청계천 헌 책방에서 그의 첫 시집『황토』를 거금을 주고 사왔다는 소식이 전해졌다. 그래서 우린 너나없이 그 시집을 서로 먼저 읽어보려고 했다. 하지만 나와 같은 1학년 후배들로서는 언감생심이었다. 당시 용봉문학회 회장이었던 K선배가 그 시집을 마치 자신의 권리라는 듯 독차지했다. 문제는 거기에서 발생했다. 평소에도 그다지 침착하달 수 없었던 K선배는 어렵게 손에 쥔 그 시집을 빨리 보고 싶은 마음에 중간고사인지, 기말고사인지를 대충 치르고 강의실 밖으로 나왔다. 하지만 다급히 시험을 끝내고 강의실 밖으로 나온 순간, 정작 김지하 시집이 자신의 수중에 없었다는 걸 깨달았다. 얼마나 다급한 마음이었는지, 그 선배는 그만 어렵게 구한 시집을 책상에 놔둔 채 그 시험장을 나와버린 것이다.

그래서 K선배는 헐레벌떡 시험장으로 다시 뛰어갔다고 한다. 하지만 당시 소장하는 것만으로 불온시됐던 그 시집을 다른 학생들이 그냥 둘 리 없었다. 그 잠깐 사이, 그 시집은 누군가에 의해 감쪽같이 사라져버렸던 것이다. 난 지금도 김지하 시인을 생각할 때면 이 때의 사건이 먼저 떠오른다. 그러면서 온갖 원망과 비난에 어색한 표정을 짓던 K선배의 웃음이 생각난다. 서툴고 미숙했을망정 거짓 없이 역사의 진실과 맞서고자 했던 청년 시절의 에피소드의 하나로서 말이다.

그런 김지하 시인과의 공식적인(?) 인연은 1980년 5월 광주항쟁이 일어나기 직전 유신체제하에서 학적을 박탈당했던 복학생 그룹들과 함께 전남대 대강당에서 개최한 '김지하 문학의 대낮'을 통해서였다. 대학 2학년생으로 당시 용봉문학회 회장이었던 나는 복학생이자 용봉문학회 창립회원이기도 했던 박몽구 시인 등과 함께 당시 옥중에 있는 그의 석방을 촉구하는 자리를 마련한 바 있다. 하지만 얼마 뒤에 5 · 18항쟁이 일어났고, 나는 그 과정에서 머릿속에 외우고 있던 그의 시 「황톳길」을 시민군의 차에 다급히 써 붙인 바 있다. 또 계엄포고령 위반으로 구속된 후 풀려난 지 3주 만에 군대로 끌려간 난 한 여자 후배의 편지를 통해 김지하 시 몇 편의 전문을 만날 수 있었다. 당시 딱히 연인의 관계도 아니고, 그렇다고 단순한 선후배 사이도 아닌 어정쩡한 관계 속에서 용봉문학회 후배였던 나의 아내는 어색한 답장 대신 김지하 시인의 시를 필사해서 보냈던 것이다. 그리고 그게 결정적인 계기가 되었던 것일까. 후일 나는 아내와 결혼하게 되었고, 무엇보다도 남들보다 뒤늦게 시작한 대학원 공부에서 석사학위와 박사학위 논문 주제로 김지하를 택했다.

하지만 나의 석사학위와 박사학위 지도교수들은 내가 그의 문학과 사상을 학위 논문 주제로 삼은 것에 대해 일단 마뜩치 않다는 반응을 보였다. 아직 작가가 살아 있고, 무엇보다도 그의 문학이 진행 중이라는 이유에서였다. 그래서 그 문제 때문에 한동안 지도교수와 보이지 않는 신경전(?)을 펼치기도 했었다. 그럼에도 나는 나의 고집을 꺾지 않았다. 아니, 꺾을 수가 없었다. 어쩌면 나의 인생을 뒤바꾼 역사의 정체와 그 어떤 운명의 힘을 파헤치고 싶었기 때문이었다. 특히 거대한 어둠이랄 수밖에 없는 80년대를 이해하기 위해선 전사(前史)로서 70년대 연구가 필수적이며, 거기에 적합한 대상이 바로 김지하 시인이라는 확신 때문이었다. 비록 석사학위 심사과정에 참가한 모 교수의 "김지하 시인의 선전원이냐"는 말 때문에 큰 소동이 일어나기도 했지만, 다행히도 나의 이런 뜻을 이해하신 두 분의 지도교수는 처음과 달리 나중엔 격려자로 뒤바뀐 바 있다.

돌이켜보면, 그러나 내가 애당초 김지하 문학을 생성론의 관점에서 이해하고 분석할 생각을 한 것은 아니었다. 여느 연구자들처럼 그저 적당한 문학방법론과 담론을 동원하여, 그야말로 학위를 위한 학위를 취득할 생각이었다. 하지만 어느 순간 나는 김지하의 문학세계가 80년 5월 이후 내가 고민했던 문제와 직결되어 있다는 걸 깨달았다. 광주 5월의 시민항쟁의 과정에서 "왜 나아갈 때는 한 덩어리였다가, 도망갈 때 왜 뿔뿔이 흩어지는가?"라는 나의 화두에 대한 해답의 실마리가 그 문학사상에 들어 있음을 직감했다. 구체적으로 나는 그의 문학사상의 핵심이 내가 그토록 고민했던 전체와 개체, 개인과 집단의 분열과 통합 내지 불화와 화해 문제라고 생각했다. 특히 그중에서도 그의 사유의 핵심이 다름 아닌 부분을 구속하는 전체가 따로 있는 것이 아니라 부분이 곧 전체이며, 전체가 곧 부분인 그 둘 간의 상호 역동성에 주목하는 '생성의 사유'라는 걸 알았을 때 그 기쁨은 실로 너무 컸다.

단연 내게 김지하는 그랬다. 그때부터 적어도 나에게 김지하는 단순한 리얼리스트나 저항시인이 아니었다. 또한 그저 그런 민중문학 내지 민족문학론의 제창자이자 실천자가 아니었다. 그가 정식으로 문단에 등단하기 직전에 발표한「현실동인 제1선언」이 바로 그 증거였다. 놀랍게도 거기서 그는 이미 현상과 본질의 통일성을 분명히 말하고 있었다. 처음부터 그는 다양하게 변화하는 현상 속에서 고정되고 안정된 법칙이나 도식을 찾기보다 현실세계 또는 우주 전체를 하나의 커다란 사건이자 과정으로 보고자 했던 생성론자였다.

황톳길에 선연한
핏자욱 핏자욱 따라
나는 간다 애비야
지금은 검고 해만 타는 곳
두 손엔 철삿줄
뜨거운 해가
땀과 눈물과 모밀밭을 태우는
총부리 칼날 아래 더위 속으로
나는 간다 애비야
네가 죽은 곳
부줏머리 갯가에 숭어가 뛸 때
가마니 속에서 네가 죽은 곳

밤마다 오포산에 불이 오를 때
울타리 탱자도 서슬 푸른 속니파리

뻗시디 뻗신 성장처럼 억세인
황토에 대낮 빛나던 그날
그날의 만세라도 부르랴
노래라도 부르랴
대삶에 대가 성긴 동그만 화당골
우물마다 십 년마다 피가 솟아도
아아 척박한 식민지에 태어나
총칼 아래 쓰러져간 나의 애비야
어이 죽순에 괴는 물방울
수정처럼 맑은 오월을 모르리 모르리마는

작은 꼬막마저 아사하는
길고 잔인한 여름
하늘도 없는 폭정의 뜨거운 여름이었다
끝끝내
조국의 모든 세월은 황톳길은
우리들의 희망은

낡은 짝배들 햇볕에 바스라진
뻘길을 지나면 다시 모밀밭
희디흰 고랑 너머
청천 드높은 하늘에 갈라든
아아 그날의 만세는 십 년을 지나
철삿줄 파고드는 살결에 숨결 속에
너의 목소리를 느끼며 흐느끼며

나는 간다 애비야
네가 죽은 곳
부줏머리 갯가에 숭어가 뛸 때
가마니 속에서 네가 죽은 곳.

—「황톳길」 전문

흔히 저항시로만 보기 쉬운 「황톳길」을 찬찬히 음미해보면, 여기서 "나"는 죽음의 "핏자욱"이 "선연한" "황톳길"에만 붙잡혀 있지 않다. 그 가운데서도 동시에 "나"는 "부줏머리 갯가"에서 물 위로 박차오르는 "숭어" 떼를 떠올린다. "밤마다 오포산에 불이 오"르는 시대적 공포와 불안 속에서도, 또한 "나"는 "서슬 푸른" "속니파리"를 자랑하던 "뻗시디 뻗신" "성장"의 "울타리 탱자"를 주목하고 있다. 특히 제 "애비"가 "두 손"이 "철삿줄"에 묶인 채 "총부리 칼날"에 "죽"어간 상황 속에서도 그 아들로서 "나"는 절망하지 않는다. 또한 "작은 꼬막마저 아사하는/길고 잔인한" "폭정의 뜨거운 여름" 속에서도 "나"는 굴하지 않는다. 그런 절망과 폭정의 한 구석에선 "죽순에 괴는 물방울"이나 "수정처럼 맑은 오월"과 같은 생명 현상과 "희망"이 동시에 자라나고 있음을 확신하고 있는 까닭이다.

이처럼 김지하의 시에서 서로 대립되는 것들은 그 자체로 끝나지 않는다. 그 두 대립적인 요소들은 어느새 협력의 관계로 전화(轉化)한다. 예컨대 "성긴" 대나무 숲이 있는 "화당골"의 "우물"에 "피"와 "죽순에 괴는 물방울" 또는 "수정처럼 맑은 오월"의 대비가 그렇다. 그는 암울한 상황 속에서도 "햇볕에 바스라"지는 "낡은 짝배들"

이나 불모의 "뻘길"과 더불어 역사적 전망의 하나로서 "청천 드높은 하늘"과 "그날의 만세"를 동시에 배치하고 있다. 하지만 제아무리 새롭고 미래적인 "희망"과 동경이 강하다고 하더라도 비참하고 비극적인 현재의 상황은 쉽게 개선되지 않기 마련이다. 오히려 "하늘도 없는 폭정의 뜨거운 여름"에 적응하지 못한 것들은 사라지기 마련이며, 현재 상황은 "십 년"이 지났음에도 "그날의 만세"가 "철삿줄 파고드는" "나"의 "살결"과 "숨결 속에" 보존되어 있다. 세 차례 반복되는 "나는 간다"는 단호한 선언과 의지는, 그러기에 그러한 정체된 현재의 상황에 변형을 주고 돌파하기 위한 성격이 강하다.

다시 한번 정리하면 이렇다. 우선 "황톳길"은 "작은 꼬막마저 아사하는/길고 잔인한" "폭정"의 "여름"으로 상징되는 과거의 역사적 체험과 연결되어 있다. 또한 그것은 "우물"에 "피가 솟"을 때마다 국가나 사회 내의 변란이 일어난다는 속설의 샤머니즘적 세계나 "동그만 화당골" 같은 근대화 이전의 세계와 맞닿아 있다. 그리고 그 "황톳길"에 "선연한" "핏자욱"은 "철삿줄"과 "총부리 칼날" 등으로 대표되는 과거의 사건과 현재에도 반복되는 역사적 상처의 연속을 나타낸다. 하지만 그 "황톳길"은 단지 과거의 역사적 체험을 재생하거나 반복하는 수동적인 함수로 존재하지 않는다. 오히려 "총부리 칼날 아래" 죽어 "가마니 속에" 덮여 있는 "애비"적 세계와의 동일화를 추구하는 한편, 또 다른 한편으로 "부줏머리 갯가에 숭어"가 뛰거나 "수정 맑은 오월"의 세계로 나아가는 길을 의미한다. 과거의 역사와의 연속성과 함께 그것으로부터의 창조적 일탈성을 동시에 암시하는 길이 바로 '황톳길'이다. 현재의 "나"를 규정하고 둘러싼 과거사나 환경에 순응하기보다 오히려 그걸 발판 삼아 능동적이고 적극적으로 "나"의 운명을 선택하고 결단해가고자 했던 시인이 바로 김지하였던 셈이다.

최근에 작고한 김지하 시인은 그런 점에서 어쩌면 가장 많이 알려진 작가 중의 한 명임에도 불구하고, 동시에 가장 몰이해되거나 오독되고 있는 시인 중의 한 명이다. 하지만 그가 남긴 업적에 찬사를 보내거나 비판하는 이들 모두 그의 문학적 출사표이자 후일의 생명사상의 단초가 그의 「황톳길」에 집약되어 있다는 것을 간과하고 있다. 특히 서로 간의 적대나 배척보다 상호의존과 상호침투를 통한 화합을 꾀하는 생성론적 사유가 그의 문학과 사상의 핵심이라는 것을 미처 살펴보지 못하고 있다.

그러므로 살아생전에 수많은 문제 제기와 활달무애한 논리를 펴왔던 김지하의 연구와 평가 작업은 이제 시작이다. 오히려 그의 죽음은 본의 아니게 기존의 단선적이고 왜곡된 그의 문학사상에 대한 이해와 오해를 바로잡을 기회다. 특히 동서양을 넘나드는 폭넓은 지식과 종횡무진하는 그의 논법을 따라잡기엔 요령부득이지만, 그가 생전에 남긴 말과 담론은 생명 해체의 지옥 체험 등 대전환의 숨 막히는 어둠의 때에 가장 고귀한 지혜와 삶의 규범을 되새겨보게 하는 계기로 작용하고 있다. 인격-비인격, 생명-무생명을 막론하고 모두 다 거룩한 우주의 공동 주체로 높이 '모시는' 문화와 사회의 대변혁밖에 없다는 그의 신념이 바로 우리들 곁에 어떤 방식으로든 오래 함께할 것이기 때문이다.

다함 없는 비밀과 불가해한 미지의 세계로
— 시작 노트 1, 「길은 한사코 길을 그리워한다」

다가설수록 멀어지는 지평선처럼 단지 접근 불가능한 절대 고독의 근원 혹은 알 수 없는 전망의 바탕을 암탉처럼 품고 있는 길.

험하거나 평탄한 길들이 안겨주는 가장 값진 선물은, 놀랍게도 예정된 결말이나 확신에 찬 기대를 가차 없이 저버리는 뜻밖의 경험이다.

해피엔드로 끝나기 마련인 싸구려 영화와 달리, 어떤 길이든 늘 아직 때가 이르지 않은 출발 혹은 이미 지나쳐버린 종말을 들키고 싶은 비밀처럼 감추고 있다.

뒤늦게야 조수 겸 아내인 착한 젤소미나를 잃고 만취한 채 바닷가에서 회한의 눈물을 흘리는 차력사 잠파노의 속죄이든,* 감옥에

* 이탈리아 영화 〈길〉의 주인공들.

간 자신을 기다리다 못해 배고파 외간남자에 몸을 판 아내의 불륜을 끝내 용서하지 못하고 고향 가는 눈길 속에서 죽어가게 한 남편 세이트 알리의 절규이든,**

결코 원하지 않았을 그 사태들조차 들판 지나 산맥을 넘어가는 전선들처럼 또 다른 비밀의 정점으로 길게 뻗어 있다.

지금 내 앞에 끝이 보이지 않는 한계 또는 방랑이 또 다른 출발의 경계라는 듯 내륙의 길이 끝나는 곳에 물길이, 물길이 다하는 곳에 하늘의 길이 다시 한 번 미지의 지상과 길게 입맞춤하고 있다.

한사코 길을 그리워할 따름인 길들이 길과 만나지 못하면 결코 길이 아니라는 듯 힘든 처방의 이정표처럼 서성거리고 있다.

수많은 우여곡절에도 불구하고, 결국 역사는 합목적으로 발전해가거나 이상적인 목적을 향해 무한히 상승 운동해간다고 믿어 의심치 않았던 청년 시절. 당대의 여느 청년들처럼 나는 "본래 땅 위에는 길이 없었다. 한 사람이 먼저 가고 걸어가는 사람이 많아지면 그것이 곧 길이 되는 것이다"는 루쉰의 말을 삶의 지표로 삼은 적이 있

** 터키 영화 〈욜(yol)〉의 남자 주인공.

다. 각자의 욕망과 지향점은 다르지만, 결국 그들의 의지와 노력은 보편적 세계 구축이자 이상적인 텔로스(telos)의 길로 이어질 수밖에 없다는 생각에서였다.

하지만 과연 길이란 게 한 영웅적인 인물이 인도하는 대로 따라 걸어가면 길이 되는 것인가. 행여 다수가 모두 옳다고 믿는 길과 다르게 가는 소수의 선택은 잘못된 것일까. 마치 그건 '하면 된다'고 밀어붙이는 한국식 근대화 논리와 어떻게 다를 것인가. 특히 루쉰이 말한 길이 한 개인이나 사회가 도달하고자 하는 목표나 이상을 인격화한 것이라면, 모든 길은 하나의 진리나 가치로 귀결되고 마는 그 어떤 것에 불과한 것인가. 어느 순간 나는 루쉰의 말을 신봉하면서도 동시에 왠지 모를 강한 반감과 적지 않은 회의에 시달린 적이 있다.

나의 제8시집의 제목이기도 한 나의 시 「길은 한사코 길을 그리워한다」는 그렇게 탄생했다. 길에 대한 나의 오랜 고민과 사색에서 비롯된 이 시에서 '길'은 하나의 거대한 목적론적 질서에 통합된 어떤 전체를 가리키지 않는다. 또한 인간의 운명은 신의 의지에 의해 미리 조화롭게 정해져 있다는 예정조화설이나 역사가 예고된 목적을 향해 간다는 지난 시절의 유토피아적 세계를 상징하는 것도 아니다. 오히려 종래의 시각이나 구조적 접근으로 볼 때, 하나의 세계관이나 지배질서에 포획되지 않는 블랙홀이거나 다함 없는 비밀과 불가해한 미지의 세계가 나의 길이다.

그렇듯 내가 만나고자 하는 '길'은 예정된 결말이나 확신에 찬 기대를 확인하는 장소가 아니다. 설령 그게 불행이자 비극이라고 해도 이전에서는 만나볼 수 없었던, 그리고 '머나먼 미래'로서 이미 투사되거나 현존하는 '결여'로서 미리 느낄 수 없었던 어떤 '길'이다. 특히 내가 찾고자 하는 시의 길은 기존의 지평 내에서 등장하는 것이 아니다. 새로운 삶과 세계의 시작은 전혀 새로운 시적 지평을 확보할 때 가능하다. 결국 모든 시적 세계는 저마다의 발견과 창조로 아름다울 뿐이며, 무엇보다도 시가 그러한 요건을 충족할 때 저 나름대로 빛나지 않는 시의 세계는 없다.

그렇다면 최상의 여행으로서 시의 길은 어쩌면 잘 준비된 것이 아니다. 필요한 것을 그때그때의 상황에서 얻어내는 맨몸의 정신이다. 어디론가 떠나고 싶다는 마음 하나면 충분하다. 이미 정해진 일정과 지표에 따라가는 것이 아니라 예측불허의 곤경과 난관을 하나씩 헤쳐갈 때 그 시적 여행은 자신만의 것이 되고, 새로운 삶의 연관관계를 발견할 수 있는 힘으로 전화된다. 예측할 수 없는 삶의 조건이나 사태, 혹은 그 과정에서 밀어닥치는 위기나 위험을 통한 시의 길 위에서 그때그때마다 구원받을 뿐이다. 특히 시가 무슨 생의 목적이나 결정론적 세계에 봉사하는 것이 아니라면 더더욱 더 말이다.

유리잔이 깨지는 순간과 '시적인 것'

— 시작노트 2, 「가수의 노래에 술잔이 금가고」

저를 밀고나가는 건
낡은 추억의 힘이 아니다
번개처럼 일순 반짝이는 것들이
석탄처럼 검은 심장의 박동을 일깨우고
이깔나무 줄기처럼 창백하게 곤두선
수직의 정신을 뿌리째 뽑아 던진다
단지 스치듯 마주쳤을 뿐인데도
결코 비켜가지 못했던 생의 한순간처럼
전혀 그 파고(波高)를 가늠할 수 없는 것들이
잊혀진 격정의 한 시대를 소용돌이치며
끝없이 돌팔매처럼 퍼져나간다
그렁듯 불현듯 눈떠보면
애오라지 어제는 어제일 뿐이다
마구 저를 흔들어대는
저문 봄밤의 파도 속에서만,

그 무한한 요동 속에서만 과거는
영원하고도 생생한 현재가 된다
미처 예기치 못한 혁명 같은
운명적인 마주침 속에서만,
유리 술잔을 깨뜨리는 벼락같은
가수의 노랫소리 속에서만,
존재하는 그 모든 것들은
스스로가 감당할 만큼의 역사와
동력을 갖추며 직립해 있다
공중을 나는 새들은 미래의 하늘을
차지하며 흐린 강을 건너가거나,
늙은 동백나무 군락들은 제 그림자를
얼싸안은 밤바다와 천둥처럼 소리치며
윤기 푸른 귀를 쫑긋 세우고 있다

오래전 한 남자가수가 TV 프로그램에서 자신이 어느 날 최고조의 고음을 내자 유리잔이 깨지는 것을 체험했다고 한 말을 들은 적이 있다. 그 순간 난 강렬한 전율과 함께 왠지 모를 좌절감을 느꼈다. 허공에 내지르는 가수의 목소리에 유리잔이 깨지다니! 난 아직도 그게 물리학적으로 가능한지 잘 모른다. 하지만 그때 나는 뭔가에 머리를 얻어맞은 것 같은 강한 충격 속에서 내 시의 언어들은 과연 그 정도의 위력을 갖고 있는가? 적어도 내가 시인이라면, 단 한 편의 시라도 그런 육성의 힘을 가진 시를 써야 하는 것은 아닌가? 하는 생각에 잠긴 바 있다.

나의 졸시 「가수의 노래에 술잔이 금가고」는 그렇게 왔다. 한 가수의 노래에 술잔이 깨지는 그 순간, 아니 그 말을 듣는 순간, 나의 시들이 지나치게 과거의 상처와 아픔에 매몰되어 있었던 것은 아닌가, 어떤 방식으로든 나를 압도하는 과거가, 또한 나의 미래를 저당잡고 있는 것은 아닌가, 하는 강렬한 반성과 회의가 번개처럼 내 이마를 스쳐간 바 있다. 그러면서 난 나의 생을 '떠밀고 가는 것'은 단지 '낡은 추억의 힘'만이 아니라는 것을 새삼 깨달은 바 있다. 동시에 난 순간적이나마 '석탄처럼 검은' 내 '심장의 박동을 일깨우고/이깔나무 줄기처럼 창백하게 곤두선' 내 '수직의 정신을 뿌리째 뽑아' 내던지며 다가오는 시간. 과거로 거슬러 올라가는 시간이자 벌써 미래로 뻗어 있는 근원의 시간으로서 '시적 순간'과 마주할 것을 결심한 바 있다.

오늘의 시들이 여기저기서 문전박대당하고 시인들이 집단으로 조롱받으며 매도당하고 있는 실정이다. 그 가운데 내가 유일하게 시인으로서 자부심을 가질 수 있는 최후의 보루는 단연 그렇다. 나 역시 그 책임과 비판에서 결코 자유로운 자는 아니지만, 나는 "단지 스치듯 마주쳤을 뿐"인 모든 '시적 순간'의 위대성, 그러나 간절히 소망하거나 기다린다고 해서 오지 않는 '시적인 것'의 위엄을 여전히 믿고 있다. 바로 그 '시적 순간'들 속에 결코 정식화하고 개념화할 수 없는 생명의 충동 또는 존재의 목소리 자체가 담겨 있다고 확신하기에, 오늘도 여전히 나의 눈과 귀는 궁극적으로 신화적 우주가 펼쳐내는 풍경과 노래를 향해 열려 있다.

"전혀 그 파고(波高)를 가늠할 수 없는 것"들로 '시적 순간'은, 그러나 단지 한 개인 차원의 느낌이나 감동 차원에 머물지 않는다. 매우 개별적이고 신비한 경험이면서도, 때로 "잊혀진 격정의 한 시대"의 '한 시대'로 나를 끌고 간다. 그러면서 그것은 마치 잔잔한 호수에 던진 돌팔매처럼 나의 잠든 감각과 타성을 일깨우며 퍼져나간다. 문득 그 특별한 체험 속에서 나는 나 스스로와 만나는 동시에 자신 너머의 역사와 합류한다. 실존을 배제하는 것이 아니라 실존을 포함하는 개인적이며 역사적인 시간이 '시적 순간'이다.

거의 예외 없이 모든 시인들은 이런 신탁(神託)이라고 할 수밖에 없는, 지극히 평온한 일상을 깨고 들어와 "마구 저를 흔들어대는/저 문 봄밤의 파도" 같은 '시적 순간' 속에서 삶의 리듬을 찾고, 생의 의미를 부여한다. 오로지 그 "무한한 요동 속에서만" "어제는 어제일 뿐", "영원하고도 생생한 현재"와 만난다. "미처 예기치 못한 혁명 같은/운명적인 마주침 속에서만" 시인은 자신의 존재 의의와 정당성을 느낀다. 가히 어느 가수처럼 "유리 술잔을 깨뜨"릴 정도의 "벼락같은" 목소리를 가진 시인을 통해서만, 우린 "스스로가 감당할 만큼의 역사와" 진정한 미래의 "동력을 갖추며 직립"할 수 있다. 흘러간 과거와 흘러올 미래가 가장 역동적으로 교차하는 '시적 순간' 속에서 우린 가장 고유하고 역동적인 '나'로 귀환함과 동시에 전혀 딴 사람으로서 살아간다.

어쩌면 내가 선택하지 않을 수도 있는, 가장 순수한 내면의 욕구나 충동으로서 이런 '시적 순간'에 대한 나의 기다림과 목마름은 이와 깊게 관련되어 있을지 모른다. 나는 그 '시적 순간' 또는 '시적인 것'의 도래 또는 부재 속에서 생생하게 살아 있거나 '나'의 정체성을 정당화해주는 것을 느낀다. 한낱 삶은 예기치 않은 그런 순간과 만남의 연속이며, 끝없는 선택과 결단으로서 그사이 자신도 몰래 내 운명의 향방이 뒤바뀌어 있다는 것을 실감한다. 어느새 나는 그 속에서 온갖 새와 동백나무, 밤바다와 하늘이 영혼이 깃든 생명체 또는 신비한 비밀의 자연으로 부활하는 순간을 엿보고 있다.

고요는 배고픈 멧돼지처럼

— 시작노트 3, 「고요는 힘이 세다」

아직 꽃 피기에 이른 참싸리가 홍자색 꿈을 꾸며 두런거리는 봄밤. 정적과 평화의 순간은 잠깐뿐, 벌써 숙소 바로 앞 폭포에서 떨어지는 물소리가 유리창을 두드린다. 해남 대흥사 천불전 담장 곁 청매실들이 둔탁한 소리를 내며 길바닥으로 떨어져 내리고 있다. 저 멀리 썩은 굴피나무 둥치에 돋아난 노란 개암버섯들이 한낮 천년수 가는 길에 보았던 독사처럼 꼿꼿이 자루를 세우고 갓을 편 채 독을 뿜어내고 있다. 일사불란하게 군락을 이룬 채 흔들리던 동백나무, 비자나무 숲도 돌연 자유시민이 되어 오직 각자의 명령과 보폭에 따라 흩어지거나 모여들기를 반복하고, 북가시나무 위에선 미처 예측하거나 대처할 수 없는 새로운 소요와 고요의 기준점을 알려주며 되지빠귀 새가 홀로 울고 있다.

그러나 끝내 미지로 남을 낱낱의 소리들이 밤의 계곡으로 멧돼지처럼 씩씩대며 속속 집결하고 있다.

만물의 세계에서 고요는 멈춤이 아니다. 설사 그렇게 보이지 않는 순간에도, 만물은 저만의 리듬으로 움직인다. 세상에 존재하는 모든 것들은 바로 이 순간에도 단 한 번의 멈춤도 없이 어디론가 흘러간다. 그러니까 고요는 어떤 동작이나 행위의 정지를 의미하지 않는다. 쉼 없이 유전(流轉)하는 세계 속에서 상대적으로 그 움직임이 작음을 가리킨다. 어떤 경우에든, 멈춤이 없는 세계 속에서 고요는 잠시의 여유와 휴식을 가리킨다. 흐름 속의 흐름, 침묵 속의 이행, 소리 없는 움직임이 참된 의미의 고요다.

어느 해 봄밤, 모처럼의 남도 여행에 지친 몸을 잠시 쉬고 있을 때였다. 내가 묵고 있던 숙소의 이중 유리창 너머로 유난히 생생하게 물소리가 들려왔다. 하지만 순간적으로 난 그게 환청일 거라고 생각했다. 깊은 숲속에 자리한 숙소로 올라오는 동안, 물이 흐를 만한 계곡을 보지 못했던 까닭이다. 나는 갈수록 또렷하게 들려오는 물소리에 가만 누워 듣다가 소리 나는 창가를 향해 일어섰다. 하지만 내가 상상했던 아열대 식물 특유의 신록이 아름다운 숲은 보이지 않았다. 대신, 시커먼 어둠만이 바깥 유리창에 바짝 얼굴을 댄 채 나를 빤히 쳐다보고 있었다.

문득 그때 창밖의 어둠과 물소리가 서로 의지하고 있다는 생각이 스쳐 지나갔다. 밤이 되자 낮 동안 뭇소리에 가려져 있던 물소리가 비로소 제 존재를 알리고 있다는 생각에 잠겼다. 그러자 점심 무렵 보았던 대흥사 천불전 담장 곁의 청매실들이 마치 눈앞에서 떨어지듯 둔탁한 소리를 내며 굴러갔다. 천년 동안 불과 물과 바람의 화(禍)를 용케도 이겨낸 채 무성하게 자란 두륜산의 천년수 은행나무로 가는 길에 보았던 노란 개암버섯들이 그 어둠 속에서 야광 물고기들처럼 반짝이며 다가오는 듯했다.

어디 그뿐이랴. 천년 사찰이 깃들어 있는 그 밤의 숲은 하나의 조직이나 집단처럼 일사불란하게 굴지 않았다. 한결같은 모습으로 군락을 이루고 있던 동백나무, 비자나무들이 각자 자유시민처럼 독립된 나무들로 우뚝 섰다. 그동안 숲이란 집합명사에 묶여 있던 꽃과 식물들이 비로소 각자의 이름과 얼굴을 가진 유일무이의 단수명사로 돌아갔다. 무엇보다도 그 꽃과 나무들이 그것들이 누구의 명령이나 규율에 따라 움직이는 것이 아니라, 오직 제 스스로가 제정한 양심의 율법에 따라 움직이는 것이 보였다.

나의 졸시 「고요는 힘이 세다」는 그렇다. 나의 시는 잠시의 고요 속에서 결코 고요하지 않은 세계의 활발한 발자국 소리를 들으면서 탄생했다. 모두들 각자의 처소로 드는 밤의 고요 속에서 난 또 다른 생명의 부산한 움직임을 엿듣는 데서 시작됐다. 뜻밖에 찾아온 고요 속에서 난 그 고요를 떠받치는 고요의 숨소리, 혹은 새로운 소요라고 해도 무방한 밤의 선물이다. 단 한 번도 떨어지지 않은 채 그 고요와 상대하고 있던 침묵의 세계. 하지만 여전히 어두컴컴한 산기슭을 배고픈 멧돼지처럼 씩씩대며 속속 집결하는 미지의 소리들을 주목하면서 시작된 게 나의 시다.

그러나 그 미지의 소리들은 매일 반복되는 일상 속에서 들리지 않는다. 평소 들리지 않고 보이지 않는 것들은 노동 속의 휴식, 속도 속의 정지, 소리 없는 행동 속에서 겨우 그 모습을 드러낸다. 잠시나마 절대적인 나의 고독이 선물한 게 내가 맛본 이 놀라운 고요의 신비와 밤의 경이(驚異)다. 난 그 고독 속에서 내 스스로에게 말을 건다. 아니, 그 고독이 가져다준 침묵 속에서 비로소 바깥으로만 열린 나의 시선을 그 깊이를 알 수 없는 심연으로 돌린다. 자청한 고독과 자발적인 침묵을 통해 난 나를 둘러싼 인간과 세계에 말을 건다. 더욱 눈을 닫고 귀를 크게 열어, 저 장엄한 침묵의 아름다움 또는 다양한 화성의 우주음을 듣고자 한다.

한낱 시인으로서 그렇다. 때로 난 한순간의 고요를 통해 결코 고요하지 않는, 새로운 생명의 실재와 마주하고자 한다. 여태껏 그 정체를 드러낸 적 없는, 역동적인 저만의 리듬을 가진 자유로운 만물의 움직임을 감지하고자 한다. 아니, 난 순간의 정적과 고요 속에서 세상 만물의 율동과 더불어 그 율동을 통해, 만물이 조화와 균형을 이루고 있다는 것을 느낀다. 쉽사리 보이지 않거나 들리지 않는, 그러나 어느 순간에도 서로의 실존과 생존을 위해 상호의존하면서 상호작용하는 역동적인 세계를 주시하는 자가 바로 시인이라고 난 믿고 있다.

지금 나의 시는 그 부드럽고 힘찬 고요의 소용돌이에 기꺼이 휘말려 들어가고 있다.

죽음과 폐허의 가로지르기

— 시작노트 4, 「타클라마칸 사막을 건너며」

무릇 여행이란 폐허의 가로지르기다,
그러나 폐허 이전 혹은 너머를 꿈꾸기라고
난 더듬거린다. 그게 무엇이든, 모든 폐허는
결국 폐허로 다가갈 수밖에 없는 원형 찾기라고

죽음의 웅덩이, 그 어둠의 중심부에 박힌
눈들이 보이지 않는 나의 상처와 치부,
끝내 드러내고 싶지 않는 슬픔과 치욕,
희망과 절망의 끝까지 따라와 지켜보고 있다

경계선 없는 무한 속으로 삼켜진 모래알의 시간들
그 시간의 부식을 뚫고 그늘 짓는 모래언덕들이
모두들 제 가슴속의 폐허가 두려워 도망치듯
갈 길 바쁜 사막 횡단 차량을 문득 가로막는다

오, 그러나 무한히 작고 큰 어둠의 모래무덤이여
우린 벌써 폐허 이전 혹은 너머의 어떤 심연
네가 미처 다 파묻지 못한 시간의 상류로
날개 다친 익룡처럼 거슬러 오르고 있다

다시 복원할 수 없다 해도, 탐욕스런 시간의 도마뱀이
겨우 남긴 꼬리와도 같은 공허의 사막 속에서도
끝끝내 무너지지 않는 사랑의 구층탑이 솟구쳐오른다

몇 년 전 중국의 서부 신장지구 타클라마칸 사막에 있는 한 폐사지(廢寺址)를 방문했을 때였다. 한때 서역으로 가는 수많은 승려들이 머물렀던 대사원(大寺院)이기도 했으며 당초 구운 흙벽돌로 만들어졌다는 그 폐사지의 거대한 탑들과 건물 잔해들은 다시 벌건 흙의 속살을 드러내며 그 본래의 모습으로 풍화해가는 중이었다. 또한 그 폐사지 한가운데로 적지 않은 물길이 흐르고 있었다. 그걸 보면서, 난 처음 제법 홍성거렸을 한 종교적 이념과 신앙의 흥망성쇠에 대한 낭만적이고 감상적인 회고감에 젖은 바 있었다. 하지만 그것도 잠시뿐, 나는 동행한 문인 일행들과 어울려 이리저리 구경 다니거나 기념사진을 찍기에 바빴었다.

그러던 어느 순간이었다. 나는 여기저기 남아 있는 건물 벽들과 탑들로 미뤄보아 그야말로 대사원이었을 게 분명한 이 폐사지가 다름 아닌 나의 내면 풍경이 아닌가 하는 생각에 잠겼다. 놀라운 속도로 풍화되어 지워져가고 있음에도 그 흔적을 미처 지우지 못한 폐사지가 마치 내 내면의 상처와 아픔과 무관하지 않다는 생각에 소스라치게 놀란 바 있다. 그 폐사지의 풍경은 다름 아닌 스무 살 이후 크고 작은 슬픔과 좌절로 엉망이 된 내 영혼의 자화상으로 다가왔던 것이다.

하지만 바로 다음 순간, 나는 곧잘 폐허의 시간들과 연결되어 있는 모든 이들의 여행이 그 폐허 자체에 있지 않다는 생각을 했다. 오히려 모든 여행은 폐허 이전 또는 그 너머의 세계를 꿈꾸는 것은 아닌가. 더 나아가 모든 역사적이고 문명적인 폐허지에 대한 우리들의 여행은 결국 의식적이든 무의식적이든 한 점의 상처나 아픔이 없는 원형 찾기를 지향하고 있는 것은 아닐 것인가. 그러면서 나는 그 폐사지의 풍경을 통해, 청춘의 시절을 온통 피의 기억으로 물들이기 이전의 시대로 필사적으로 거슬러 올라가고 있는 나의 뒷모습을 보았다.

아마도 그랬을 것이다. 여행자들과 다름없이 잠시나마 모든 것이 자연스럽고 익숙한 세계로부터 멀리 떨어져 있다는 낯섦 또는 소외감을 즐겼을 법한 나는 그런 생각에 미치자, 그때부터 경계선 없는 무한 속으로 삼켜진 사막의 모래알들의 시간들이 두렵지 않았다. 반복되는 세계에서 낯선 세계로 여행하는 데서 오는 흥분과 충격, 감상과 관조의 시간도 잠시뿐, 날개 다친 상태나마 난 그때 거대한 익룡이 되어 커다란 죽음의 심연을 벌리고 있는 타클라마칸 사막 위로 날아가고 있었다. 처절하게 무너져가는 그만큼 더 푸른 신생을 보장한다는 듯 무방비로 노출된 공허와 적멸의 사막 속에서 비록 환상 속에서나마 나는 어느새 끝끝내 무너지지 않는 사랑의 구층탑을 완성하고 있었던 것이다.

그렇듯 나에게 모든 여행은 단순히 차이성의 세계로 뛰어드는 모험이나 도전이 아니다. 언어의 동일화에 순응하지 않는 정념의 사건 내지 경험들은 사실 제 안에 이미 와 있었거나 오고 있는 그 무엇과 마주침이다. 여행하기를 좋아하면서도 여간해서 잘 여행을 떠나지 않는, 이른바 여행시를 극히 자제하는 이유도 여기에 있다. 필시 나에게 모든 여행은 자신으로부터 도주이자 귀환이기에 낯선 자연 또는 문명 앞에서 느끼는 신비와 경이의 감정은 금세 내 고향 또는 제 땅에 대한 연민과 사랑으로 역전된다. 낯선 거리와 풍경을 감도는 저녁 바람은 어느덧 고향 언덕에 부는 바람이 된다. 기껏 머나먼 이향(異鄕)으로 피난 또는 망명해 왔건만, 자신도 모르게 어느새 제가 떠나온 곳을 향해 얼굴을 돌리며 화해의 긴 팔을 내밀고 있었던 나다.

수동태의 시학

— 시작노트 5, 「이끌리다」

밤 강물이 금세 양화대교 교각을 휘돌아 하류로 흘러가는 동안, 어느새 두 눈이 퇴화한 동굴의 물고기들처럼 서로의 손을 내밀고 있다

그때 우리가 할 일이라곤 아무리 가로막아도 저 강물처럼 금세 새어 나가버리는, 저만치 달아나버리는 감정의 수평선을 물끄러미 바라보는 일

결코 번복되지 않는 시간의 소용돌이 속으로 마구 휩쓸려가고 있는 동안, 저마다 허락된 각자의 배역을 꾸역꾸역 소화해내며,

그러나 제멋대로 날뛸 뿐인 사랑의 불수의근(不隨意筋)이 선물하는, 언제나 낯선 운명의 절대명령 앞에 겁내거나 물러서지 않는 일

우린 지금 이내 저녁 강물 속으로 뛰어든들 결코 달라지지 않을 예측 불가능한 순간의 영원 속으로 한사코 떠밀려가고 있다

설령 그게 어떤 짓궂은 신의 장난이라고 해도, 그저 모른 체 이미 새롭거나 낡은 미래의 눈먼 전망에 무작정 이끌린 채

내가 시인이 된 것은, 결코 누가 시켜서가 아니다. 어찌 됐든 순전히 나의 의지와 선택에 의한 것이다. 하지만 과연 그런 걸까? 몇 번이고 다시 생각해봐도, 그러나 누구도 나를 시의 길로 들어서게 하지 않았다. 모든 것들이 불투명한 스무 살의 나이 상태에서나마, 나는 내 삶의 가장 큰 선택이자 모험으로서 시인의 길을 자초했던 게 분명하다. 하지만 과연 그렇다고 하더라도, 그런 나의 분명한 의지와 무모한(?) 결단을 가능케 한 것은 과연 무엇이었던가? 언제부턴가 나를 사로잡고 있는 수동태(受動態)에 대한 관심은 이러한 질문과 의문에서 비롯되었다.

그러니까, 몇 번이고 고쳐 생각해봐도 내 인생의 가장 큰 사건이자 큰 회한을 안겨주기도 한 시인의 길을 가는 데 그 누구의 안내나 조언을 받은 바 없다. 오로지 나의 자의적인 판단과 의지로 선택한 결과다. 하지만 가만 생각해보면, 바로 나의 강력한 의지와 불가역적인 선택은 실상 나도 모르는 어떤 강력한 힘과 결코 무관할 것인가. 그러면 그럴수록 나의 모든 행위들은 실상 그 이유나 원인조차 불분명하게 다가온다. 마치 그래야만 할 것 같은, 그렇게 하지 않으면 안 될 것만 같은 내면의 요구에 따른 것이 거의 확실하다.

고백하건대, 그동안 난 내 운명의 주인공이자 모든 행동의 책임주체라고 생각하며 살아왔다. 하지만 언제부턴가 난 나의 시와 일거수일투족이 실상 여전히 보이지 않은 채 나를 움직여가는 그 어떤 순수한 힘을 느끼고 있다. 내 주관이나 의식의 자발성이나 적극성보다 지금 여기의 '나'를 존재케 하는, 그야말로 '나'를 움직여가는 근원적인 힘으로서 수동성(受動性) 또는 피동성(被動性)을 새로운 시적 화두로 삼고 있다.

예컨대, 근래의 시국 사태 속에서 피고인 또는 피의자가 시종 신문에 대하여 진술을 거부할 수 있는 권리로서 '묵비권'에 대한 나의 관심이 그렇다. 그에 대한 나의 관심은 단지 법적인 차원이 아니다. 얼핏 매우 수세적이며 자기모멸적인 권리 아닌 권리로서 '묵비권'이 지닌 위력이다. 진실이 통하지 않는 시대나 상황 속에서 언어적 '침묵'이 지닌 역설적인 능동성이다. 나의 의지나 선택에 상관없이 나의 심장을 뛰게 하면서 나를 자꾸 어디론가 불러내고 떠미는 거부할 수 없는 미지의 인력(引力)이다. 운명이라고밖에 달리 이름할 수 없는 것들이 주는 신비 또는 두려움이 나의 주된 시적 관심사다.

하지만 그 어딘가에 매여 있는 나를 자꾸만 바깥으로 소환하고 호명하는 것은, 단지 말로 표현하기 힘든 신성의 경험이나 추상적인 진리만이 아니다. 지금까지 쌓아올린 인류의 경험이나 역사를 부인하거나 폐기하려는 비인간적이고 반역사적인 행위에 대한 분노와 연민 역시 나를 수동적 능동성으로 이끄는 손길이다. 본래 하나인 타자를 향한 갈증을 향한 사랑처럼 인간의 자존감을 파괴하는 세력과의 싸움 역시 나의 시적 발길을 사로잡는, 알 수 없는 바깥 중의 하나다.

왜 시를 쓰고 있는가? 내 시쓰기의 궁극적인 목적은 무엇인가? 나는 얼추 30여 년이 넘도록 시인으로 살아오면서 수도 없이 그 질문을 내던진 바 있다. 그리고 지금도 역시 시를 쓰든 안 쓰든, 여전히 나는 그 대답 없는 질문에 매달려 있다. 하지만 그 대답 없는 질문들이 전혀 소득이 없었던 것은 아니다. 나의 시는 그 무한히 반복되는 자문자답 속에서 본의 아니게 관심의 반경을 넓히면서, 자꾸만 나도 모르게 바깥으로 불려 나가는 과정에서 탄생하니까 불현듯 예고 없이 다가서는 것들을 흘려보내지 않은 채 붙잡은 것들, 그러나 어쩌면 영영 붙잡을 수 없는 것들에 대한 곡진하고 절실한 기다림에 대한 응답이자 어찌할 수 없는 그리움에 대한 응대가 나의 시적 영원한 기반일 테니까.

늙은 원시인의 부싯돌 소리가

— 시작노트 6, 「안개 속에서」

태어나서 자라온 바다, 늙은 원시인의 부싯돌 소리가 자라고 있다. 만성적인 재난에 시달리던 불빛들이 겨우 잠든 항구, 개들이 울부짖고 있다. 머리를 처박은 물보라가 사납게 일어서고 있다. 누군가 무지를, 무명을 사랑한 탓으로, 오랜 연금을 자초한 이 우울한 패잔의 연대. 바로 그곳에서 얻을 것은 무엇이고 또 잃은 것은 무엇인지. 그러나 끝내 만나야 할 사람들, 지금 어느 빛깔의 대열을 따라가고 있는지. 모두 그만 두더라도 금족령을 받았던 아이들은 어디로 어디로 숨어갔는지……

그러나 이제 조금 정직해질 수 있다. 불만에 가득 찬 게들의 걸음이 황홀하게 빛나더라. 머리에서 발끝까지 관통당한 심해어의 새끼가 모천에 도착하니, 오 오늘은 안심이다, 안개다, 드디어 걷어낼 수 있는 하얀 벽, 벽들. 여기저기 부드럽게 난파된 그리움이 밀려오고 있다.

피의 학살로 끝난 1980년 5월이 지나고 어렵사리 개학한 1980년 2학기, 법대와 상대 사이의 언덕에서 무등산을 보면서였다. 나는 그 때 내가 겪은 참상이 문득 그동안 인류가 힘들게 쌓아온 모든 가치와 의미의 문명이 한꺼번에 무화된 시간이었다고 생각했다. 아니, 모든 것들이 원점으로 회귀하는 사건이자 새로운 야만의 시대가 시작되고 있다는 생각에 잠겼다. 그 이유야 어찌됐든, 끝까지 싸우지 못했다는 부끄럼과 죄의식과 함께였다. 난 그 참담한 시대 속에서 원초적 혼돈의 영역이자 모든 새로운 생명성의 원천인 바다를 떠올렸다. 그러면서 모든 역사와 개인의 상처와 죽음을 먹어치우는 안개 속에서 시원의 불을 일으키는 원시인의 부싯돌 소리를 떠올렸다.

1980년 전남대학교 교지 『용봉』 주최 용봉문학상 수상작인 나의 시 「안개 속에서」는 이렇게 탄생했다. 후일 나의 데뷔 시집인 『매장시편』(1987)의 모태이자 내가 80년 광주 5월을 다룬 최초의 작품에서 나는 먼저 모든 인간의 근원적이면서 만성적인 무지나 무명을 떠올렸다. 동시에 나는 마치 정면으로 걷기를 거부하며 옆걸음하는 한 마리 게의 심정 속에서 우리가 얻은 것은 무엇이고 잃은 것은 무엇인지 따져보고자 했다.

그러니까 그때 당시 내게 안개는 단지 착오와 혼돈의 상징이 아니었다. 머리에서 발끝까지 관통당한 심해어 같은 나의 아픔과 광주시민들의 상처를 일시적으로 숨겨주거나 보호해주는 방호벽이었다. 특히 나는 그런 의미의 안개 속에서 군사정권의 무자비한 검열을 의식했다. 하지만 그 검열을 의식하되 검열을 이겨낼 작품을 남기자는 각오로 이 작품을 썼다. 다행히 당시 전남대생들에게 광주 5

월의 아픔을 노래한 작품으로 널리 회자되었다고 한다. 하지만 나는 그 용봉문학상 시상식에 참여할 수 없었다. '이대로는 끝낼 수 없다'는 생각에 1980년 10월 추수감사절을 계기로 모 천주교회에서 시도한 집회 모의와 시도로 나는 계엄포고령 위반자가 되었고, 광주 상무대 영창을 거쳐 이른바 강제징집 대상이 되어 군대로 끌려가야 했다. 나중에 알고 보니, 나는 당시 보안사의 심사 분류에 따르면 A급 녹화사업 대상자였다.

이제야 고백하건대, 비록 서툴고 어설프지만 이 「안개 속에서」를 나의 실질적인 데뷔작이라고 생각해오고 있다. 그동안 인류가 힘들게 쟁취하고 축적해온 모든 가치와 진리들이 한꺼번에 무화된 시대 속에서 어쩌면 우리 모두가 "태어나서 자라온 바다"로 상징되는 삶의 영점지대에서 다시 문명의 불을 일으키는 "늙은 원시인의 부싯돌 소리"를 간절히 염원했을지도 모르기 때문이다.

대담

복면을 하자, 문득 기적처럼 깨어나도록

> 단지 눈길 한 번 마주쳤을 뿐인데
> 오래전부터 서로가 서로를 향해 달려왔는지
> 지금 당장 서로가 무얼 간절히 원하는지 고백하고 있다
>
> —「첫눈이 왔을 뿐인데」 부분

눈이 옵니다. "뒤엉킨 말과 말들"(「첫눈이 왔을 뿐인데」)이 겹겹이 쌓입니다. 난무하는 눈보라의 하얀 고백들! 풀풀풀 흩날리는 흰색의 고백은 수상합니다.

앗, 다행입니다. 눈은 금방 녹아버리니까요. "문득 얼음보다 차가운 고독과 지옥불보다 뜨거운 광기"(「첫눈이 왔을 뿐인데」)의 고백처럼 바닥에 닿자마자 사라져버립니다. 사람들한테 짓밟히고 차여서 흔적도 없이 녹아버립니다. 그러니까 눈부시게 흰 것의 고백은 이제 그만!

페수아가 그랬어요. 인간의 가장 모든 저열한 욕구 중 하나는 고백하는 것이라고. 자신의 비밀을 비밀스럽게 털어놓으려는 것은 스

스로를 공공연하게 만들려는 저급한 영혼의 욕구에 지나지 않다고요. 맞아요. 그 어떤 경우에도 자기표현은 실수, 실패입니다.

그러니까, 고백합시다. 다만 자신이 느끼지 않은 것만을!

> 제가 마음속에 물어, 정녕 그게 옳다면
> 주저 없이 먼 길을 돌아오거나 돌아갈 뿐
> 처음부터 제 것이 아니었던 어둠의 활력에
> 영원한 미지의 바다로 떠밀려가고 있을 뿐인, 난
>
> —「방어(魴魚)」 부분

조 민 근황이 궁금합니다. 어떻게 지내고 계신지요? 시와 관련된 것도 좋고 생활에 관한 것도 좋습니다. 인상 깊은 일도 괜찮고, 요즘 즐겨 읽는 책도 좋습니다.

임동확 올핸 오랫동안 구상하고 발표해온 『생성의 감응학』을 펴낼 작정입니다. 그동안 한신대 문예창작과에서 강의해오는 동안 사용했던 '강의 노트'를 모아 『시창작론』(가제)도 낼 예정이구요. 그래서 방학 중임에도 마음이 바쁘기만 합니다. 하지만 서양 중심의 미학이나 시학이 지배적인 가운데서 나름대로 고민하며 야심차게(?) 준비해왔다고 생각했는데 모든 면에서 부족하게만 느껴지는군요. 그래서 생성과 관련된 책들을 보강 차원에서 읽어보거나 동양의 철학이나 시론을 다시 읽어보고 있는 중입니다.

조 민 얼마 전에 시집을 내신 걸로 알고 있는데, 역시 정말 바쁘게 지내시는군요. 끊임없이 사유하고 고민하시는 삶. 그저 일상에 매몰되어 누군가 던진 돌처럼 뒹굴뒹굴 구르면서 사는 제 모습이 부끄럽기만 합니다.

선생님께서는 첫 시집 『매장시편』(1987)으로 강렬하게 문단에 데뷔, 두 번째 시집 『살아 있는 날의 비망록』(1990), 세 번째 시집 『운주사 가는 길』(1992), 네 번째 시집 『벽을 문으로』(1994), 다섯 번째 시집 『처음 사랑을 느꼈다』(1998), 여섯 번째 시집 『나는 오래전에도 여기 있었다』(2005), 일곱 번째 시집 『태초에 사랑이 있었다』(2013), 그리고 여덟 번째 시집 『길은 한사코 길을 그리워한다』(2015)를 상재하셨습니다. 올해로 시를 쓰신 지 28년째인 것으로 압니다. 겨우 등단 10년째인 저로서는 도저히 가늠할 수 없는 시간들입니다. 제가 보기엔 선생님은 끝없는 시 쓰기, 끊임없는 창작에 대한 의욕과 집착으로 매우 행복한 사람으로 보입니다.

어쩌다가(?) 선생님은 시인이 될 운명을 가지게 되었을까요?

임동확 저는 언제부턴가 책 읽기를 매우 좋아했습니다. 그렇다고 문학인이 될 생각은 없었습니다. 저와 비슷한 연배의 아이들이 품었던 소망처럼 고급 관료나 장교가 되어 출세하는 것이었지요. 물론 그 가운데 워낙 운동하거나 노는 것을 좋아해 야구선수나 축구선수가 되는 꿈도 있었구요. 그래서 고등학교 때까지 한 편의 시도 쓴 바가 없습니다. 그런데 어머니는 어릴 적부터 지나가는 말투로 "글쓰는 사람이 되지 마라. 가난하게 산단다"는 말을 하곤 했습니다. 그때마다 전 그 말들을 그냥 흘려들었습니다. 그저 책 읽기를 좋아할 뿐, 작가적인 삶이 나와 무관한 일이라고 생각했기 때문이지요.

하지만 대학입시를 앞두고 나는 '내가 평생 좋아하고 잘 할 수 있는 것이 무엇인가?'라는 생각을 하게 되었습니다. 동시에 "작가가 되지 말라"던 어머니의 말을 떠올렸습니다. 그러면서 어머니가 그토록 염려하고 직감했던 길이 다름 아닌 내가 갈 길이라는 결론에 이르게 되었습니다.

하지만 부모님들과 한 마디 상의도 없이 전남대 문리대 문학부에 진학한 후로 솔직히 후회도 많이 했습니다. 그랬더라면 80년 5월도 만나지 않았을 것이고, 그토록 힘들게 살 필요가 없었을 거라는 생각 때문이었겠지요. 1987년 시집 『매장시편』으로 등단한 이후, 남들보다 더 열심히 공부하고 노력하는 시인이고자 했던 이면엔 이러한 저간의 사정이 들어 있습니다. 어머니의 직감과 아버지의 기대와 달리, 내가 선택한 길을 끝까지 책임지고자 했던 것이 오늘의 여기에 이르게 한 원동력이라고 할 수 있지요.

조 민 첫 시집 『매장시편』이 운명적으로 온 것이라고 한다면, 선생님께서 시를 선택했다기보다는 시가 선생님을 선택했다고 봐도 될 것 같아요. '시가 선택한 시인' 임동확 시인. 시인으로서 시에 대한 책무가 있다면 그건 무엇일까요?

임동확 시와 정치와 종교의 공통점은 '구원'에 있습니다. 어떤 식으로든 그것들 모두 인간과 세계의 구원을 내세우고 있다는 점이지요. 예컨대 정치의 경우 사회제도 개선이나 법령 제정을 통한 인간의 구체적인 구원을 도모합니다. 또 종교는 필멸의 존재로서 인간의 존재론적인 불안을 해소하기 위해 영혼의 구제를 약속합니다. 하지만 그렇다고 인간의 모든 실존적인 문제가 해결될 수 있는 것일까요? 이미 인류역사가 보여준 대로 우리가 여전히 구원에 목말라하는 것은 바로 그 때문일 것입니다. 정치나 종교의 구원만으로 해결할 수 없는, 또 다른 의미의 구원과 관련되어 있는 것이 시라는 것이지요. 만약 '시에 대한 나의 책무'가 있다면, 바로 시가 가진 그러한 구원의 기능을 복권하거나 부활시키는 것일 겁니다.

조 민 구원이라고요. 아, 제겐 너무 어려운 말입니다. 잘 모르겠어요. 누가 누구를 구원하고, 무엇으로 구원할 수 있다는 건지…. 그저 우리는 누군가 툭 던진 돌처럼 이 세상에 아무렇게나 버려진 존재에 지나지 않잖아요. 존재라고도 할 수 없는 존재가 아닌가요. 버린 자도 버려진 자도 없으니 구원도 구제도 있을 수 없겠지요. 아이고, 그냥 저는 '나의 없음(비존재)'에서 저의 존재를 끝내겠습니다. 그러면 마음이 편하겠습니다.

여덟 권의 시집 중 각별하게 아끼거나 마음이 더 가는 시집은, 또 두고두고 아쉬운 시집은 어떤 시집인지 궁금합니다. 그 까닭도 말씀해주십시오.

임동확 첫 시집 『매장시편』을 내고 더 이상 시를 쓰지 않으려고 했던 것이 사실입니다. 한 개인이 감당하기엔 거대한 역사적 진실을 저 역시 피해 갈 수만 있다면 피해 가고 싶었기 때문이었겠지요. 그럼에도 불구하고 전 줄기차게 80년 5월의 문제를 제 문학의 중심적 화두로 삼아왔습니다. 80년 5월 광주가 단지 한 개인이나 한 나라의 비극이 아니라 인류보편적인 문제와 연결되어 있다고 보았기 때문입니다. 특히 아우슈비츠의 비극과 관련된 작품들을 찾아 읽으면서 80년 5월 광주를 '이렇게 끝낼 수는 없지 않는가' 하는 생각이 나의 시들을 거기에 붙들어두도록 했습니다. 지난 1990년대에 접어들자마자 이른바 '후일담 문학'의 한 부류로 취급(?)당하기 시작한 한국 문학계에 대한 반감이 크게 작용했던 것도 사실이구요.

그래서 "깨물어서 안 아픈 손가락이 없다"는 속담처럼 모든 시집과 시들에 대한 나의 애정은 각별합니다. 비록 부끄럽고 못난 시집들이지만, 어느 것 하나 버릴 것 없는 나의 분신이니까요. 하지만 그 와중에서도 취직하는 것도(실상 전두환 체제에서 밥을 먹고 싶지 않다는 생각이 더 컸답니다.) 미룬 채 천주교 신자임에도 불구하고 구례 지장암에서 불교의 『지장경(地藏經)』을 외우며 써내려 간 『매장시편』에 더 눈길이 가긴 합니다. 어찌 됐든, 저를 시인으로 만들어준 결정적인 계기였기 때문이지요. 무엇보다도 지금껏 시인으로 살게 한 출발점이니까요. 하지만 어쩌면 조금 빨리 나왔을지도 모를『매장시편』과 그 후속작인『살아 있는 날들의 비망록』을 조금 개작하고 싶은 생각이 있습니다. 너무도 혼란스럽고 고통스런 시간 속에서 쓴 작품들이라는 생각 때문이지요.

조 민 혹시, 작가의 글 막힘 현상으로 고통받으신 적이 있나요? 마음이 메말라서 글을 쓸 수 없는 현상 말입니다. 만약 있다면 어떤 방법으로 극복하는지요? 또 때때로 선생님의 마음에 숨어 있다가 빈번히 선생님의 발길을 붙드는 시가 있는지요? 시를 부르는 누군가의 시편은 무엇인지.

임동확 글이 막히거나 갖고 있었던 사유가 그 바닥을 드러냈다는 생각이 들 때마다 새로운 자극과 문학적 활로를 위해 독서를 합니다. 경험상 "만 권의 책을 독파하면, 마치 신이 있는 것처럼 (절로) 글이 쓰여진다(讀書破萬卷 下筆如有神)"는 두보(杜甫)의 말을 신뢰하는 편이지요. 하지만 전 남들의 경험이나 지혜가 담긴 책들을 무작정 많이 읽거나 거기에 의지하지는 않습니다. 학문을 위한 학문, 독서를 위한 독서가 아니라 철저히 나의 삶과 시와 연결시켜 책을 봅니다. 마치 걸신 들린 듯 모든 지식을 섭취하는 것이 아니라 제가 그때까지 고민하거나 미해결 상태에 놓여 있는 문제들을 해결하는 차원에서 독서를 하는 것이지요.
그중의 하나가 시적으로는 김수영 시인입니다. 시인으로서 나의 정신 자세가 해이해졌거나 시적으로 정체되어 있다고 생각할 때 전 곧잘 그의 산문이나 시들을 읽습니다. 그럴 때마다 김수영이 새롭게 다가옵니다. 제가 볼 때 김수영은 언제든 풍부한 대화를 이끌어낼 수 있는, 의미의 정점을 갖고 있는 시인입니다. 그걸 매달 한 차례씩 문학평론가들과 김수영 연구자, 그리고 시인들이 모여 결성한 '김수영 연구회' 모임에서 확인합니다. 아직 나의 시와 한국시는 김수영 이전에 있습니다.

조 민 아직도 한국시가 김수영 이전에 머물러 있다는 말씀에 부분적으로 동조합니다. 어떤 인터뷰에서 봤는데 김춘수 시인도 김수영 시인을 질투, 경계하셨다고….
시 작법에 대한 질문입니다. 대체로 선생님께서 시에게 가는 건가요? 아니면 시가 선생님께 오는 건가요? 시와 접신하는 선생님만의 비법이 있다면 말씀해주셔요.

임동확 잘 알려진 바대로 열심히 쓴다고 해서 잘된다는 보장이 없는 게 시의 세계입니다. 파블로 네루다가 말한 것처럼 내가 아닌 "시가 날 찾으러 왔을 때" 비로소 시작되는 게 시이지요. 하이데거 역시 그걸 알고 있는 철학자입니다. 그의 말대로 '나를 찾아온 존재의 말' 또는 가장 '순수하게 말해진 것'으로서 '시적인 것'은 우리가 간절히 원한다고 결코 다가오지 않습니다. 인간의 의지가 아니라 신의 눈짓(Wink)이 먼저지요.

그렇다고 시인들은 마냥 손 놓고 시를 기다릴 수만은 없습니다. 그야말로 나의 주체적 의지나 표상작용과 무관한 '접신' 또는 그 어떤 절대자의 은총(?)은 준비되어 있는 자들에게 다가온다고 믿습니다. 모든 시인들이 그토록 원하는 접신의 상태는 늘 시인으로서 깨어 있는 각성(覺醒)의 상태, 늘 시인 됨을 자각하고 있을 때 오는 것이지요.

나만의 비법이라면 바로 이것입니다. 아침에 일어나 잠들 때까지 모든 일상을 시적인 활동의 연장으로 생각하고 살아갈 때 어느 순간 원하던 시가 다가오리라 확신합니다. 참고로 『중용(中庸)』에선 "순수하고 정성된 마음을 가지면 형상을 얻을 수 있다(誠則形)"라고 말합니다. 세상에 대한 편견이나 속기(俗氣) 없이 사물을 대할 때 시가 저절로 다가온다는 것이지요.

조 민 늘 시로 살고, 시인으로 사신다는 말씀이군요. 순수하고 정성된 마음으로 사물과 세계를 대하면 시가 저절로 다가온다는 말씀 새깁니다. 시에 대한 순정!

삶의 치유로서의 문학, 극복의 힘으로서 문학이 가진 기능은 분명히 있습니다. 그런 면에서 볼 때, 1980년 5월의 광주라는 암흑과 거대한 어둠 속에서 『매장시편』을 출간하신 것은 골 깊은 상처를 치유하기 위한 한 방법(필연적인 자구책)이 아니었나 하는 생각도 듭니다. 이 말은 "임동확에게는 1980년 5월 광주는 그가 세상을 읽는 경전과 같은 것이었다"(정효구)라는 것과 맥락이 같음을 말씀드립니다. 물론 증언자로서 기록자로서의 사명감은 스스로가 만든 것이 아니라 광주항쟁이 선생님으로 하여금 쓸 수밖에 없도록 만든 것이지만요. 삶의 치유로서의 문학에 대한 생각을 말씀해주십시오.

임동확 문학평론가 김현 선생은 그의 마지막 평론이 된 「보이는 심연과 안 보이는 역사 전망」에서 저를 향해 "그것이 그의 일생 내내 그를 불편하게 만들리라는 것을 그때 그는 모르고 있었다. 그는 영웅도 아니었고, 시인도 아니었고, 단지 비겁자였을 뿐이다. 시인으로서 그가 꿈꾼 시는 상징의 시이다" 하고 말한 바 있습니다. 하지만 난 그의 1주기 무렵에 쓴 「한국문학의 페릴로 김현 읽기」에서 "그는 나에게 오월은 너를 평생 물어뜯을 것이다, 라고 말한다. 나는 모른 체한다. …(중략)… 대신 그는 내게 검은 전언을 떨구어놓았다. 그러나 나는 결코 그것을 펴보지 않을 작정이다."라고 말한 바 있습니다.

그러나 어느 날 뒤돌아보니, 기껏 도망쳤는데 그 자리를 맴돌고 있었던 것은 아닐까 하는 느낌 때문에 진저리를 친 적이 적지 않습니다. 김현 선생의 말들이 일종의 저주이자 예언의 말이 된 것이지요. 어찌됐든 만약 나의 글쓰기가 궁극적으로 치유의 과정이기도 했다면 그건 분명 심리학적으로 입증된 '억압된 것들의 귀환'과 깊게 관계 맺고 있을 것입니다. 무방비로 다가오는 이러한 '억압된 것'들과의 대면 과정에서 알게 모르게 병든 육신과 마음에 대한 치유 효과를 보았겠지요. 제가 오늘날까지 그나마 정상인으로 살아가고 있는 것도 다분히 그 덕분이겠지요. 나에겐 시는 억압할수록 더욱 거대한 힘을 발휘하는 무의식에 휩쓸리지 않은 채 자꾸 되돌아오는 것들을 피하기보다 정중히 마주하면서 성찰하는 하나의 수단이기도 했던 것이지요.

조 민 어쨌든 운명적으로 선생님은 80년 광주의 그 죽음의 현장에 있었고, "20대를 매장하여 80년대를 소환한 시인으로서 좌절의 밑바닥에서 매장된 분노를 길어 올린"(서효인) 분이십니다. 그러나 언제까지 광주라는 암흑에 갇혀 있을 수는 없는 일, 그 광주라는 트라우마에서 벗어나 한 시기를 매듭짓고 새로운 시기로 나아가기 위해 매우 힘드셨을 것으로 압니다. 지금 현재 시인 임동확에게 '5월 광주'는 어떤 의미인지요.

임동확 강제징집 당했다가 복학한 후 어떤 집회의 자리에서였습니다. 저와 비슷한 경로를 겪었던 법대생 친구가 찾아와 '이제 우리가 나설 차례다', '함께 시위를 주도하자'고 했을 때 갑자기 내가 과연 오늘 집회에서 한 이 말들을 먼 훗날에도 책임질 수 있을까 생각하게 되었습니다. 그러면서 순간적으로 혁명가가 되기엔, 내가 솔직히 겁이 많고 너무나 소심하다는 것을 그때서야 알았습니다. 특히 내가 당시 학생운동을 이끌던 후배들처럼 천부적으로 강한 신념의 웅변식 연설을 할 수 없다는 것을 깨닫게 되었습니다. 그리고 그 결과의 하나가 1986년 『광주일보』 신춘문예 시 「사직공원의 비둘기떼」의 당선과 1987년 『매장시편』 발간입니다. 군대와 휴학에 이은 숱한 방황과 갈등을 거친 4학년 2학기 무렵에야 나의 길이 혁명가가 아니라 시인이라는 걸 깨닫고 본격적으로 시를 쓰기 시작했던 것이지요.

지금이나 예전이나 한결같이 저에게 '80년 5월'은 인간과 세계를 보는 하나의 창구이자 프리즘입니다. 난 그것들을 통해 나의 삶과 세계의 비밀을 캐묻고자 했으며, 앞으로도 난 그 깊은 절망과 어둠의 깊이에서 저 하늘 끝까지 닿은 정신의 높이를 추구하고자 할 것입니다.

조 민 '80년 5월'이 시와 삶의 화두, 창구이자 프리즘이라는 것, '생성론'은 저로서는 도저히 상상할 수도 없고 감당할 수도 없는 것입니다. 선생님께서 느끼는 삶의 무게와 부피는 도저히 가늠할 수 없습니다. 죄송할 따름입니다.

다만, 무지하고 부족한 저로서는 일상이 지옥일 뿐입니다. 잠에서 깨면 또 여기, 지겹고 지겨운 지리멸렬한 제가 저를 기다리고 있습니다. 그게 견딜 수 없습니다. 낡고 어리석고 재미없는 게임인 하루가 또 계속되는 것이 견딜 수가 없어요. 물론 어쩔 수 없어요. 잘 살아야지요. 어쨌든 태어나버렸으니까요. 불행하게도.

그런데 임동확이란 이름이 참 특이합니다. 저 같은 경상도 사람은 '확' 발음이 안 되어 '임동학'으로 발음합니다. 다른 사람이 되지요. (웃음) '동확'이란 이름은 어떤 분이 지었는지요? 이름이 가진 뜻은 무엇인지요? 실례되는 질문은 아니겠지요.

임동확 전 평택(平澤) 임씨(林氏) 부사공파(副使公派) 23대손입니다. 가운데 '동(東)' 자(字)는 이미 족보에 정해진 항렬(行列)에 따라 지은 것이고, '굳세거나 강하거나 확실하다'는 의미를 지닌 '확(確)' 자는 불가피하게 명명된 것이라고 할까요. 원래 아버님은 학이나 두루미를 의미하는 '학(鶴)'으로 지으려고 했답니다. 하지만 집안 형님 한 분이 나보다 먼저 동일한 이름과 한자를 사용하고 있어 불가피하게 족보와 호적에 '학(鶴)' 대신 '확(確)'으로 올렸다고 합니다. 아무튼, 마지막 이름자 '확確'은 '새[鳥]'가 들어갈 자리에 '돌[石]'이 들어선 형국이어서 지금껏 제가 높이 날지 못한 채 지내고 있는 것 같습니다. (웃음) 마치 가느다란 학의 목에 무거운 돌을 매단 것처럼요.

하지만 요즘엔 그렇게 하지 않았더라면 얼마나 오만방자했을까 하는 생각도 해봤습니다. 아버님이 늘 '겸손하게 살라'는 의미로 지어주었던 이름은 아닐까, 생각하며 지냅니다. 제 이름에게 주어져 있을 어떤 운명을 수용하기로 한 것이지요. 그래서 그런지 처음에 낯설어하는 이들도 요즘엔 종종 '학'보다 '확'이 더 어울린다고 말하곤 합니다. 아내 역시 '임동확'이 아니라 '임동학'이었으면 결혼하지 않았을 거라고 말한 적도 있구요. 어쨌든 이제 한때 개명까지 생각했던 제 이름에 대해 점점 자부심을 가져가는 과정이기도 합니다.

조 민 가족에 대해 말씀 좀 해주셔요. 자주 만나는 시인이나 지인들도 궁금합니다. 참, 박철 선배님은 겨울 잘 나고 계신지 모르겠어요. 갑자기 궁금해지네요.

임동확 1980년 겨울 전남대 용봉문학회 후배로 만나 결혼하게 된 아내는 광주 소재 전남여자상업고등학교의 국어교사로 재직하고 있습니다. 사회과학도에서 융합학문의 공학도로 변해 현재 정보과학(Information Science)을 전공하는 큰딸은 미국에서 박사과정에 있습니다. 대학에 경영학도로 입학했지만 영문학을 복수전공한 둘째딸은 직장인으로 근무하고 있구요.

문단 선배들로는 우선 한신대에 근무하는 임철우 선배를 비롯 최두석 · 최수철 · 서영채 · 주인석 · 정선태 교수 등이 있습니다. 특히 고광헌 · 나해철 · 나종영 시인 등 '오월시' 선배님들과는 시대정신을 공유하고 있습니다. 또 가까이 지내는 선배님들로는 문학평론가 임우기 형을 비롯한 시인 김정환 · 고형렬, 소설가 김영현 · 채희윤 형 등이 있습니다. 특히 자주 만나는 문인들로는 '김수영 연구회'의 김명인 · 이영준 · 김응교 · 고봉준 · 박수연 · 이민호 · 노혜경 · 이성혁 · 권현형 · 조은영 등 회원입니다. 후배 문인으로는 문학평론가 이재복 · 홍용희 · 박현수 교수 등이며, 아끼는 광주 후배 시인으로는 고성만 · 송광룡 · 조성국 시인 등이 있습니다.
특히 그 가운데서도 '87년 등단 59년 돼지띠'를 끈으로 한 윤제림 · 송찬호 · 박철 시인들과 격의 없이 지내고 있는데요. 역시 59년생으로 누군가 술자리에서 부르면 거부하지 못하는 친구 사이인 김재혁 시인과 또 '생성의 미학'에 대해 서로 관심을 갖고 경쟁하고 격려하며 우정을 이어오는 부산의 이성희 시인도 빼놓을 수 없는 친구 중의 한 명입니다.

조 민　여행에 대한 개념이 남다르신 것 같아요. "젊은 날, 내륙 태생으로서 막연히 서남해안 모든 섬을 순례하겠다는 서원을 세운 적이 있다."(「시인이 떠나는 전라도 여행」)라고 쓴 구절 생각나시는지요? 그 서원은 어찌 되어가는지 궁금합니다.
시인과 섬, 참 어울리는 조합이라는 생각이 듭니다. 시인들도 사람들 사이에서 섬처럼 떠 있는 존재….(시인이란 섬이 어떤 섬인지 모르지만요) 가장 마음에 남는 섬 하나만, 마음이 통하는 사람과 반드시 꼭 함께 가고 싶은 섬이 있다면 소개해주세요.

임동확　섬은 내륙 출신인 제게 하나의 독립된 왕국이자 고독을 두려워하지 않는 성자처럼 느껴져 늘 동경해왔습니다. 그래서 교사 대신 기자가 되면서 세운 첫 번째 서원이 적어도 남서해안의 섬들을 순례하자는 것이었습니다. 그리고 처음 찾은 곳이 여수시에 소속해 있는 거문도와 백도였습니다. 광주 · 전남 지역 차원에서 볼 때 그곳이 바로 출발점이었기 때문입니다. 전 거기서 제3시집에 실려 있는 「풍란」이라는 시를 얻었습니다. 무인도인 백도의 돌 절벽에 아슬아슬 매달려 살아가는 '풍란'의 향기가 "안개 짙고 바람 심상찮은 난바다의 어부들을 오랫동안 무사히 대피시켜왔다"는 말을 듣고, 바로 그게 어려운 시대의 시인의 역할이지 않는가 하는 작품이었습니다.

제게 섬 하나만을 추천하라고 하는데, 고민이 아니라 고문에 가깝군요. (웃음) 왜냐하면 우리들처럼 그 어떤 섬이든 저마다의 매력과 비밀을 갖고 있기 때문이지요. 그럼에도 불구하고 굳이 추천한다면 우선 청산도와 흑산도와 임자도를 추천하고 싶습니다. 먼저 청산도의 경우 우리 가족이 새천년의 아침을 맞은 곳이자 소설가 이청준의 소설을 배경으로 한 영화 〈서편제〉가 촬영된 곳입니다. 대중가요 〈흑산도 아가씨〉로 널리 알려진 흑산도는 면암 최익현과 손암 정약전이 유배온 곳으로 시인들이 바라는 적막과 고립감을 맛보기에 최적의 섬이라고 생각합니다. 넓은 모래사장을 자랑하는 임자도의 경우는 순전히 개인적인 음식 맛에 대한 추억이 생생하게 살아 있는 곳입니다. 운이 좋다면, 풍경도 풍경이려니와 아마도 최상의 음식을 맛볼 수도 있을 것입니다.

하지만 제가 개별적으로 가장 좋아하는 섬은 수화 김환기 화백의 고향이자 존경하는 최하림 시인의 고향이기도 한 전남 신안군 소속의 안좌도입니다. 제 고향의 나무나 하늘, 바람과 물방울들을 자신들 것만이 아닌 세계인들의 공통 자산으로 승화시킨 섬이라는 생각 때문이지요. 수화 김환기 화백의 화첩이나 최하림 시인의 시집 한 권 들고 사랑하는 사람과 안좌도를 찾는다면 아마도 일생일대의 여행이 될 것이리라고 믿습니다.

조 민 시인들마다 길을 떠나는 이유가 각각 다른 것 같아요. 상상력의 부재, 지리멸렬한 일상에서의 탈출, 시적 소재의 부재 등. 선생님에게 여행은 어떤 의미지요? 그런데 저는 여행하는 거 안 좋아합니다. 가뜩이나 길치인 데다가 집 떠나면 불안초조해서 안절부절못하지요. 죽을 것 같아요. 제겐 여행이 공황장애나 폐쇄공포증과 같아요.

임동확 흔히 사람들은 방황하기를 두려워합니다. 특히 타인들의 반항이나 제어되지 않은 열정을 곱지 않는 시선으로 보기 일쑤입니다. 하지만 그것이 어떤 성질의 것이든, 어떤 형태이든 작가에게 잠시의 방황이나 탈선은 결코 시간 낭비나 생의 소비가 아닙니다. 오히려 제 운명의 고삐를 남이 아닌 자신의 손에 쥐려는 것이지요. 저는 평소 집에서 공부하거나 작업할 경우 하루 종일 문밖에도 나가지 않는 성격이고, 청소년 시절 가출 한 번 시도해본 적이 없는 저에게 여행은 바로 그것입니다. 당면한 현실과 주어진 조건에 만족하고 안주하거나 순치(馴致)되는 삶과 문학의 위험성을 본능적으로 느끼는 순간이 바로 멀고 가까운, 길거나 짧은 여행의 출발점이 되었던 것

같습니다. 특히 그 과정에서 막혀 있던 생각이 뚫리고 새로운 작품세계가 열리는 기적들을 맛봤구요.

죽음, 그 모든 것들의 존재 방식

사과나무 아래 무덤처럼 쌓여 있는 낫날에 베어진 풀더미가
한 잎의 꽃봉오리를 위해? 한 알의 열매를 위해?
그건 어린아이도 알고 있는 너무나도 뻔한 해법.
썩은 풀이 거름이 되어 다시 사과 꽃을 피울 거라는 건
순진하기 이를 데 없는 순환론자들이 자주 빠지는 논리의 함정
결코 그렇지 않다. 풀은 풀대로 사과나무는 사과나무대로
사자가 영양의 목을 물어뜯듯 설치는 죽음의 낫날에 의지한다
한 치의 양보나 망설임도 없는 낫날 같은 단호함이 없다면
천하의 성인이라도 제 한 목숨조차 부지하기도 힘 드는 법
그러니까 모든 것들의 먹이가 되는 죽음은 그 무엇이든
불가피하게 낫날의 기증을 통해서만 그 얼굴을 드러낸다
설령 성육신(聖肉身)을 꿈꾸지 않는 오만한 신일지라도
필경 무자비한 참상의 부산물인 죽음을 먹고산다
슬프게도 모든 것들의 존재 방식에서 죽음이야말로 가장 확실한 양식
풀은 풀대로, 사과나무는 사과나무대로 스스로가 살기 위해
너무 순결하여 차마 거부할 수 없는 그 정직한 죽음의 힘.
지금 이 순간에도 사체를 뜯으며 또 다른 영혼을 노리고 있다
그러나 도대체 그 결말을 알 수 없는 재생 없는 죽음과
죽음 없는 재생을 거부하거나 기꺼이 제 모가지를 내맡긴 채

—「식목제」 전문

조 민 「식목제」는 신작시 중 가장 제 마음을 흔든 시입니다. 모든 것들의 존재 방식에서 가장 확실한 양식은 죽음이라는 말에 마음이 끌렸습니다. 사실 죽음을 담보하지 않은 삶은 없으니까요. 화현된 세상에 다만 죽음만이 다큐라고 했던 박상륭의 말도 생각납니다. 삶과 죽음에 대한 시인의 바탕된 생각을 「식목제」와 연관지어 자세히 듣고 싶습니다.

임동확 위 시는 올해 펴낼 예정인 『생성의 감응학』(가제)에서 좀 더 보강될 부분이 죽음의 문제가 아닌가 하는 문제의식에서 출발한 시입니다. 세상에 존재하는 모든 것들이 신생하려는 힘과 소멸하려는 힘의 각축 속에서 저마다의 생을 찬란하게 꽃피우려는 것이라면 '생성' 속에서 '생명 의지'만 들여다볼 것이 아니라 '죽음 의지'에 대해서도 그만큼 치열하게 사유해봐야 한다고 생각한 것이지요. 그러던 차에 어느 도시의 과수원 곁을 산책하다가 문득 '모든 것들의 존재 방식에서 죽음이야말로 가장 확실한 양식(糧食)'이라는 생각에 미치게 되었답니다. 그래서 난 비록 '낫날'처럼 단호하고 냉정하지만 불가역적인 죽음에 대해 피하지 않고 정면 응시하고자 했습니다.

특히 인간 존재는 물론 모든 생명체들은 결코 삶과 죽음의 문제에서 자유로울 수 없다는 것입니다. 우리 모두가 각 일생을 다해 풀고자 하는 최대 고민이나 우리들이 살아가면서 겪는 모순들은 결국 이러한 생사의 문제와 직결되어 있는 것이지요. 또 다른 한편으로 '죽음'의 내면화 과정은 단지 개인 차원의 문제로 그치지 않습니다. 진정으로 살아 있다는 것이 무엇인가, 아니면 사라진다는 것이 무엇인가를 끊임없이 묻고 대답하는 과정은 한 나라나 문명의 가능성과 성숙도와 연결되어 있다는 생각입니다. 여전히 기피 대상인 죽음에 대한 태도가 한 개인뿐만 아니라 인류사의 방향을 결정지어왔다는 점에서 죽음의 문제는 반드시 짚고 넘어가고 싶었던 나의 시적 화두의 하나였지요.

조 민 "시인은 생성과 순간이라고 하는 문제에 집중한다. …(중략)… 결국 생성의 통찰이란 한 순간 한 순간들에 대한 연민과 배려와 긍정, 곧 사랑이다. 사랑은 시인이 잔인한 과거를 견디고 보듬고 초극하는 길이리라."(이성희) 여덟 번째 시집 해설에서 가장 눈길을 끄는 부분입니다. 이 부분과 관련지어 선생님의 여덟 번째 시집 전체를 꿰뚫는 말, 얼마 전에 전화 통화 중 잠시 언급한 '생성론'에 대해, '생성의 미학'에 대해서도 자세히 말씀해주십시오.

임동확 이미 여러 차례 밝힌 바 있지만, 생성에 대한 나의 관심은 80년 5월의 거리에서 시작되었습니다. 일진일퇴를 거듭하던 그 봄날의 어느 순간, 시위 군중들이 앞으로 나아갈 때 마치 하나인 것 같지만, 도망갈 땐 왜 뿔뿔이 흩어져 가는가란 의문에 사로잡혔습니다. 집단과 개인, 부분과 전체의 관계에 대한 의단(疑端)이 일어난 것이지요. 그러니까 나의 시적 화두이자 삶의 화두이면서 동시에 학문적 화두가 된 나의 '생성론'에 대한 관심은 결코 독서나 학습 체험에서 나오지 않았습니다. 단적으로 '모든 존재는 완결되어 있는 것이 아니라 끊임없는 탄생과 소멸 과정에 있다'는 것을 전제로 하는 생성론에 대한 관심은 그날의 거리에서 시작된 셈이지요.

그래서 세계를 고정되고 안정된 법칙이나 도식의 차원에서 접근하기보다 늘 새롭게 생성되는 역동적인 변화와 운동의 관점에서 이해하고 해석하려는 입장에 서 있는 '생성의 사유'는 적어도 나에게 미학적이거나 인식론적인 차원에 그치지 않습니다. 나의 삶의 태도와 더불어 윤리적인 것을 포함하는 것입니다. 특히 그것은 단지 시인으로서 나에게 '순간의 시학'의 구현에 그치는 것이 아니라 인간적이고 우주적인 연민과 배려, 공감과 감응의 문제와 연결됩니다. 동시에 모든 차이와 분열을 극복하며 연대하고 통합하는 대긍정의 세계와 맞닿아 있는 게 진정한 의미의 생성의 세계지요. 앞으로는 저는 미력한 힘이나마 주체와 대상, 앎과 삶 사이의 형식적 유대가 아니라 그 둘 사이의 행복한 결합에서 오는 생의 희열 또는 자발성에 주목하는 생성과 내재의 시학을 펼쳐가는 시인이 되고자 합니다.

조 민 저는 시인은 설명하거나 훈계하는 자가 아니라, 보이는 세계를 뒤집고 비틀고 부정하면서 새로운 세계를 순간이나마 보여주는 자, 그것을 위해 매 순간 자신을 자신으로부터 족집게로 뽑아버리는 자라고 믿고 있습니다. 사물과 세계의 입이 되어서 받아쓰기를 하는 자라고 생각합니다. 신작시 열 편 중 부분적으로는 시인 자신이 통찰한 것에 대해 설명하고 진술하는 부분이 더러 있고, 산문시가 아니라 산문으로 읽히는 부분도 있어 아쉬웠습니다. 이성희 평론가의 지적 '임동확의 시는 더러 자신이 통찰한 생성과 순간을 설명하려는 조급한 경향이 보이기도 한다'는 지적과 뜻을 같이 합니다.
이것과 관련지어 선생님께서 좋은 시라고 믿는 시는 어떤 시인지, 짧게나마 시론을 듣고 싶습니다.

임동확 매우 통렬한 지적이군요. 고맙게 받아들이겠습니다. 하지만 저로선 시가 이미지만으로 구성된다고 믿지 않습니다. 이미지와 의미와 리듬의 삼중주지요. 특히 그 이미지조차 이미 존재하는 것의 모상(模像)에 그치는 것이 아니라 그동안 지나쳤거나 은폐된 것으로부터 우리 앞에 가져오는 것이라면, 모든 이미지는 기본적으로 낯선 것들에 대한 통찰을 담고 있는 것이지요. 즉 의미와 음악(리듬) 사이의 긴장과 상호 침투에 기반한 시적 언어는 이미지가 전부일 수 없습니다. 주체성도, 표상도 결여한 순전히 이미지에 의지한 시는 얼핏 자유롭게 보일지는 모르나, 대책 없는 충동과 맹목적인 리비도의 분출만이 확인될 뿐입니다. 그래서 전 "가치와 의미와 훈계(계몽)에서 해방된 시가 좋은 시"라고 믿지 않습니다. 오히려 이미지와 개념, 감각과 의미의 분리보다 결합에서 더 좋은 시가 탄생한다고 믿습니다.

제가 볼 때 시의 '의미'는 시적 내포나 외연을 말하는 것이 아닙니다. 시인이 지향하는 '방향'이나 세계 해석의 태도와 관련되어 있습니다. 특히 그것은 관념적이고 추상적인 기존의 진리를 가리키는 것이 아니라 삶과 현실 속에서 자기반성이나 자기성찰을 통해 얻은 깨달음과 관련되어 있습니다. 시를 이미지의 사건으로만 볼 때 자칫 보편주의적 사고를 결여한 감각주의로 떨어질 수 있다는 것을 간과해서는 안 될 것입니다. 시와 사유, 미와 선, 나아가 합법칙성과 합목적성은 불가분의 관계에 있는 것이지요.

조 민 저는 모든 작가는 같은 책을 되풀이하여 쓰고 있다는 보르헤스의 지적에 동의합니다. 그런 면에서 본다면 호르헤 기엔은 31년 동안 『우리의 노래』라는 한 권의 책만 썼다고 할 수 있고, 보들레르 역시 『악의 꽃』이라는 단 한 권의 책만 썼다고도 할 수 있지요(『보르헤스의 말』, 267쪽). 보르헤스 역시 자기가 썼던 모든 글을 한 권으로 묶는다면 살아남을 수 있는 것은 몇 페이지에 불과하다고 말했습니다.

단 한 편의 좋은 시를 쓰기 위해 수백 편의 시를 쓴다는 말도 있는데요. 선생님께 평생 한 권의 책, 한 편의 시는 어떤 시인지 궁금합니다.

임동확 지극히 평범한 작가에게 그런 질문은 가당치가 않은 것 같습니다. 특히 저는 과정 중에 있는 작가로서 어느 책을 특정하여 말할 수 없을 것 같습니다. 다만 무수한 실패작들 역시 하나의 성공작 또는 한 권의 기념비적인 책과 결코 무관하지 않을 것입니다. 유명 작가의 대표시나 대표작 역시 무수한 시행착오의 결과일 테니까요. 그래서 전 당장의 성공작보다 실패작들을 더 많이 쓰고 싶습니다. 그러다 보면 남들이 공감하는 성공작 하나쯤 남길지도 모르기 때문이지요.

조 민 맞네요. 시에 무슨 실패와 성공이 있겠습니까? 좋은 시 나쁜 시도 결국 같은 것이고 실패작과 성공작도 같은 것이라는 선생님의 지적, 새겨 듣습니다. 시는 그냥 시일 뿐!
후배들에게 꼭 권하고 싶은 책 몇 권만 소개해주세요.

임동확 여전히 관심사나 호기심이 많은 터라 무슨 책을 권해야 할지 당황스럽기만 하군요. 솔직히 서로 다른 시대와 감수성을 가진 후배들에게 어떤 책을 권한다는 게 가당하지 않다는 생각입니다. 그래도 한마디 한다면 먼저 김수영과 김지하 시인의 시와 산문을 깊이 새겨 읽어보라고 하고 싶습니다. 또한 하이데거의 예술론이나 시론에 대해 공부해보라고 하고 싶습니다. 시에 대한 깊은 애정과 시인됨의 자세에 대해 받아들일 점이 있다고 생각하기 때문입니다. 참고로 저는 근래에 융과 동서양 신화를 재미있게 읽고 있습니다. 지난 시대에 편중되었거나 결여되었다고 생각하는 부분을 뒤늦게나마 벌충하기 위해서이지요.

조 민 마지막 질문입니다. 선생님께서는 시의 무엇이 되고 싶습니까?

임동확 시야말로 다른 어떤 것들보다 가장 깊은 소통을 꿈꾸는 양식입니다. 결코 소통할 수 없는 인간 고유의 숨결이나 박동, 고독과 환희, 사랑과 그리움, 희망과 절망의 실재에 다가가려는 것이 모든 시들의 궁극적인 지향점이지요. 하지만 연이은 재난과 불안한 정치의 땅에서 한국 시인들은 어쩔 수 없이 이리저리 불려 다니거나 괴로워하며 육체나 정신적인 면에서 필요 이상으로 혹사당하고 있는 형편입니다. 극소수의 작품들을 제외하고 한국시들이 지극히 평면적이고 평균화된 목소리를 내고 있는 것은 이와 결코 무관하지 않지요.

시인으로서 가장 해결하기 힘든 난제는 인간과 인간, 인간과 세계 사이의 근원적인 소통과 대화일 것입니다. 만약 내게 주어진 시적 역할이 있다면, 바로 그 속에서 한국 근현대시가 잃어버렸다고 생각되는 '신성'과 자기 초월력의 추구일 것입니다. 한국문학 100년을 지배해온 동일성 혹은 분열의 근대시학을 대신하는 차이와 감응의 생성시학을 꾸준히 정립해가고 싶구요.

조 민 아, 제겐 너무나 어렵고 너무나 멀리 있는 문제들인 듯! '신성과 자기 초월력의 추구'라니! 솔직히 무슨 뜻인지도 모르겠네요. 제 자신과도 소통이 안 되는 비루한 존재인 저로서는 하루하루 견디는 것만으로도 힘겨운데…. 그러고 보니, 얼굴 없이 차 한 잔 없이 한 이메일 대담은 소통했는지, 어떤 소통이었는지 궁금합니다.

그나저나 제가 무슨 말을 했는지 하나도 모르겠어요. 대담하는 거나 길 떠나는 거나 똑같다는 생각이 듭니다. 길치는 언제나 어디서나 길치.

아무것도 모르는 후배의 우문에 정성껏 성실하게 조목조목 현답을 해주시면서 대담을 이끌어주셔서 고맙습니다. 선배님 덕분에 무사히(?) 끝난 것 같습니다.

복면을 하자, 너무도 뻔한 결말과 강요된 전망 아래
웅크린 영원한 아이가 문득 기적처럼 깨어나도록

—「복면시대」 부분

조 민 참, 다음에 우리 만날 때, 각자 가면(?) 쓰고 오는 거, 잊지 마세요, 선배님!

• 『신생』 2016년 봄호

제3부

어디서 무엇이 되어 다시 만나랴

신화의 힘과 시인의 길

— 내가 읽은 마르케스의 소설세계

나의 등단작인 셈이자 첫 시집이 된『매장시편』을 쓰기 위해 구례 화엄사 지장암에 칩거할 무렵이었다. 행여 꿈에서조차 만나고 싶지 않은 젊은 날의 사태 앞에서 나의 언어가 지극히 무기력하고 빈약한 것에 지나지 않다는 것을 느꼈다. 그러면서 나는 1980년 5월의 역사를 기존의 시적 문법으로 다룰 수 없다는 생각에 사로잡힌 바 있다. 그래서 한동안 나는 어머니 같은 지리산의 품에 안겨 탁구를 치거나 산책을 하며 한동안 허송세월을 해야 했다. 대학 졸업을 앞둔 4학년 2학기가 돼서야 결코 나의 길이 혁명가가 아니라 시인 쪽에 가깝다는 걸 생각하며 80년 5월을 전면적으로 다루고자 했지만, 정작 나의 도전이 한낱 몽상에 지나지 않았다는 걸 뼈저리게 실감해야 했다.

그런 가운데 당돌하게도 내가 80년 5월의 문제를 한 편의 서사시 또는 연작시로 써야 한다는 강박관념과 씨름하는 동안 가장 큰 고민은, 그때까지 나를 사로잡고 있던 사실주의적 규율이나 방식으로 80년 5월의 진실에 접근하는 데 일정한 한계가 있다는 점이었다. 구체적으로 나는 과연 사실에 대한 정확하고 세부적인 재현이 가능한 것인가? 행여 그게 의도와 다르게 역사적 사실과 개인적 경험을 개념화하고 관념화하는 것은 아닐까? 차라리 시나 소설보다 당시 검열의 눈을 피해 유통되던 비디오나 사진, 르포나 기록물들이 더 효과적이지 않을까, 하는 생각에 생각을 거듭한 바 있다.

그러던 어느 날이었다. 막연하게나마 기존의 관념이나 상식으로 이해하거나 해석할 수 없는 사태에 접근하는 유일한 통로로서 신화적인 언어를 생각했다. 그러면서 문득 나는 후일 『사자의 서』로 나온, 일종의 죽은 자들을 위한 안내기 성격의 이집트 『매장시집』을 떠올렸다. 이와 동시에 나는 집안 대대로 믿어온 천주교 신앙의 근간이라고 할 수 있는 구원과 부활의 개념을 떠올렸다. 당시로선 다소 무모한 도전이었지만, 그러면서 나는 저승길을 가는 영혼들의 길잡이를 위한 '매장시집'과 저편의 세계와 소통하면서 동시에 모든 죽은 이들이 구원되는 기독교적 가치를 결합시켜 『매장시편』을 써나가고자 했다.

그 경위야 어떻게 됐든, 나는 그런 판단과 결심이 서자 알 수 없는 해방감 속에서 '오늘의 작가상' 문학상에 응모할 『매장시편』을 써내려갔다. 한낱 공상이나 허구로 취급되던 신화의 가능성과 힘을 새로이 발견하고 느끼게 되면서부터였다. 나는 군대 생활에서 메모한 것들과 대학 시절 발표한 몇 편의 시들을 바탕으로 신들린 듯 60여 편이 넘는 시들을 단숨에 토해냈다. 여전히 나를 괴롭히는 사실들의 중력과 씨름하는 동안 고갈되고 불모화된 나의 정신에 신화적 이야기 구성은 풍부한 상상력과 정서적 윤기를 부여해주었다.

지난 80년대 초반 모 신문사 소속 출판부가 의욕적으로 간행한 세계문학전집에서 내가 처음 접한 마르케스의 소설 『마마 그란데의 장례식』도 그렇게 다가왔다. 군사정권에 지배받는 제3세계의 하나로서 중남미와 크게 다르지 않은 우리의 현실 속에서 그의 소설은 철저히 자신의 역사적이고 시대적인 경험에 바탕하고 있으면서도, 동시에 나에게 그걸 초월하는 이중적 역설을 보여주는 신화적 작품으로 여겨졌다. 특히 '마콘도'는 한국의 '광주'이면서 태초부터 인간세계의 비극을 상징하는 다차원적인 원형 공간으로서 다가왔다. 지역적이고 역사적인 조건이나 차원에 충실하면서도 그걸 넘어서는 보편적인 세계를 상징하고 있는 '마콘도'의 세계였다.

그러나 그 가운데 내가 그의 소설에서 강한 인상을 받은 것은 단연 '마마 그란데'였다. '마마 그란데'는 글자 그대로 '위대한 어머니', 곧 인류의 무의식적 심층에 있는 여성적 원형의 이미지가 새겨져 있지 않는가. 난 그의 소설에 나타난 '마마 그란데'에게 그 자체로 선도, 악도 아닌 태초의 원형적 여성성이 부여되어 있다고 느껴졌다. 세계의 기원과 소멸의 자궁을 상징하는 그녀는 억압할 수 없는 무한한 생명력을 주는 대지의 어머니이자 우리에게 무한의 영감과 더불어 광기를 선사해주는 여신으로 다가왔다.

그의 장편소설 『백 년 동안의 고독』에 나오는 '우르슬라' 역시 나에겐 그러한 '마마 그란데'의 연장선상에 있는 여성 주인공이었다. 곧 '우르슬라'를 비롯한 일련의 여성들은 아우렐리아노 부엔디아 대령을 비롯한 그의 가계의 남성들과 달리 자비와 관용, 사랑과 화해를 나타내는 여성상을 상징했다. 주로 남성주의적인 전쟁과 폭력, 독선과 아집을 나타내는 인물들과 달리, 자연과 우주의 어머니이자 모든 사물과 영적 존재들을 지배하는 모신(母神, Magna Mater)이 바로 '우르슬라'였다.

후일 내가 쓴 나의 졸시 「여인들에게」와 「만경평야」는 그에 대한 답변의 일종이다. 나는 「여인들에게」를 통해 모든 생명의 원천으로서 여성의 신비와 경이로움을 그려보고자 했다. 또한 나는 「만경평야」를 통해서 풍요로운 대지에서 성장과 부활을 지배하는 강인하고 포용적인 여성상을 모색하고자 했다. 특히 나는 그 시들을 통해 제국주의와 군부독재로 표상되던 가부장적 남성주의가 가져다준 정신적 불구의 상태에서 우리들 내면에 있는, 시대를 초월하는 관대하면서도 부드러운 '위대한 어머니'상을 찾아보고자 했다. 그러면서 가장 비천하고 가난한 인간들을 가장 밑바닥에서 가장 높은 수준으로 끌어올리는 지혜와 자비의 화신으로서의 여성상을 그려보고자 했다.

하지만, 마르케스의 소설에 대한 나의 눈길은 단지 여성성에 국한되지 않았다. 그의 소설 속 사건의 전개나 진행이나 결말이 단연 신화적 구조로 움직인다는 점이었다. 그의 소설을 지배하는 것은 기법보다는 주술적인 분위기나 신비적 세계였다. 개인이나 집단의 위기나 불안의 증폭 속에서 슬그머니 고개를 드는 신화적 세계의 출현이었다. 그래서 나는 지금도 이른바 '마술적 리얼리즘'이라고 명명하는 것에 대해 그다지 동의하지 않는 편이다. 마술적 리얼리즘이니 포스트모더니즘이니 하는 문학적 규정은 전적으로 사후적인 작업에 지나지 않는다고 생각하고 있다.

예컨대, 이미 죽은 자가 되살아나거나 근친상간을 범하면 아이가 돼지 꼬리를 달고 태어난다는 얘기들에 대한 일종의 거부감 또는 몰이해는, 결코 우연히 이뤄진 것이 아니다. 서구세계가 그동안 탈주술화 내지 탈미신화를 표방하기 시작하면서 또 다른 타자들의 정신세계를 쉽사리 이해하지 못하게 된 서구인의 세계인식과 관련되어 있다. 마르케스 소설에 곧장 따라붙는 '마술적'이라는 규정 속엔, 기존의 서구적 소설 문법으로 이해할 수 없는 문학작품의 출현에 대한 일종의 당혹감이 들어 있다.

마르케스의 소설을 지배하는 고독의 분위기 역시 단연 그렇다. 먼저 아우렐리아 부엔디아 대령의 고독은, 그가 근대 세계와 본격적으로 접촉하면서 발생한 질병의 일종이다. 동시에 외부적 강제로서 근대가 주변 세계와 단절을 부르고 죽음을 호명한 결과이다. 오늘날 세계의 이면에서 여전히 침묵하고 있는 정신이자 엄연히 살아 있는 신화적 주술세계와 깊은 관련을 맺고 있는 게 그의 소설 속에 시종일관 흐르는 고독이다. 냉정한 합리성과 이성으로 무장한 근대적 세계의 도래와 더불어 시작된 것이 이른바 '백 년 동안의 고독'이었던 것이다.

그런 까닭에 그의 『백 년 동안의 고독』에서 모든 사물의 비밀을 꿰뚫어 보'고 있는 자인 멜퀴아데스는 마르케스의 분신이라 할 만하다. 멜퀴아데스가 다름 아닌 자신이 속한 공동체나 우주로 열려 있는 샤먼이자 시인을 나타내기 때문이다. 또한 소설가로서 그가 다름 아닌 고대의 샤먼이나 올바른 의미의 시인들처럼 대지적인 숨결과 우주적인 대시간의 세계로 열려 있고자 했기 때문이다.

마르케스의 일련의 소설들은 나에게 그렇게 다가왔다. 적어도 나에게 그의 소설들은 과학적이고 합리적인 사고가 자연과 세계를 마음대로 지배할 수 있다고 생각하는 시대 속에서 만물이 우리에게 어떻게 작용하는가, 우리가 삶과 우주에 어떤 의미를 부여하며 살아가고 있는가를 묻고 있다. 또한 우리들 삶의 목표와 방향을 점검하면서 인간과 자연, 인간과 우주 사이의 잃어버린 관계를 어떻게 회복할 것인가에 대한 진지한 고민과 성찰을 담고 있다. 단지 한 종족이나 민족이 아닌 인류의 생존을 위협하는 수많은 갈등과 폭력의 역사 속에서 잃어버린 낙원에 대한 향수와 더불어 인간 구원을 위한 몸부림 또는 절박한 요청을 포괄하고 있는 게 그의 소설이다.

고백하건대, 나는 제4시집 『벽을 문으로』를 펴낸 후 한동안 앞으로 내 작품세계를 어떻게 이끌어갈까 고민하며 방황한 적이 있었다. 그러다가 불현듯 『삼국유사』를 다시 읽기 시작한 바 있다. 내가 속한 공동체의 전통적 지혜와 삶의 방식 그리고 한국인만의 고유한 정신을 만나고 싶다는 소박한 동기에서였다. 하지만 내게는 그걸 계기로 몇 편의 시를 쓸 수 있었던 작은 행운에 지나지 않았다. 그보다는 시의 언어가 유동적이고 다의적이라는 점에서 신화와 닮아 있다는 걸 알 수 있었다. 결코 정식화할 수 없고 개념화할 수 없는 생명의 충동 또는 존재의 목소리를 표현하고 전달하는 데 있어 고대 샤먼과 오늘날 시인의 운명이 크게 다르지 않다는 것을 깨달았다.

마르케스의 소설들이 내게 준 영향과 감동은, 그러기에 한낱 소설적 기법이나 한때 보이지 않는 내면적 규율과 검열의 기제로 다가왔던 리얼리즘을 확장하거나 심화시켰다고 볼 수 있는 그의 소설들이 준 새롭고 낯선 충격 때문만이 아니다. 천박하기 이를 데 없는 약육강식 또는 강자독식의 사회 속에서 자신의 주변과 세계를 신화화하는 시의 중요성이다. 한 인간이 가진 존재의 깊이와 존엄성이 단지 표피적이고 형식적인 시장 가치로 환원되고 있을 뿐인 세상에서 세계에 대한 또 다른 이해와 소통 양식으로서 시와 신화가 지닌 무한의 가치이다. 우리 사회가 여전히 합리적이고 과학적인 접근을 불허하는 '날것' 그 자체인 생명의 흐름. 그 어떤 개념이나 관념으로 규정지을 수 없는 역동적인 자연성 또는 신성(神性)을 붙잡고 표현하려는 간절함과 절실함을 갖고 살아갈 수밖에 없는 운명이라는 점이다.

얼마 전에 일어난 '세월호 참사' 또는 '4 · 16 대재난'은 우리에게 기존의 관념이나 인간의 상식으로 이해할 수 없는 일들이 앞으로도 너무도 자주, 많이 일어날 수 있다는 것을 암시한다. 그럴 때마다 우리는 현실 도피의 차원이 아니라 새로운 의미 생성의 차원에서 신화의 세계와 마주칠 수밖에 없다. 극도의 절망적인 현실에 새로운 의미를 부여하고, 그 생산된 의미를 통해 불가사의한 사건들과 혼돈에 질서와 균형을 잡을 수 있는 것은 바로 신화적 사유나 시적 직관이기 때문이다.

나는 마르케스의 소설의 가치와 의의를 여기에서 찾는다. 그의 소설들에 나타나는 신화적이고 시적인 이미지는 서로 다른 층위의 역사들과 소통하면서 초역사적 세계와 만나고자 한 결과다. 과학과 이성의 만능 시대 속에서도 결코 어떤 개념과 관념으로 이해할 수 없는 일들과 마주칠 때 신화적 세계가 우리 곁에 홀연 다가와 있음을 보여주고 있는 게 마르케스의 소설세계라 할 수 있다.

소년 뱃사공과 생명신화의 창조

"고통이 지나면 노래가 남는다."(우즈베키스탄 격언)

장흥 덕도의 소년 뱃사공 얘기를 듣는 순간, 문득 신동엽의 서사시 『금강』의 '후화(後話) 1'에 나오는 '소년'이 떠올랐다. 밤 열한 시 반 종로 5가 네거리에서 동대문으로 가는 길을 묻던 소년이었다. 그와 동시에 김지하 시인의 『남조선 뱃노래』가 떠올랐다. 특히 '노를 젓는다, 배를 젓는다'는 것이 문명의 이동을 상징한다는 그의 지적이 불현듯 가슴 한구석을 뜨겁게 했다. 그러면서 책에서 접한 동학이 아닌, 처음으로 살아 있는 동학을 만난다는 생각에 가벼운 흥분이 일었다.

참고로 나는 김지하 시인의 시세계를 대상으로 석·박사 학위 논문을 쓴 적이 있다. 그리고, 그 과정에서 김지하 시인의 문학과 사상을 뒷받침하는 동학에 대해 나름대로 공부한 적이 있다. 특히 나는 아직 출발 단계에 불과하지만 동학의 사상이나 조직 원리를 시사(詩社) '시/장/통'이라는 작은 시인 단체 모임에나마 적용해보려 하고 있다. 그러면서 지난 10월 '비단 깔린 장바닥에 피어난 소리의 꽃 한 송이'란 주제로 '네오르네상스 문예운동 개막을 알리는 학술 세미나

및 제1회 시음송 한마당'을 가진 바 있다.

나는 그런 과정에서 대학 후배인 윤정현 시인의 연락을 받았다. 또 전남대 정문에서 한때 '청년글방'을 운영하던 문충선 씨가 그와 함께 장흥에서 뜻있는 일을 한다는 것을 알게 되었다. 그러면서 암울하고 황량한 세월의 굽이굽이를 돌아와 이제야말로 흉금을 터놓고 새로운 문예운동과 생명담론을 모색할 때가 된 것인가 하는 생각에 가벼운 흥분마저 일었다. 장흥이 단지 소설가 이청준 · 송기숙 · 한승원 등의 걸출한 소설가를 낳은 땅만이 아니라 뭔가 부족하게 느꼈던 동학신화의 완결이자 동시에 새로운 생명신화의 탄생지가 될 거라는 예감이 물밀 듯이 밀려왔다.

1. 소년 뱃사공과 새로운 동학신화의 가능성

조지프 캠벨에 의하면, 신화는 우선 우주의 신비성과 관련되어 있다. 우주의 신비를 아는 것은 바로 인간의 신비를 아는 것이며, 이 엄청난 신비 앞에서 살아 있음의 축복 또는 경이로움을 경험할 수 있다. 두 번째로 신화는 우주의 실상을 그대로 보여주는 과학과 달리, 신비의 샘으로서의 우주를 보여준다. 세 번째로 신화는 한 사회의 질서를 일으키고 그 질서를 떠받치는 사회적 기능을 수행한다. 네 번째로 신화는 각자에게 주어진 삶을 어떻게 살아낼 것인가 하는 교육적인 기능을 갖고 있다.

달리 말해, 신화는 그야말로 한낱 황당무계한 이야기나 미신적인 세계가 아니다. 자신도 미처 깨닫지 못한 풍부한 전통과 연결되어 있다. 무엇보다도 신화 속에 삶과 현실을 조화시키기 위한 원형이 잠재되어 있다. 한 개인이나 집단의 모듬살이에 규범이 될 만한 법칙과 더불어 각기 문화의 구성원 사이에 암묵적으로 공유되는 삶의 양식(ethos)이 들어 있는 게 신화의 세계다.

그 실체가 완전히 드러나고 있지 않지만, 동학혁명의 패배와 그 후화(後話)와 관련이 깊게 되어 있는, 아름다운 덕도의 '소년 뱃사공' 신화가 그렇다. 엄청난 상징성을 지닌 '소년 뱃사공' 애기가 한낱 역사물로 소모되거나 이른바 섣부르게 스토리텔링되어 문화상품으로 전락하지 않으려면 바로 이러한 신화가 가진 엄청난 힘과 의미를 먼저 인식해야 한다.

하지만 엄혹한 시대 상황과 맞물려 동학혁명에 대한 지난 시절의 우리들의 이해와 해석이 지나치게 투쟁 일변도로 치우친 감이 없지 않다. 동학 백 주년에 즈음에 발표된 김남주의 시가 그렇고, 일련의 동학 관련 소설들이 그렇다. 물론 동학농민전쟁이 가혹한 수탈과 억압에 조직적으로 맞선 거대한 운동이었다는 사실을 부정할 수 없다. 하지만 광주 · 전남의 경우 동학의 투쟁성이나 전투성에만 집중한 나머지, 동학사상이 가진 풍부함과 깊이에 대한 천착이 절대적으로 부족한 느낌이다. 동학의 정신을 다양하게 조명하고 구체적으로 실천하는 움직임이나 노력을 거의 찾아볼 수 없다.

애기가 길어졌지만, 따라서 '소년 뱃사공'에 얽힌 신화는 단지 한 초인적이고 영웅적인 소년 뱃사공이 단순히 '덕도'로 피신한 5백여 명의 동학농민군을 이웃 섬으로 무사히 피난시켰다는 것에만 그칠 수 없다. 물론 그 대목이 매우 소중한 중심 서사를 이루겠지만, 어떻게 그게 가능할 수 있었던가에 대한 진지한 검토와 새로운 해석이 필요하다. 동료와 자식, 아내와 형수가 동학농민군을 이끌던 장군이나 부모, 남편이나 시동생을 밀고하는 이웃 섬과 달리 '덕도'에서는 왜 그런 일이 일어나지 않았는지 깊이 생각해봐야 한다.

왜 그렇다면 '덕도'에선 그러한 기적 같은 일들이 예외적으로 일어날 수 있었던가. 그건 '소년 뱃사공'이 '보국안민'이나 '척양척왜'와 동학농민군의 이념에 동조해서만이 아닐 것이다. 또한 당시 '덕도'라는 섬이 경제적으로, 물질적으로 풍부했던 지역적 환경 때문만도 아닐 것이다. 어떤 다른 지역보다 동학사상의 내면화로 인한 높은 도덕성과 실천성을 가진 섬주민들이 거주하지 않았다면 불가능한 사태이기 때문이다. 그렇지 않고서는 패전한 동학군이 토벌 과정에서 어찌 단 한 명도 다치지 않고 무사할 수 있었겠는가.

두 번째로 놓치지 말아야 할 것은, '소년 뱃사공' 얘기는 그 소년 뱃사공이 밤을 도와 동학농민군을 금당도, 평일도, 약산, 소랑도, 충도 등으로 수도 없이 날랐다는 실증적인 차원에 그쳐선 안 된다. 비록 동학혁명이 최후 항전지인 장흥의 석대들전투를 끝으로 그 대단원의 막을 내리지만, 그러나 서로 다른 섬으로 각기 흩어져 간 것은 단순히 피난이 아니라 또 다른 거점으로 흩어져 갔다는 것을 의미한다. 동아시아의 종시적(終始的) 시간관의 관점에서 볼 때, 동학군이 각기 섬으로 분산해 간 사태는 단순히 동학혁명이 장흥 석대들전투로 종결된 것이 아니라 또 다른 시작을 의미하고 있는 것이다.

세 번째로 영웅담 성격의 '소년 뱃사공' 얘기에서 간과해서는 안

될 것은 바로 그것이다. 패전한 동학군이 '소년 뱃사공'의 도움을 받아 흩어져 간 남해안의 여러 섬들은 단지 하나의 도피처로 섬이 아니다. 그것은 단적으로 동학의 시공간적 확산을 상징한다. 즉 동학혁명은 한 특정 지역의 투쟁이나 패배로 종결된 것이 아니다. 상징적이나마 살아남은 그 5백여 명의 동학군은 이제 외부적 투쟁보다는 해월과 증산의 사상과 활동으로 대표되는 동학사상의 내면화와 연결되어 있다. 다시 말해, 패전 이후 망명도생에 성공한 이들은 오직 그들만의 안위를 꾀했다고 볼 수 없다. 후일 어떤 방식으로든 각자의 삶의 현장에서 동학사상을 실천하고 생활화에 앞장섰다는 것이 역사적으로 드러난다. 그 이후에도 소멸하지 않고 동학은 다양하게 변신을 거듭하며 주요한 근대사의 주요 국면마다 적극적으로 투쟁에 나섰으며, 그와 더불어 생활현장에서 높은 도덕성과 윤리를 보여줬던 것이다.

2. '깨어나고 싶은 악몽'으로서 역사와 '소년 뱃사공'에 대한 해석학적 모험

주지하다시피 신동엽의 서사시 『금강』은 유명이든, 무명이든 무수한 동학군의 죽음과 희생을 바탕으로 하고 있다. 그야말로 "깨어나고 싶은 악몽"(제임스 조이스)과도 같은 역사와 그 참혹함 속에서 한낱 풀잎처럼 사라진 사람들이 그 주류를 이루고 있다. 하지만 산이 높으면 골짜기가 깊듯이 역사적 패악이나 실패는 단순히 비참이나 불행으로 끝나지 않는다. 동시에 개인적이고 집단적인 반성과 각비(覺非)를 선물한다. 벗어나고 싶은 역사의 악몽 속엔 반드시 새로운 역사와 문화를 창조하라는 메시지가 담겨 있다.

우리가 '소년 뱃사공'을 하나의 신화로 승격시킬 때 명심해야 할 것은 바로 그것이다. 역사의 악과 함께 인간의 선한 의지도 함께 성숙한다. 또한 때에 따라 새로운 형태의 정신적 각성이 이뤄진다. 특히 모든 문학과 예술은 괴롭고 아픈 역사를 외면하고 거부하는 것이 아니라 그 속에서 깊어지고 높아지는 정신의 기록이라 할 수 있다. 그리고 그 때문에, 우린 개별적이고 실존적인 진실을 짓밟고 지나가는 역사의 무자비함 또는 잔인성에 대한 고발과 저주에만 머물 수 없다. 참혹한 역사 속에서 그 대극에 서 있는 생의 소중함 또는 거룩함을 함께 깨닫는 것 역시 중요하다.

하지만 우리 문학들이 역사적 사건을 어떻게 다루느냐의 문제에 부딪혀, 명제적이고 표상적인 진리 차원에만 그치는 경우가 대부분이다. 물론 중요한 역사적 사건에 대한 사회과학적인 접근은 사건 자체의 객관적 판단과 경험적 패턴을 이해하는 데 분명 도움을 준다. 하지만 딱히 동학이 아니라도 크고 작은 한국 현대사들을 다룬 문학예술작품들이 실패를 거듭해온 것은, 그러기에 단지 작가적 역량 때문만이 아니다. 자칫 사회과학적 관점이나 해석이 명제적이고 객관적인 진리의 차원에 머무르기 때문이다. 역사적 사건을 다루는 데 있어 객관적이고 중립적인 해석은 객관적인 외면세계와 그 상호관계, 그리고 감각이나 그 도구적 확장에 의해 보여질 수 있는 관찰 가능한 표면과 패턴들을 기술하는 것에 그치기 쉽기 때문이기도 하다.

그렇다고 객관적 사실과 역사를 외면한 진실만이 전부라는 것은 아니다. 일단 모든 문학예술은 내면적인 '나'와 외부적 '세계' 사이의 '우리'의 영역에서 발생한다. 곧 윤리와 도덕, 세계관과 문화, 적절성과 공정성 등 상호주관적인 영역에 속한다. 특히 (사회)과학과 도덕, 그리고 심미적 판단을 동시에 포함한다. 하지만 올바른 의미의 문학예술은 객관적이고 상호주관적인 요소를 포함하면서도 '말할 수 없는 것을 말해야 하는 운명'을 떠맡고 있다. 또한 그러기에 문학예술의 중심축엔 무엇보다도 개체적 진실이나 진지성이 굳게 자리하고 있다.

작고할 때까지 밥벌이보다는 하릴없이 바다—동학군을 실어나른 바다 쪽?—를 바라보았다는 그 '소년 뱃사공'의 침묵이 그렇다. 그 침묵은 아무것도 말하지 않았다는 점에서 침묵이다. 하지만 또한 그것은 '소년 뱃사공'에 대한 무수한 생각과 상상력을 불러일으킨다. 생전의 구술 작업과 기록물, 증언과 자료들이 얼마나 남아 있는지 미지수지만, 그것들에 상관없이 그렇게 행동할 수밖에 없었던 '소년 뱃사공'의 내면에 대한 깊은 공감과 시대적 맥락을 잃지 않은 심층 해석학적 접근이 절실하다.

다시 강조하지만, 역사적 진리만이 전부는 아니다. 이제야 역사의 전면에 부각되고 있는 '소년 뱃사공'의 얘기처럼 한 개인이 지닌 진실성 역시 거대한 역사의 무게만큼 값지다. 그 '소년 뱃사공'의 내면 깊숙이에 자리했을 삶의 결과 현실 인식, 진실성과 성실성이 주는 메시지와 상징성이 때로 한 권의 역사서보다도 큰 무게로 다가올 수 있다. 우린 지금 '소년 뱃사공'을 통해 그의 숭고한 삶이 주는 감동과 더불어 그의 역사적 행위에 대한 새로운 해석학적 모험과 도전에 서 있다.

3. 신동엽의 『금강』의 소년 실종과 남녘땅 뱃노래

신동엽의 『금강』 '후화 1'에 나오는 '소년'은 가상인물인 '진아'와 '신하늬' 사이에 태어난 또 다른 아들로서 '노동자의 홍수 속에 묻혀' 어디론가 사라져간다. 하지만 신동엽의 '후화 2'에서 그 '소년'은 고난의 역사를 잇는 자이자 새로운 혁명 세계를 열어가는 주체로 설정되어 있다. 그리고 신동엽은 '노동하고 돌아가는 밤' '열한 시의 합승' 속이나 '서해안으로 뻗은 저녁노을의 들길' 또는 '붉은 수수밭 사잇길에서' '혹' 그 '소년'과 '입김'으로 '해후할지'도 모른다는 긴 여운을 주고 있다.

다소 성급할지 모르지만, '소년 뱃사공'의 얘기가 신동엽의 『금강』을 거쳐 김지하의 『남조선 뱃노래』와 연결될 수 있는 지점은 바로 여기다. 각기 섬으로 퇴각하는 동학군을 토벌하기 위해 출몰한 일본군 군함들은, 단지 일본 제국주의의 침략만을 나타내는 것이 아니다. 비록 그것이 국권 상실과 더불어 가혹한 수탈과 억압으로 이어지기도 했지만, 동시에 과학기술과 온갖 문명이 이른바 '남조선'으로 밀려오는 것을 상징한다. 또 다른 한편으로 보면, 새로운 문명과의 만남이자 전 인류적인 생명활동이 한반도로 집약되는 과정을 보여주는 역사적인 사태를 의미한다.

그러므로 살아남은 동학군을 실어나른 '소년 뱃사공'의 배는 단순한 배가 아니다. 먼저 '소년 뱃사공'이 '저었던 노'는 단지 5백여 명의 동학군 잔당을 무사히 섬으로 대피시키는 도구가 아니다. '노를 젓는다, 배를 젓는다'는 동적인 행위는 어떤 바람직한 방향의 문명 이동과 관계되어 있다. 또한 그 '소년 뱃사공'이 이용한 '풍선(風船)'이 그렇다. 단적으로 당시의 과학적이고 합리적인 설계에 의한 일본 군함과 비교해볼 때, 그의 돛단배는 그 기능과 성능 면에서 형편없을 게 분명하다. 하지만 순전히 파도의 흐름과 바람 등 자연의 힘을 이용했다는 점은 오늘의 우리에게 시사하는 바가 매우 크다.

단 한 명의 희생자도 발생시키지 않았다는 '소년 뱃사공' 신화는, 따라서 한 개인의 초인적이고 영웅적인 차원에서만 바라볼 수 없다. 각자가 저마다의 한울님을 모시고 있는 존재라는, 동학사상의 고갱이와 연결시켜 봐야 한다. 특히 당시 섬 주민들이 동학군에게 밥과 잠자리, 심지어 옷을 제공했다는 일화도 그렇다. 그건 혁명적인 사태만이 중요한 게 아니라 일상성이 민중의 삶을 거룩하게 하는 것임을 보여준다. 또한 가장 거룩한 것은 바로 이러한 일상성의 소중함과 뗄 수 없으며, 그게 바로 동학사상의 고갱이라는 관점에서 살펴봐야 할 것이다.

4. 영성의 시대와 새로운 미학적 접근

흔히 21세기를 영성(靈性)의 시대라고 한다. 그에 따라 요가나 명상, 뇌운동이나 템플 스테이 체험 등 다양한 형태의 정신운동이 전개되고 있다. 특히 한국의 경우 서구와 달리 종교가 번성하고 있으며, 그 방향성에 대한 시비를 떠나 또 다른 형태의 영성 갈망이 집단적으로 표출되고 있다. 탈기독교 내지 탈종교를 지향하는 미국 등 서구인들이 보여주는 불교 등 동양 종교에 대한 관심들 역시 인간 내면의 초월 자유를 위한 영적 갈망과 무관하지 않다.

'소년 뱃사공'의 서사화도 다분히 이러한 시대적 맥락과 같이해야 한다. 즉 우린 '소년 뱃사공'의 얘기가 품고 있는 것들을 역사적이고 물질적인 지평에 가둘 수 없다. 역사적 맥락과 시대사적 조건을 충분히 고려하되, 동시에 바로 그것들로부터 자유롭고자 하는 갈망을 지닌 존재로서 '소년 뱃사공'에 접근해야 할 것이다. 또한 '소년 뱃사공'이 여느 인간과 다르지 않은 유한하고 가시적인 존재인 것만은 분명하지만, 그럼에도 무한히 변화를 거듭하는 사물들과 사건들의 배후에 있는 형이상학적인 실재에 대한 갈망을 지닌 존재임을 동시에 망각해서는 안 될 것이다.

예컨대 '소년 뱃사공'이 동학군을 피신시킨 후 긴 침묵의 시간 속에서 매달렸다는 '낚시질'이 그렇다. 그것은 실제로 물고기를 잡은 행위도 아니고 동학의 후유증에 따른 심리적 충격에 의한 현실도피적인 행위도 아니다. 비좁은 자기중심적인 자아에서 한 발 더 나아가 깊은 바다와 같은 그의 심연에서 참다운 영성을 건져 올리려 했던 행위로 보아야 할 것이다. 특히 그것이 다름 아닌 동학사상의 심화와 연결되어 있으며, 그 '소년 뱃사공'의 깊은 침묵이 철저한 자기부정과 세계부정을 통한 참다운 자기 긍정과 관계되어 있다는 것을 간과해서는 안 될 것이다. 매우 현실적이고 구체적인 바다에 낚시를 드리우고 있으면서도, 또 다른 차원의 초월적 시각을 통해 현실의 폭넓은 이해와 지혜를 얻어야 하는 것이 '소년 뱃사공'의 신화가 지닌 핵심이라 할 수 있기 때문이다.

대략 이러한 것들이 '소년 뱃사공'의 얘기를 미학적인 차원에서 접근할 때 주의점이다. 그래야 억지로 감동을 쥐어짜는 서구의 영화 몽타주 기법이나 변증법적 접근을 피해 갈 수 있을 것이다. 그러면서 그야말로 아무런 준비 없이 느닷없이 눈물이 솟아오르는, 영화 〈워낭소리〉에 등장하는 늙은 소의 흰 눈물 같은 감동의 서사물을 창조할 수 있을 것이다. 그러니까 마음 깊은 곳에서 우러나오는 감동을 주기 위해선 스토리텔링 기법과 같은 기계적이고 직선적인 인과적 사고의 서사화가 아니라, 예측하지 못하는 어느 순간에 어떤 의미 있는 것들이 동시에 일어나는 동시성적 사고의 서사화가 필요하다. 외적인 사건과 마음의 움직임을 함께 보고 그것이 무엇인가를 묻는 확충적이고 복승적인 차원의 미학이 절대적으로 요구되는 현대판 신화가 다름 아닌 도저한 아름다움의 '소년 뱃사공' 얘기인 까닭이다.

어디서 무엇이 되어 다시 만나랴

— 수화 김환기의 고향 안좌도 탐방

젊은 날, 내륙 태생으로 막연히 바다를 동경해온 나는 남해안과 서남해안의 모든 섬을 순례하겠다는 서원(誓願)을 세운 적이 있다. 그 첫 방문지는 거문도. 거기서 나는 깊이를 알 수 없는 너른 바다와 푸르디푸른 하늘을 배경으로 우뚝 서 있는 하얀 등대를 보았다. 또 그 밤에 칠흑의 바다를 지키는 외로운 등대의 불빛과 쏟아질 듯 반짝이는 남국의 별들과 만난 적이 있다. 망망대해의 섬 한구석 산기슭에 자리 잡은 이국 병사들의 비석과 나무 십자가에 대한 기억이 뚜렷하다. 파도치는 바다 저편에 외롭게 떠 있는 무인도인 백도를 한 바퀴 도는 동안 미지의 세계로 들어가는 데서 오는 막연한 두려움과 흥분을 동시에 느낀 바 있다.

그 가운데 지금껏 강렬한 인상의 하나로 남아 있는 것은 풍란. 난 상륙하지 못한 채 한 바퀴 도는 것으로 만족하며 회항했던 백도행 유람선 안에서 막막한 바다 한가운데서 풍란의 향기가 길 잃은 옛 뱃사람들의 길잡이가 되었다는 얘기를 듣고 그 매력에 흠뻑 빠져든 적이 있다. 그러면서 한때 나는 나의 시가 난바다에서 풍랑으로 표류하거나 난파한 어부들을 무사히 귀향하도록 하듯 길 잃은 동시대 인들의 풍란 향기가 되기를 바란 적이 있다.

> 낡은 시대의 미학이여. 이제 그들을 그냥 내버려두라. 그러기에 저절로 터진 향기는 안개 짙고 바람 심상찮은 난바다의 어부들을 오랫동안 무사히 대피시켜왔다. 파도 흉흉한 날들 속에서도 되레 안심하고 그물을 던질 수 있었다.
>
> 그러므로 시인이여! 너의 본분은 누구의 지시도 받지 않는 유폐된 섬의 중심에 서 있는 등대와 같다. 그러나 어쩔 수 없이 군중 속으로 끌려와 돌을 맞는 여인네의 운명을 닮아 있다.
>
> — 졸시, 「풍란」 부분

그러나 과연 나의 시는 그 까마득한 거리의 가파른 해벽에 뿌리내린 풍란들처럼 멀리서도 느낄 수 있을 만큼의 향기를 내뿜고 있는 것일까. 여전히 모든 게 불투명하고 혼돈일 뿐인 중년기. 나는 그에 대해 자신 있게 대답하지 못한다. 다만 늙고 타락한 마음 한구석에 지금도 서른아홉 개의 섬으로 이뤄졌다는 백도, 그 흰 수직의 암벽 사이에 뿌리내린 채 자생하고 있을 풍란의 향기가 밀려오는 듯하다. 거문도항에서 일박하며 보았던 밤하늘을 밝히는 등대 불빛과 수평선 위 갈치잡이 배들의 집어등 불빛, 그리고 해변의 나무숲을 거슬러 오는 파도 소리들이 바로 어제인 듯 생생하다.

그렇게 시작된 나의 섬 기행. 그러나 나는 왜 바다에, 그중에서도 서남해안의 모든 섬을 순례하고자 했던 것일까. 여전히 난 그 까닭은 모른다. 단지 자신도 모르는 그 어떤 힘이, 나를 한없이 이곳으로 밀어내고 있었다고나 할까. 그 이후에도 난 기회가 있을 때마다 흑산도, 임자도, 청산도, 비금도를 떠돌았다. 혼자 또는 여럿이 염전과 봉화대, 대파밭과 소작쟁의 현장 등을 찾아다니며 그곳 사람들과 풍경들을 만나곤 했다. 늦깎이로 시작한 공부로 거의 10여 년간 섬 기행이 중단되어 있던 동안에도 내 마음은 늘 낯선 항구나 선착장 근처를 배회하고 있었다.

그래서일까. 내 영혼의 분신들이라고 할 수 있는 나의 시 속에 흑산도의 각시당의 처녀와 이른바 뉴밀레니엄의 새 아침을 가족과 맞은 청산도 밭둑머리의 애기동백이 어느새 당당히 진입해왔다. 때론 강진 마량 앞바다와 남서해안의 해안 도로들이 밀물처럼 수시로 내 시의 영역 속으로 밀려들어 왔다. 어디 그뿐인가. 완도의 보길도와 신지도, 그리고 해남의 섬들과 바다에서 만난 햇빛과 바람, 구름과 파도가 대낮의 꿈속을 비집고 불쑥 고개를 내밀곤 했다. 연이어 무심히 스쳐갔던 갯벌과 달랑게, 저녁노을과 칠면초, 이름 모를 포구와 고깃배들이 자신들의 존재를 알리곤 했다.

그러나 그 가운데서도 내 마음의 중심을 차지했던 섬은 안좌도. 수화(樹話) 김환기의 고향 앞 바다였다. 나는 처음 안좌도 읍동항에 들어서던 석양녘, 앞바다의 잔물결마다 반짝이는 수천수만의 황금빛 윤슬들을 보면서 그의 점화(點畵)의 비밀을 깨달았다. 바다가 탄생한 이래 단 한 번이라도 똑같은 모양과 크기를 반복하지 않았을 물결들처럼 이 우주 어딘가에 존재하는 저만의 크기와 무게를 갖고 있어 아름다운 세계. 아주 미세하고 희미할지라도 저만의 차이와 다름으로써 자기다움을 유지하고 있는 고향 바다의 은빛 파도와 물결을 집약시켜 보여주는 것이 바로 수화 김환기의 색점화(色點畵)들이라고 생각한 바 있다.

다시 그걸 확인이라도 하듯 나로선 두 번째가 되는 안좌도행. 연신 여객선의 뱃머리를 부딪쳐 오는 파도는 이미 그때의 파도가 아니라고 말한다. 배 뒷전을 따라붙은 하얀 물거품들도 단 한 번이라도 똑같은 질량을 가져본 적이 없으며, 바로 그것이 우주 생성의 첫째가는 비밀이라고 말하는 듯 순식간에 저만큼 떠밀려 간다. 뺨을 스쳐오는 소금기 밴 바닷바람은, 그저 무의미하게 반복되는 것 같지만 모든 일상 또는 생의 순간순간이 모두 이전과 다른, 항상 새로운 것이라고 일러준다.

그것도 잠시, 나는 그렇듯 언제든 자신의 흔적을 지우며 보다 더 큰 세계로 나아가고자 했던 수화 김환기를 생각하며, 가만 진정한 예술가의 조건이 무엇인가를 되묻는다. 하지만 그걸 알 턱이 없는 캐나다 여성 사라(27) 양이 여객선 난간에서 『최북극(*Far North pole*)』이라는 두꺼운 책을 읽다가 문득 나에게 서남해안에서 가볼 만한 섬이 어디냐고 묻는다. 대답 대신 나는 비금도 해변에서 일광욕하며 민박할 예정이라는 그녀의 푸른 눈을 들여다본다. 그녀는 왜 자신의 땅과 먼 거리에 있는 이 바다와 섬으로 찾아든 것일까. 왜 남쪽 바다와 가장 멀리 떨어진 북극에 관한 책을 배 난간에 기대어 앉아 읽고 있었을까.

특이하게도 남해안과 서남해안 섬과 인근 해안가 지역의 오일장 날짜가 새겨진 여행 지도를 펴 보이며 가볼 만한 섬을 묻는 그녀의 푸른 두 눈은, 그러고 보니 영락없이 밤하늘에 반짝이는 영롱한 별이다. 수화 김환기가 그의 그림 제목으로 삼은 김광섭 시인의 시 「저녁에」의 한 대목, “저렇게 많은 별 중에서/별 하나가 나를 내려다본다./이렇게 많은 사람들 중에서/그 별 하나를 쳐다본다”는 시 구절이 떠오른다. 과연 우리는 어디서 무엇이 되어 다시 만날 것인가.

언제 다시 만날 기약이 있을 리 없는 낯선 이방인과의 이별을 못내 아쉬워하며 다시 바다로 눈을 돌리는 순간, 오랫동안 거기 존재해왔던 크고 작은 주변의 섬들이 우리들 각자가 저마다 하나의 섬이라는 것을 새삼 일깨워준다. 누구나 가까이 다가가고 싶지만 쉽게 접근을 허락하지 않는 섬들의 해안 절벽을 타고 오르는 흰 물보라를 멀리 바라보며, 나는 끝내 이루지 못한 꿈과 사랑을 떠올린다. 육지와 떨어진 채 처절한 고립과 망각의 시간을 견디어야 했던 이들의 흰 소금 같은 고독과 그리움을 생각해본다.

그러나 서남해의 크고 작은 섬들은 때로 불가피한 사정을 가진 자들의 선택적 은신처 또는 피난지의 넉넉한 품이었다. 또한 세상과의 자발적인 단절 내지 격리의 장소로서 그 섬들은 단절되고 고립된 상태에서나마 자기만의 매혹적인 삶의 규범과 철학을 가꾸는 낙원이 되어주었다. 특히 지상과 천상을 연결시키는 배꼽으로서 그 섬들을 둘러싼 그 바닷물은 모든 생명들이 뛰노는 양수였다.

하지만 수화 김환기는 왜 이런 고향 바다와 섬들과 한사코 멀어지고자 했을까. 끊임없이 탈향(脫鄕)을 시도하며 동경과 서울, 파리와 뉴욕으로 떠돌았을까. 일차적으로 그건 모더니스트이고자 했던 그의 작가적 행적과 관련되어 있다고 생각해본다. 예컨대 아방가르드 연구소를 조직하거나 신미술 운동에의 참여는, 되도록 한 종족의 기억이나 역사적 전통의 압력으로부터 벗어나려는 움직임일 수밖에 없다. 불법 체류자의 신분을 감수하면서까지 그가 뉴욕에서 활동한 것만 봐도 그렇다. 그의 행적은 자신이 속한 문명보다 더 진보적이고 화려한 신세계로 탈주하고자 했던 모더니스트의 열망으로밖에 이해되지 않는다.

하지만 단지 그것뿐이었을까. 과연 무엇이 그에게 끊임없는 변화와 변신, 자기부정과 파괴의 예술 정신을 갖게 했던 것일까. 연이어 뱃전에 부서지는 파도를 보면서 문득 나는 수화의 예술가적 모험과 도전, 그의 끝없는 방랑과 모험이 단지 타고난 천성이나 의지만의 문제가 아니라는 생각에 잠긴다. 엉뚱하게도 끊임없는 해체를 거듭하기에 또다시 다른 모양으로 태어날 수 있는 수성(水性)과 깊은 연관성이 있을 거라는 추측을 해본다. 바닷물처럼 언제든 자신을 무화시킬 수 있었기에 수화 김환기는 어떤 새로움이라도 달게 받아들일 준비가 되어 있었던 화가였다. 그리고 그 결과, 그는 어느 누구보다도 풍부하고 깊은 창조의 능력을 가진 화가로서 우뚝 설 수 있었다.

그런 수화 김환기는 그간 한국 사회에서 화가로서 쌓은 일체의 기득권과 명성을 포기하면서까지 세계 미술계 속에서 자신의 위치와 미술적 역량을 확인하려 했던 화가였다. 하지만 그의 예술가적 욕망은 자기 몫을 키우거나 과시하려는 욕망이 아니다. 그러기는커녕 오히려 자기가 가진 것을 덜어내고 나눠주는 자발적인 가난과 연결되어 있다. 침묵과 절제, 겸손과 양보가 바탕이 된 순수한 예술가적 욕망이 바로 수화 김환기의 욕망이자 그의 그림 세계를 뒷받침하는 숨은 원동력이다.

나는 그걸 그의 색점화 속에서 본다. 어느 순간 말하기보다 침묵을, 의도하기보다 놓아두기를 지향하는 그의 자발적 가난 또는 가난의 미학과 만난다. 수천수만의 물방울 같은 색점들이 화면 가득히 등장하는 그의 그림들 속에서 마주친 세계를 재현하겠다는, 표상과 형상을 여읜 가난의 마음들이 지나간 흔적들을 본다. 스스로가 무엇을 원하는지 알기를 그친 욕망 아닌 욕망. 그럼에도 끊임없이 말하기를 그칠 수 없는, 순수한 생의 유희로서의 욕망. 분명 욕망이되 전혀 욕망 같지 않은 욕망이 바로 참된 예술가의 욕망이자 수화 김환기의 욕망임을 확인한다.

그가 남긴 '작가노트' 역시 이를 증거한다. "아무 생각 없이 그린다. 생각한다면 친구들 그것도 죽어버린 친구들, 또 죽었는지 살았는지 알 수 없는 친구들뿐이다. 서러운 생각으로 그리지만 결과는 아름다운 명랑한 그림이 되기를 바란다."

아무 생각 없이 그리다니! 그렇다고 그건 글자 그대로 아무런 생각 없이 그리는 것을 의미하지 않는다. 예술가적 야심과 야망이 깃든 붓질이 아니라 그야말로 무심과 무욕의 운필(運筆)을 뜻한다. 개별적인 형상이나 슬픔을 넘어 무한히 이어지는 생명의 그물코, 생성의 인드라 망과 접속했다는 걸 의미한다. 온갖 계산과 이해관계가 뒤얽힌 냉혹한 자본의 세계에서 대가를 바라지 않는 순수한 우정이 살아 있는 삶의 세계로의 이행을 보여준다.

하지만 그 경지는 생각처럼 쉽지 않다. 어쩌면 쉽게 탐낼 수 없는 불가능한 경지이기에 서러울 수밖에 없다. 그럼에도 그는 새로운 세상과 삶에 대한 간절한 소망을 배반하는, 반복적으로 경험하는 현실적 좌절과 실패에서 오는 설움과 한의 감정에 매몰되기를 바라지 않는다. 슬픔과 결핍의 세계 그 자체에 머물지 않은, 신명과 결합된 환상적이고 심미적인 명랑한 그림이 되기를 꿈꾼다.

널리 알려진 대로 그 결정판은 한국일보사가 침체된 한국미술의 새로운 돌파구를 마련하기 위해 주최한 공모전. 그는 젊은 작가나 제자들과 동일한 조건 속에서 응모했다가 〈어디서 무엇이 되어 다시 만나랴〉란 제목으로 출품한 작품에서 영예의 대상을 차지했다. 그리고 이 그림 속에서 그는 가시성과 형상성의 시선을 거둬들일 때, 드디어 그 모습을 드러내는, 거대한 침묵의 바다, 그러나 단 한 번도 침묵하지 않았던 세계, 하지만 엄밀히 말해, '말하는 것도 침묵하는 것도 아닌' 그 어떤 세계를 보여준다. 아무것도 보여주지 않는 비가시성의 색점들을 통해, 더 많은 얘기와 사연들을 품어 안은 깊은 심연의 바다를 드러냈다.

낯선 세계의 자극과 충격을 두려워하지 않는 과감한 변신들을 통해서였다. 모든 것들이 익숙하고 포근하며 친숙한 고향으로부터의 가출 또는 탈출을 통해서였다. 눈에 보이는 사물 대신 그 이면의 본질적인 특징에 주목하고자 했던 칸딘스키와 기하학적 추상을 선보인 몬드리안, 색만으로 얼마든지 그림을 그릴 수 있다는 루이스(Morris Rouis) 등 색면 화가들과 액션 페인팅으로 널리 알려진 잭슨 폴록(Paul Jackson Pollock), 그리고 특히 붓 대신 스펀지를 이용한 초현실주의 색면화로 유명한 라투비아 출생 마크 로스코(Mark Rothko) 등과의 만남을 통해서였다.

끊임없이 고향을 그리워했던 망향(望鄕)의 작가이면서도 끝내 고향에 돌아오지 못한 망향(忘鄕)의 작가 수화 김환기가 우리에게 남긴 유산은 바로 그것이다. 곧 그는 가장 멀고 긴 우회로를 통해, 가장 풍부하고도 깊은 고향의 이미지를 재창조하는 데 성공했다. 지역과 인종, 계층과 국적, 종교와 이데올로기가 지닌 모든 장벽을 허물어 버리는 아방가르드가 되었다. 하지만 그는 거기에서 그치지 않았다. 서양 현대미술과의 만남을 통해 수시로 이성과 의식의 표면을 뚫고 나오는, 그러나 영원히 그 전모를 알 수 없는 캄캄한 무의식, 애써 감추고 억압하려 했던 것들과의 정면대결을 통해 자신의 고향 바다를 우주적 고향으로 승화시켜갔다. 마치 엄마 곁에 자던 아이가 한밤중에 무심히 제 어미의 젖꼭지를 물듯이 자신도 모르게 고향의 기억에 입술을 대고 있는 게 그의 그림 세계다.

그러니까 수화 김환기가 멀고 낯선 이국 땅에서 뜻밖에 발견한 것은 순수한 조형미를 창출할 수 있다는 서구의 추상미술 세계가 아니었다. 그런 미술세계와의 접촉을 통해 오히려 그로 하여금 '아는 자는 말하지 않고 말하는 자는 알지 못한다(知者不言 言者不知)'는 노자적 침묵의 세계에 눈을 떴다. 눈으로 볼 수 없는 사물의 배후에 숨어 가려진 장자적 허정(虛靜)의 세계였다. 무궁한 생성의 가능성을 품고 있는 여백, 이미지를 넘어선 이미지[象外之象]와의 만남이었다.

나는 그것을 어느 순간 그의 그림 속에서 형상 대신 등장한 무수한 그의 색점들. 구체적인 자연에 의탁하지 않고도 뭔가를 표현할 수 있다는 직관과 감응의 세계관에 그 뿌리를 두고 있는 색점화(色點畵) 속에서 본다. 그러면서 외물(外物)에 끌려 다니거나 현혹되는 것을 경계했던 동아시아인들의 삶의 태도, 굳이 형상을 그리지 않고도 아름다움을 창조할 수 있다는 믿음을 재삼 확인한다.

바다에 곧바로 떨어지는 수많은 빗방울 또는 해 질 녘 반짝이는 물이랑을 연상시키는 그의 색점과 색면들은 단연 그렇다. 서구 현대 화가들의 색점 또는 색면들이 다른 것들과 엄격한 구분과 경계를 유지하고 있다면, 오히려 그의 그림 속 색점과 색면들은 언제든 서로가 서로에게 스며들 자세가 되어 있는 물방울과도 같다. 서구의 추상화가 근본적으로 타자를 적대시하고 배척해온 사유 체계의 반영이라면, 수화의 점화들은 타자들과 언제든 친화하고 공존할 자세가 되어 있는 동아시아인 또는 한국인의 심성을 닮아 있다.

그뿐 아니다. 수화의 그림 속에 색점이나 색면들은 잘나거나 못나거나 그 나름으로 위대한 한 생명, 하나의 개성적인 단자(monad)를 상징한다. 어찌 보면 지극히 하잘것없는 하나의 색면에 불과하지만, 그러나 그것들은 저마다의 표정을 가진 채 혼신의 힘으로 존재하는 그 어떤 세계를 나타낸다. 그리고 그저 무심히 찍은 듯한 색점 하나하나는 모두 소중한 꽃으로 피어나는 세계, 온통 화면 전체를 채우는 푸른 점들은 마치 한날한시에 피어나는 온갖 꽃처럼 장엄한 화엄의 세계를 드러낸다.

내가 수화 김환기의 고향 바다를 다시 찾아 나선 것도 그 탓이다. 현대 아방가르드 미술의 방종 또는 정신분열적 예술 행위와 거리가 먼 그의 그림들을 통해, 나는 낯선 것과 고유한 것 사이의 창조적 대결을 생각해본다. 변기를 분수라고 우겨대고, 물감을 지향 없이 마구 뿌려대는 예술적 기만성과 무정부성에 휩쓸리지 않는 그의 화가적 자세를 통해, 전통에 충실하면서도 낯선 문화와 창조적 대화의 장을 마련할 수 있는 열린 예술의 세계를 꿈꿔본다. 현대적이면서도 동아시아 무심과 무위의 자연성에 의지한 그의 예술적 경지를 직접 느껴보고 싶다는 욕망이 내 발길을 이쪽으로 향하게 했던 것이리라.

안좌도가 낳은 세계적 화가에 대한 경의일까. 안좌도와 팔금도, 암태도와 자은도 사이를 잇는 연륙교가 놓여 있는 탓으로 취재 차량을 타고 그 섬들의 이곳저곳을 둘러보다가 내게 미지의 섬인 자은도에서 일박하고 일어난 아침. 간밤에 내린 폭우로 어제 저녁 묵었던 모텔 앞 도로와 식당들이 침수되거나 패어 있다. 자은도 주민들도 몇십 년 만에 겪는 물난리인 탓인지 포구로 향하는 길 옆 논밭과 농산물 가공 공장 등이 물에 잠겨 있다. 도로 위까지 물이 넘쳐 흘러 선착장으로 가는 취재 차량의 통행을 방해할 정도이다. 오후에 폭풍주의보가 내릴 가능성이 있어 아침도 거른 채 서둘러 안좌도 읍동항으로 향하는 차 안의 라디오는 그날 밤 자은도에 내린 비가 전국 최고의 강수량을 기록했다고 전한다.

그래서 서둘러 목포 북항으로 향하는 농협배 안, 선실의 벽과 천정, 그리고 선장실 밖을 장식하고 있는 그림들을 보며 나는 문득 "세계 인류의 보편 문법에 도달하는 길은 주변부의 민족 언어를 통하는 길밖에 없다"는 노엄 촘스키의 말을 떠올린다. 이와 동시에 "모든 철학은 고향에 대한 향수다"라는 낭만주의 시인 노발리스의 말을 기억해낸다. 나는 수화의 그림들이 도달한 지점이 바로 주변부 중의 주변부라고 할 수 있는 자신의 고향 바다를 통해 보편성의 세계에 도달하는 데 성공했다고 생각하는 까닭이다. 그의 예술 또는 모든 그림들이 근본적으로 고향 안좌도와 그 인근 바다에 대한 추억 또는 향수와 관련되어 있다고 믿기 때문이기도 하다.

그럼에도 불구하고 한 번 떠난 고향으로 돌아오지 않은 작가에게 영원한 미귀(未歸) 혹은 불귀(不歸)의 고향인 안좌도의 바다와 점점 멀어지고 있을 때, 굵은 장맛비가 곧바로 그 바닷속으로 떨어져 들어간다. 나는 그 무수한 빗방울과 그의 색점들을 연결시켜본다. 그러자 금세 바다로 떨어진 한 방울의 비와도 같은 그의 색점들은 백자 항아리처럼 깊은 추억을 품고 필사적으로 또 다른 색점을 향해 기꺼이 손을 내민다. 슬퍼할 새도 없이 곧장 바다로 합세해 간 빗방울 같은 색점들 속엔 제가 떠나온 유년의 하늘과 바다, 달과 섬들이, 저만의 거대한 우주가 스며든다.

어찌 그렇지 않겠는가. 금세 큰 바다와 한 몸이 되어버린 빗방울 하나하나가 그 나름의 존재 의의를 갖는 것이라면 살아 있는 날들의 허무와 불안, 방랑과 좌절은 한낱 엄살. 순식간에 바닷물과 뒤섞여 그 존재감을 잃어버리는 무수한 빗방울들이 하나의 색점이 되어 영원한 현재의 시간을 호흡하고 있다면, 그걸 아쉬워하거나 애달아하는 건 일종의 난센스가 아닐 것인가. 그칠 줄 모르고 내리는 여름비의 바닷속에서 나는 자신의 작품과 홀로 맞대면하며 무한대의 고독감을 맛보았을 수화를 생각한다. 낱낱의 빗방울 또는 모든 잔물결 같은 그의 색면들 속에 살아 숨 쉬고 있을 전체. 마침내 어디서 무엇이 되어 만나게 될 광대무변한 불멸의 바다를 훔쳐본다.

미완의 완성지 운주사의 새벽

운주사의 새벽은 일단 희망적이지 않다. 와불이 일어서는 날 "서울이 이곳으로 옮겨온다"든가, "새로운 세상이 도래한다"는 소망을 여지없이 배반하며 온다. 첫닭 우는 소리에서든, 공사에 지친 동자승의 거짓말에 의해서든, 끝내 이루지 못한 간절한 소망이 좌절된 시간과 함께한다. 힘들고 고통스런 당대의 역사와 삶의 조건을 한꺼번에 초월하는 게 불가능한 도전이라는 것을 경고하면서 시작된다.

운주사의 새벽은 단연 그렇다. 이 지상에 도선 국사와 같은 영웅적인 인물 또는 메시아가 우리가 바라는 무갈등과 무고통의 불국토 또는 천년왕국을 앞당겨 가져다주리라는 소망이 부질없음을 여실히 보여준다. 특히 온갖 갈등과 증오로 가득 찬 악한 세상에 대한 전면적인 거부 또는 완전한 해방은 인간의 영역을 넘어선 영역이라는 것을 냉혹하게 일러준다. 그 누구도 세상 여기저기서 벌어지는 모순과 대립을 근본적으로 제거할 수 없기 때문이다. 대신 오직 그것들과 더불어 살 수밖에 없는 게 인간의 불가피하며 잔인하기까지 한 운명인 까닭이다.

그렇다고 운주사의 새벽에 이뤄진 배반의 사태는 딱히 우리들의 간절한 염원과 소망의 무화 내지 무의미함을 뜻하지 않는다. 운주사의 창건 신화에 얽힌 좌절의 신화는, 실상 인간의 노력과 의지가 닿을 수 있는 한계와 경계를 지시하고 있다. 동시에 제아무리 정성을 다하더라도 사람으로서 자신이 할 수 있는 최선을 다한 뒤에 하늘의 뜻을 받아들여야 한다는, 이른바 '진인사대천명(盡人事待天命)'의 태도를 환기시켜준다. 가혹하게도 인간의 합리적인 설계와 실천에 의해서만 미래를 구축할 수 있다고 말하고 있는 게 운주사다.

그럼에도 불구하고 운주사의 불가사의한 매력은 그 무엇 하나 제대로 구비되지 않는 미완의 석탑과 석불에서 온다. 끝내 일어설 수 없었던 와불과 더불어 여타의 사찰들에서 볼 수 없는, 법의(法衣) 하나 제대로 갖추지 못한 서툴고 소탈한 돌부처상에서 시작된다. 앞으로 더 발굴 조사와 연구 작업이 이뤄진다고 해도, 근원적으로 밝혀낼 수 없는 깊은 비밀을 품고 있기에 더 오래 우리들의 눈길을 끌며 지속될 수 있는 게 운주사다.

논밭과 계곡, 그리고 노천이나 바위너설 아래 세워져 있거나 흩어져 있는, 거칠고 못난 운주사의 불상과 석탑들이 오늘의 우리에게 그걸 가르쳐주고 있다. 운주사는 처음부터 우리가 창조적으로 오독하고 해석하는 가운데 완성되는 그 어떤 무대다. 과거에도, 미래에도 완성이 되지 않는 세계 유일의 도량이다. 옥개석이 날아가거나 혹은 불두가 사라진 채로 우릴 마중하고 있는 불탑들과 석상들은 완성을 거부하면서 미완성으로 완성을 지향하는 장소다. 미완과 완성

사이의 역설적인 긴장 때문에 역사 속에서 깊이 좌절하거나 씻을 수 없는 상처를 얻기도 하지만, 동시에 우린 바로 그것 때문에 이상세계의 창조라는 꿈을 꿀 수 있다.

오랜만에 다시 찾은 화순 운주사 한구석
바위너설 아래로 흘러내리는 석간수 따라
돋아난 푸른 이끼가 마치 아버지와 어머니,
아들과 딸이 나란히 기념사진 찍듯이 도열해 있는
돌부처들의 허름한 대좌를 감추고 있다
겨우 흉내 내다 만 눈과 입, 그리고 급하게 쪼아내린
코와 기다란 두 귀가 전부인 석불들의 처진 어깨와
떨어져나간 보관(寶冠)의 민머리 위로
밤새 들이닥친 눈송이들이 내려앉아 있다
그날에도, 그 이후에도 여전히 미완성일 뿐일
천불천탑의 조성은 애당초 사람의 일이 아니었다는 듯
영영 일어날 줄 모르는 와불 위로 철새들이
더러 흰 새똥을 떨어트리며 날아가고
무너지고 또 쌓기를 반복하는 동안 사라지거나
짝이 뒤틀린 석탑들 사이 거센 바람과
흰 구름이 앞서거니 뒤서거니 지나가며 흘러간
역사의 모든 과오와 미숙을 쓰다듬고 있다
오직 시간만이 끝내 다 이루지 못한 꿈을
오래 연장하며 완성할 뿐이라는 듯 얼굴 형체마저
희미한 탑신마다 바위솔이 검버섯처럼 피어 있다
지상에 남은 최후의 석공은 단지 세월뿐이라는 듯

마애불 위로 담쟁이덩굴이 찰싹 엉겨 붙어 있다

— 졸시, 「시간의 힘 – 다시 운주사」 전문

오랜만에 다시 찾은 화순 운주사 한구석의 바위너설 아래로 흘러내리는 석간수 따라 푸른 이끼가 돋아 있다. 그러면서 그 이끼들은 마치 아버지와 어머니, 아들과 딸이 나란히 가족 기념사진 찍듯이 도열해 있는 돌부처들의 허름한 대좌를 감추고 있다. 겨우 흉내 내다 만 눈과 입, 그리고 급하게 쪼아 내린 코와 기다란 두 귀가 전부인 석불들의 처진 어깨와 깨어져 나간 보관(寶冠)의 민머리 위로 밤새 내린 빗물 자국이 뚜렷하다. 그 이후에도 여전히 미완성일 뿐일 천불천탑의 조성은 애당초 사람의 일이 아니었다는 듯 영영 일어날 줄 모르는 와불 위로 철새들이 더러 흰 새똥을 떨어트리며 날아가고 또 쌓기를 반복하는 동안 사라지거나 짝이 뒤틀린 석탑들 사이 흰 구름이 앞서거니 뒤서거니 지나가며 흘러간 역사의 모든 과오와 미숙을 쓰다듬고 있다.

어디 그뿐이랴, 오직 시간만이 끝내 다 이루지 못한 꿈을 오래 연장하며 완성할 뿐이라는 듯 얼굴 형체마저 희미한 탑신마다 바위솔이 검버섯처럼 피어 있다. 지상에 남은 최후의 석공은 단지 세월뿐이라는 듯 마애불 위로 담쟁이덩굴이 찰싹 엉겨 붙어 있다. 간절하고 절실한 소망조차 없다면 최소한의 가능한 것조차 얻지 못할 거라고 말하듯 누군가 새로이 쌓기 시작한 돌탑 주변에 연보랏빛 꽃창포가 한껏 피어 있다. 인간에게 중요한 것은 유토피아를 건설하려는 노력이지, 그 결과는 아니라고 말하듯 여전히 누워 있기만 한 와불 위로 거센 바람이 지나가며 시간의 위대한 힘을 보여주고 있다.

이처럼 현재 18기의 탑과 80구의 불상이 남아 있다는 운주사는 제 스스로 완성과 종말을 저지하고 거부하는, 무수한 변화와 창조의 손길을 기다리는 미완으로 남아 있다. 왠지 엉성하고 평범하기 그지없는 운주사의 석불과 돌탑들은 미완으로 완성을 대신하는, 곧 우리네 삶이 다름 아닌 미완의 완성으로 끝날 수밖에 없음을 일깨워줌으로써 그 가치를 더한다. 우린 곧잘 지난 시절의 좌절된 혁명이나 역사적 사태에 대해 짙은 아쉬움과 그리움을 표출하곤 하지만, '미완이 곧 완성'이 되어버린 운주사처럼 우린 바로 그것들 때문에 또 다른 혁명이나 새로운 세계를 꿈꿀 수 있다.

화순 천불산의 골짜기의 들판이나 바위너설 아래 때 묻지 않은 청정한 마음의 비로나자불을 주불(主佛)로 하고 있는 운주사는, 따라서 '그날 새벽에 와불을 일으켰다면'과 같은 가정을 허용하지 않는다. 대신 크기와 모양이 제각각인 돌부처들을 통해 세상에 존재하는 모든 고상함과 남루함, 깨끗함과 더러움이 서로 의존하고 보완하는 관계에 이름으로써 아름다울 수 있는 세상을 넌지시 말하고 있다. 세속과 초월세계, 인간과 우주가 서로 대립적인 두 경계로 나눠진 것이 아니라, 각자 독립성을 유지하되 나란히 동거하고 있다고 가만 얘기하고 있다.

세상과 고립된 산중이나 높은 산이 아닌 비산비야(非山非野)의 골짜기에 부끄러운 듯 숨어 있는 운주사는 그런 점에서 결코 초월적인 세계일 수 없다. 세속인의 접근을 쉬 허락하지 않는 높고 험한 수직적인 산이라기보다 어쩔 수 없는 차이와 불평등으로 끊임없이 일어나는 세속의 갈등과 대립을 아우르고 다독이는 크고 깊은 바다를 닮아 있다. 높은 수행과 고행을 요구하는 수도자를 위한 터전이라기보다, 조그마한 이해관계에도 웃고 울기를 반복하는 중생들과 끝까지 함께하기를 고집하는 생활 공동체 또는 삶의 지성소(至聖所)가 운주사다.

천년의 모진 풍상(風霜)을 견뎌 나오는 동안 마모되거나 더러 목이 잘린 채로 기대 섰거나 땅에 처박혀 있는 운주사 석불들이 그걸 증거한다. 그 못난 석불들은 참과 거짓, 깨끗함과 더러움과 같은 일견 상반된 것들이 서로 얽히고설킨 채 존재하거나 소멸하며 공존하고 융화하는 시공간이 바로 우리가 사는 세계라고 가르쳐주고 있다. 희미하나마 끝내 미소를 잃지 않는 돌부처들은 독불장군식의 가치로만 환원되지 않기에 세속과 진여(眞如)가 다르지 않다는 것을 일깨워준다.

그럼에도 불구하고 종교적이면서도 결코 권위적이지 않은 운주사에 오면 하룻밤 사이를 못 넘긴 채 와불을 일으키지 못하고 어디론가 사라져간 석공들의 행방에 대한 궁금증이 슬며시 고개를 든다. 한참 마무리를 향해 가던 천불천탑 조성 작업을 일시에 중단하게 만들었던 사태가 과연 무엇이었는지에 대한 호기심도 동시에 일어난다. 필시 어떤 감당하지 못한 사태가 벌어지지 않았다면, 운주사는 지금보다 더 완성된 모습이지 않았을까. 하지만 하루아침에 모든 소망들이 집단적으로 무너져 내린 좌절의 신화가 없었다면, 오늘의 운주사는 누구에게나 별다르지 않은 한갓 운주사로 존재하지 않았을까.

애초부터 이뤄질 수 없는 소망에 대한 갈망을 품고 있기에 더욱 운주사는 지금 우리가 찾아내려고 했던 것과는 늘 다른 것이 역사이자 미래이기에 미완일 수밖에 없다고 나직이 속삭이고 있다. 그 성취 여부가 아니라 보다 나은 내일을 꿈꾸는 것만으로 우린 행복할 수 있었다고 말하고 있다. 모든 꿈과 희망은 어쩌면 회복 불가능한 상처를 안겨주기도 하지만, 운주사는 영원히 입 열지 않을지도 모를 돌부처를 통해 모든 역사의 고통과 절망이 종결될 자유와 평등의 새벽을 또다시 약속하고 있다.

땅끝, 또 다른 시작의 여정
— 해남 기행

절박하지 않은 자는 반성하지 않고, 절실하지 않은 자는 길을 나서지 않는다. 제 집이 평화롭고 안전하다고 몽상하는 자들은 이미 주어진 것들을 향유할 뿐, 모험과 도전에서 오는 벅찬 감동과 기쁨을 맛보긴 어렵다. 자신의 안정과 평화를 위협하는 그 어떤 시도도 꺼려하기에 자칫 겁쟁이거나 수구주의자일 뿐이다. 그와 달리, 자신의 삶이나 세계의 변화만이 자신을 살릴 수 있다고 믿는 자들은 부모형제의 만류를 애써 뿌리친 채 돌연 가출을 감행한다. 자신이 가진 것들과 결별하지 않으면 견딜 수 없다고 생각하는 이들은 굳게 닫힌 방문과 대문을 열고 더 넓은 세상으로의 여행을 시도한다. 모든 혁명가나 예언자들은 적어도 한 번 이상 제 고향과 혈육을 부정하는 대결단의 출가를 통해 역사상 제 위치를 확보한 위대한 영혼의 소유자들이라 할 수 있다 .

한 해만 1백여만 명이 다녀간다는 한반도 최남단 북위 34도 17분 21초에 위치한 땅끝마을. 행정상 전남 해남군 송지면 송호리 토말에서 그걸 본다. 우연찮게 들른 관광객이든, 명확한 동기와 목적을 갖고 출발한 국토순례단이든 이곳을 찾은 이들의 깊은 무의식 속엔 틀림없이 매일 반복되는 타성의 삶에 대한 강한 거부감이 자리하고 있다. 설령 자신의 의지와 상관없이 친구나 가족 등에 의해 강제로 떠밀리다시피 이곳에 들렀다고 해도, 이들은 문득 마주친 해벽과 그 너머의 바다를 건너다보며 그저 무사하고 무난하기만 기원했던 삶의 의미를 되돌아보곤 더러 화들짝 놀란다. 높은 봉우리에 올라 그저 단단하고 견고해 보이던 자신들의 껍데기적 삶의 실상을 내려다보거나, 혹은 남해의 깊고 푸른 심연에서 부표처럼 솟아난 진실의 한 조각과 마주치기 마련이기 때문이다.

'땅끝'이라는 지명은 그런 점에서 마냥 편안한 것은 아니다. 경음화(硬音化) 또는 된소리 〈ㄸ〉 〈ㄲ〉의 음소(音素)가 주는 어감대로 약간의 불편함 내지 터덕거림이 들어 있다. 한글의 합성 자모(字母)인 쌍디귿 〈ㄸ〉이 보여주는 대로, 땅끝은 인간들 삶의 거점인 육지와 등지고 돌아서 있는 느낌을 동반한다. 〈ㄱ〉이 주는 날카로움을 겹으로 한 쌍기역 〈ㄲ〉이 환기시키듯이, 땅끝의 이미지엔 조금은 공격적이고 가학적인 분위기가 섞여 있다. 그렇지 않아도 더 이상 나아갈 데가 없다는 사실 때문에 비장하기만 할 땅끝이 왜 땅끝인가를 더욱 분명히 해주는 음소들이다.

굳이 땅끝이 아니라고 해도 그렇다. 모든 끝은 일단 비장하고 비극적으로 다가온다. 돌이킬 수 없거나 되돌릴 수 없는 사태나 시간의 진행과 맞물려 있는 게 끝장 또는 종말과 같은 단어들이다. 특히 자칫 끝이라는 말 속에는 우리들의 의지와 상관없이 모든 것이 종말을 향해 가고 있다는, 이미 결정된 미래 또는 목표를 향해 가는 것일 뿐이라는 의미가 침투해 오곤 한다. 모든 역사와 시간은 일회적이고 유한할 뿐이며, 따라서 세상의 시간은 정해진 끝을 향해 달릴 뿐이라는 직선적 시간 의식이 따라붙기 마련이다. 무엇보다도 한 인간의 일생처럼 처음과 끝이 정해진 것이기에 결코 거슬러 갈 수 없다는 의식은, 때로 소란스런 종말론 내지 염세적인 말세론을 부른다. 정해진 목표를 향해 전진할 뿐 결코 되돌아오지 않는 시간과 깊게 연결되어 있다.

그러나 "궁하면 변하고, 변하면 통하며, 통하면 가히 오래 지속된다(窮則變, 變則通, 通則可久)"고 했던가. 갈두산 사자봉에서 바라본 바다는 영락없이 또 다른 시작이자 매듭이다. 땅끝이 곧바로 새로운 출발지임을 알려준다.

실제로도 그렇다. 땅끝은 그야말로 하나의 종착점이 아니라 보길도, 노화도 등 인근 섬이나 항구로 가는 중간 기착지이다. 선착장에서 전망대로 오르는 길에 상록수림 사이로 언뜻언뜻 보이는 바다는, 육지라는 경계가 끝나자마자 또 다른 길이 시작되고 있음을 보여준다. 소나무, 동백나무, 돈나무, 후피향나무, 다정큼나무, 사스레피아나무 등 난대성 활엽수림대를 지나온 상큼한 바닷바람은, 또한 우리가 머나먼 시간을 향해 열려 있는 여행자로서 무엇보다도 그 자신에게서 항상 벗어나 있는 자라는 것을 새삼 일깨워준다.

상상할 수 있거나 예상할 수 있는 미래로 나아가는 역사가 그 종말을 맞은 시대. 마땅히 지지할 만한 세계와 귀순할 이념의 제국을 갖지 못한 시대 속에서 떠난 땅끝 기행이 그렇다. 방향 없이 길길이 날뛰는 실존의 몸부림에서 벗어나 잠시나마 나 밖으로의 여행으로서 땅끝행은 그저 현실로부터의 도피나 완전한 이탈을 의미하는 것이 아니다. 좀처럼 길이 보이지 않는 당대의 현실과 일정한 거리를 유지하는 것을 뜻한다. 특히 그 거리를 통해 우리가 살고 있는 현실세계의 비루함과 가난을 폭로하면서 그 속에서 각기 나름의 전망과 비전을 찾고자 함이다. 일상적 세계가 오히려 낯설어지는 경험을 통해 주어진 현실과 새로운 계약이나 관계를 맺는 것을 뜻한다.

그런 만큼 시비(詩碑) 동산이 조성되어 있을 정도로 무수한 시인들이 땅끝을 노래한 것은 결코 우연한 일은 아니다. 땅끝엔 이제 단지 물리적이고 지표적인 하나의 공간이 아닌, 심미적이고 예술적인 가상의 빛과 그림자가 교차한다. 한낱 관광지가 아니라 새로운 삶의 시간과 세계의 진리성을 묻는 장소로서 그 모습을 드러낸다. 공식적으로 확인된 것은 아니지만, 무의식적이나마 땅끝이 시의 제목으로 가장 많이 등장한다는 사실은 개인과 전체의 운명사적인 전회(轉回)를 자극하고 상징하는 의미 있는 공간이 바로 땅끝이라는 것을 말해준다.

땅끝을 노래한 수많은 시인들 가운데 한 명인 김지하 시인 역시 이 지명이 주는 상징성을 그냥 지나치지 않았다. 지난 1960년 사일구 혁명의 좌절과 고통을 지켜보면서 처음 땅끝을 찾았던 그는 한때 해남에 기거하며 그 땅끝을 그에게 홀로 서서 다시금 돌아가는 길. 내면적 평화와 외면적 생명 질서의 대변혁을 위해 새롭게 태어나 새롭게 시작하는 장소로 승화시킨다. 그러면서 눈부신 흰 햇살이 천지 가득히 생성하는 오메가 포인트. 아직 현실화되지 않는 여성적 생명성으로서 '애린'을 탄생시킨 바 있다.

땅 끝에 서서
더는 갈 곳 없는 땅 끝에 서서
돌아갈 수 없는 막바지
새 되어서 날거나
고기 되어서 숨거나
바람이거나 구름이거나 귀신이거나 간에
변하지 않고 도리 없는 땅 끝에
혼자 서서 부르는
불러
내 속에서 차츰 크게 열리어
저 바다만큼
저 하늘만큼 열리다
이내 작은 한 덩이 검은 돌에 빛나는
한 오리 햇빛
애린
나.

— 김지하, 「그 소, 애린 50」 전문

우선 여기서 땅끝은 육지로서 더는 나아갈 수 없는 곳, 되돌아갈 수 없는 막바지를 뜻한다. 또한 그것은 문득 앞을 가로막은 바다라는 장벽에 말 그대로 새나 고기가 되어 날거나 숨을 수밖에 없는 공간을 의미한다. 그야말로 바람이거나 구름이거나 귀신이거나 간에 변할 수밖에 없는, 변하지 않고는 다른 도리가 없는 곳이 바로 땅끝인 셈이다. 하지만 땅끝은 하나의 물리적 공간에 그치는 것이 아니다. 일종의 실존론적 한계상황이자 새로운 열림과 변신을 꾀하는 보루이다. 달라진 시대와 새로운 변화의 흐름 속에서 자신의 존재 전환과 더불어 참된 삶의 생성의 자리에 대한 모색과 맞물려 있는 게 땅끝이자 '애린'이다.

이런 관점에서 보면, 모든 끝은 또 다른 시작이다. 그 어떤 끝이든 새로운 생성이나 시작의 고리이다. 오로지 쉼 없이 낳고 낳는 생성의 작용만이 있을 뿐이다. 아니 끝도, 시작도 있을 리 없다. 새로운 세계상이 제시되지 않았을뿐더러 과거의 신화 세계로의 귀환마저 용이치 않은 어중간한 시대. 끊임없이 변하고 통하여 다함이 없는, 그리하여 종말도, 창조의 기점도 없는 동아시아의 순환론적인 시간관. 지속적인 자기 창조성으로 멈추거나 막히지 않는, 반복적으로 회귀하면서 모든 이의 삶을 갱신하는 생성의 세계관과 맞닿아 있는 곳이 땅끝이다.

중요한 것은, 그러기에 우릴 지배하던 우울한 한 시대가 가고 정말 새로운 시대가 왔는가 하는 것이다. 도도히 진행되는 변화 앞에서 지나간 황금시대만을 좋다고 우기거나 아직 다가오지 않는 미래에 모든 꿈과 희망을 위탁하는 것이 아니다. 특히 낡음과 새로움 또는 끝과 시작의 다름을 확인하는 데 있지 않다. 어디까지나 그 사이에 활로를 트는 통변(通變)의 정신이 요구된다. 과거를 통하여 미래로 나오는 입고출신(入古出新)의 자세가 중요하다.

땅끝 탑에서 갈산마을로 빠지는 숲길. 비탈진 해안 기슭의 숲속을 통과해 거슬러 오는 파도 소리가 참으로 고요하다. 그리고 때마침 낡고 작은 배 한 척이 남은 동력을 모아 갈두항으로 들어선다. 그리고 이는 세계화 또는 신자유주의의 이름으로 행해지는 획일성과 불평등이 제동장치 없이 진행되는 도중에도, 우리들 삶과 사랑은 계속되고 있음을 새삼 일깨워준다. 과연 새로운 세상이 도래할 수 있을 것인가에 관계없이 땅끝 여행은 여기-지금의 탐색. 날마다 새롭고 찬란한 삶과 역사의 반복된 순간들을 소중히 하라고 충고한다. 마치 지금 이 순간이 영원히 끝나지 않을 것처럼 살면서, 동시에 지금 당장 끝나는 것처럼 이 순간을 살기를 가만 권하고 있다.

즐겨라, 오 찬란한 슬픔의 봄을

— 광주 기행

별다른 이유 없이 마음이 들뜨거나 아프기 일쑤인 '상춘(傷春)'의 봄. 매번 어김없이 반복되며 다가오는 봄은 잡념보다 무섭고 괴로운 추위와 긴 기다림이 문득 선물한 한 가닥 호의(好意)다. 세상에 존재하는 그 모든 것들이 마땅히 축복받아야 하고, 거룩하다는 대전제를 확인시키거나 느끼게 해주는 계절이다. 하지만 거의 예외 없이, 너나없이 나서는 상춘(賞春)의 길엔 그저 아름답고 행복하지만은 않을, '그럼에도 불구하고' 저버릴 수 없는 생의 시간을 매순간 즐겨야 한다는 정언명령이 놓여 있다. 돌아보면 회한뿐인 과거에도, 턱없이 기대에 찬 미래에도 아랑곳하지 않은 채 '카르페 디엠(carpe diem)'. 곧 '현세를 즐겨라'는 순간의 윤리가 작동하고 있다. 좋든 싫든 우리에게 운명적으로 주어진 삶을 기어코 살아내야 한다는 것이 모든 봄의 지상명령이다.

광주시민들이면 누구나 한 번쯤 가족과 함께, 연인들과 함께하며 한 번의 날숨 또는 들숨조차 훗날 추억의 불꽃을 피워냈을 용광로이자 축제의 장소였던 옛 농촌진흥청 자리. 특히 벚꽃들이 흐드러진 봄밤이면 번데기와 솜사탕, 도시락과 각설이, 그리고 한복으로 곱게 차려입은 엄마의 연분홍 치맛자락이 유난히 휘날렸을 오늘의 상록원으로 향한 우리들의 봄나들이는 과연 그렇다. 언제부턴가 하나의 의무가, 전통이 되어버린 그 벚꽃맞이의 장소엔 철갑으로 무장한 탱크 같은 이성과 논리가 비집고 들어올 틈이 없다. 일시적이나마 풀 수 없는 족쇄 같은 국가나 권력의 작동이 멈추고 만다. 대신 우린 그곳에서 오직 벚꽃의 아름다움과 생의 즐김이 존재 이유인 것처럼, 목적인 것처럼 군다. 당장의 과제나 필요보다 목전의 놀이와 잉여가 더 큰 마음의 파동을 일으킨다. 그 자체로 소모되고 지나갈 뿐인 생의 낭비와 과도함, 화려함과 절정만이 전부인 흠결 없는 열정과 열광의 시간을 누리고 또 누릴 뿐이다.

무등산 기슭의 춘설헌은 그 대극점에 있다. 상춘원이 광주시민들이 두 발 딛고 살아가는 지상의 공간이라면, 춘설헌은 바로 그 두 발로 건너서 넘어서야 하는 피안(彼岸)이다. 그러니까 도심의 상춘원이 일상의 축제 장소라면, 산정(山頂)의 춘설헌은 우리가 잠시나마 잊고 지냈던 신성을 경험하는 제의(祭儀)가 열리는 성소다. 상록원의 벚꽃 속에서 하찮거나 보잘것없는 일상의 위대함을 만끽하도록 한다면, 마치 의재 허백련의 수묵처럼 담담하고 그윽한 한 잔의 춘설다 속에서 우린 본래 서 있는 마음의 지반으로 비로소 비상하고 도약할 수 있는 기운생동을 얻는다. 왠지 모를 연분홍빛 홍성거림과 흥분이 4월 하순 곡우를 즈음한 연두빛 찻잎의 침묵과 고요로 뒤바뀌는 순간의 기적을 맛본다. 매운 추위와 갈맷빛 하늘과 맑은 햇살을 맘껏 들이켜고 자란 어린 찻잎으로 빚은 한 잔의 차엔 육체적이고 지상적인 것만으로 충족될 수 없는 자기 초월력 또는 정신의 비상력이 들어 있다.

젊은 날엔 결코 보이지 않았던, 그러나 어느 순간 가슴 한구석에 우뚝 자리한 전남대 대강당 앞 황매화는 또 어떤가. 어느 해엔 꽃이 이미 피어 있거나, 또 어느 해엔 이미 져버리고 없거나, 그 다음 해엔 채 피어나지 않아 무거운 발길을 돌려야 했던 대명매(大明梅)는 광주시민들에겐 지상과 산정, 세속과 천상을 연결하는 일종의 세계수(世界樹)다. 더욱이 남녘의 뭇 매화들이 눈발 속에서 성급히 피어나는 가운데서도 따라 피지 않은 채, 고독한 제왕처럼 고고하면서도 담담한 향기와 기품을 뿜어내는 둥지 굵은 고매화(古梅花)는 귀하고 소중한 것을 얻기 위해선 적절한 때와 정성을 들여야 한다는 기다림의 미학을 알려주는 봄의 전령이다. 어찌 보면 지지부진하기만 한 지상의 나날 속에서 '천지는 나와 더불어 소생하고, 만물은 나와 하나가 된다'는 것을 배우고 익히며 살아가도록 하는 게 황매화다.

그러던 어느 해 봄날이었던가요

자꾸 아래로만 휘어져 가는 가지들을 떠받치며
매화꽃 몇 송이 환하게 피어나고 있었습니다
틈만 나면 내 새끼들, 내 새끼들 혼잣말하던
내 고향집의 어머니처럼 늙고 허리 굽은 둥치가
제 한 몸 끌고 가기에도 힘이 부치던 젊은 날
일찍 고독해진 자의 적막 같은 꽃망울을
하나둘씩 터트리고 있었습니다

아무렴, 문득 반세기가 지나버린 그날이었습니다
아무리 찾아보아도 볼 수 없었던 기억의 불꽃들이
방금 지나간 고양이처럼 나타났다가 사라져 갔습니다
그새 들어도 들리지 않던 침묵의 함성들이
때마침 내리는 봄눈처럼 이내 희미해져 갔습니다

그러나 누군가에겐 틀림없이 아주 특별했을 하루가
어느새 무궁(無窮)의 천지간으로 마냥 흘러가고 있었습니다

— 졸시, 「대명매(大明梅)」 부분

그러나 서른 해도 훌쩍 넘은 저쪽에서 일어난 비극의 봄, 여전히 쓰라린 아픔과 상처를 안고 살아가는 이들이 문득 죽음을 불사하며 봉기했던 봄, 하지만 지는 꽃잎처럼 기꺼이 자신을 희생할 때, 저를 둘러싼 세계와 하나 된다는 것을 알려주었던, 이전까지 존재하지 않았거나 행여 앞으로도 존재하지 않을지도 모를 '절대 공동체'(최정운)를 탄생시켰던 그해 봄날 이후 적어도 광주시민들에게 모든 꽃잎들은 한꺼번에 지지 않는다. 누구에게도 양도할 수 없는 단 한 번뿐인 목숨들처럼 낱낱이 진다. 집단과 역사의 이름으로 묶일 수 없는, 해석할 수 없는 유일무이한 존재로서 한 사람과 마주하는 것같이, 지는 꽃 하나에서도 우린 온몸으로 일어서고 또 저물어가는 한 세계를 본다. 운명적으로 이미 '찬란한 슬픔'을 잉태하고 있는 역사의 봄. 그러나 누군가에겐 틀림없이 특별했을 기억의 '영원한 순간들'을 때로 홀로, 혹은 때때로 여럿이 합창하며 다가오는 찬란한 슬픔의 봄을.

'억압된 것들의 귀환'과 귀향 의지

— 강연균의 그림 세계

강연균 화백의 그림 속에 등장하는 인물들의 시선은 거의 정면을 향하지 않는다. 설령 누드 그림이라고 할지라도, 슬며시 다소곳이 시선을 내리깔고 있거나 반쯤 돌아선 모습이다. 더러 아예 등을 내보이며 돌아앉아 있거나 고개를 수그리고 있다. 왜 그런가. 우선 그것은 화가 개인의 타고난 부끄럼이나 수줍음의 감정과 연결되어 있다. 가능한 한 마주친 대상을 자신만의 지향성을 통해 의미 작용 속으로 끌어들이는 응시를 주저하고 망설이는 내면의 섬세한 움직임을 보여준다. 타자에 대한 경계심을 늦추지 않는 야심만만한 눈이 아니라, 어디까지나 타인의 입장을 먼저 고려하고 배려하는 눈의 소유자임을 무의식적으로 드러낸다.

무려 화력(畵歷) 50여 년에 빛나는 강연균 화백의 그림 세계의 비밀은 단연 여기에 있다. 화가로서 그의 시선은 냉정한 법적 판단이나 정의에 기대어 타자를 단죄하거나 심판하는 눈이 아니다. 특히 모든 것들을 제 시선의 통제하에 두려는 원근법적 시선도 아니다. 때로 역사의 야만과 불행에 증오와 분노를 내보이기도 하지만, 언제든 서로가 서로에게 구원과 도움의 손길을 내밀 수 있는 윤리적 주체의 눈을 하고 있다. 인간과 대상들을 속속들이 꿰뚫어보고 재단하겠다는 욕심 사나운 화가의 눈동자가 아니라, 타자의 불행이나 슬픔에 기꺼이 공감하고 거기에 연대하는 자의 정감 어린 눈빛을 하고 있다. 근본적으로 작고 여린 사물과 대상들이 서로 어울려 조화를 이루는 세계를 향해 있으며, 일단 존재하는 그 모든 것들에 기꺼이 경의와 감사를 표하며 슬며시 물러서는 화가의 눈빛을 하고 있다.

그런 연유 때문일까. 그의 그림 속의 사물들은 감상자에게 뭔가를 명령하고 지시하는 것과 거리가 멀다. 그러기는커녕 뭔가를 말하고 드러내기보다 자꾸 뒤로 감추고 머뭇거리는 표정을 하고 있다. 자신만의 회화적 이념이나 화가적 신념을 일방적으로 전달하고 선전하기보다 아직 드러나지 않거나 발설되지 않은 형태를 취하며 자주 망설이고 뭔가를 기다리는 포즈를 보여주고 있다. 특히 무심코 세상에 거주하다가 사라지거나 후퇴하는 어떤 것들에 대한 형언할 수 없는 그리움이 반영되어 있는 그의 그림 세계는, 자신을 내세우기보다 사물들의 소리에 더 귀 기울이려는 자세에서 나온다. 동시에 이는 대상에 대한 지배욕이나 통제력보다는 모든 사물들이 자신들의 고유한 본질을 드러낼 수 있도록 북돋우려는 자세와 긴밀하게 연결되어 있다.

따라서 사물에 대한 정확한 관찰과 충실한 재현이라는 관점에서 그를 관행적으로 리얼리즘 작가로 분류하려 드는 것은 딱히 옳은 것만은 아니다. 허구적인 진실보다는 경험적인 사실성을 중시한 것만은 부인할 수 없지만, 그렇다고 그를 전적으로 세상의 사물들과 인간들의 재현에 매달리는 리얼리스트 화가로 범주화하는 것은 일종의 편견이자 단견이다. 오히려 그는 모든 것을 제 시선의 독재 속에 파악하고 장악하는 천리안적인 화가의 시선보다는, 전혀 이름 없이 존재하는 영역에서 흘러나오는 소리를 보거나 듣는 '보는 귀' 내지 '듣는 눈'을 중시하고 있기 때문이다.

예컨대 정미소를 소재로 한 그의 그림은 단순히 몰락해가는 농촌공동체의 상징물 중의 하나를 정확히 재현하는 데 그치는 것이 아니다. 그것은 현대화된 일상의 삶과 현행의 질서 아래 은폐되고 억압되어 있던 그 어떤 것을 대표한다. 그의 그림 소재로 자주 등장하는 크고 작은 농어촌 마을과 시장의 풍경, 백모란과 수국, 모과나 석류 등 꽃과 과일들, 누드 그림 역시 여기서 예외가 아니다. 단적으로 그것들은 순수 자연물을 그대로 재현한 것이 아니다. 문명세계로 편입될 수 없는 이 세계의 맹점으로서의 자연. 곧 그것들은 현대문명과 무관한 물리적이고 생태학적인 자연이 아니라 이 세계가 어떤 식으로든 추방하거나 파괴할 수 없는 자연을 의미한다.

강연균의 그런 그림들 속에선 이 세계의 모든 것을 장악하고 파악하려는 모든 힘을 자진 반납하려는 화가적인 겸손 내지 양보의 덕성이 배어난다. 특히 오늘날 시각 중심의 폭력성과 강제성에 사라진 존재들의 빛과 소리들이 민감하고 예민한 촉수를 내민다. 그저 눈앞의 사물을 재현하고 과거의 사실들을 복구하는 데 급급하는 것이 아니라, 어느새 우리들의 삶과 가장 멀리 격리된 진실 또는 가치와 대면케 한다. 우리가 애써 모른 체 외면하거나 잊고 지낸 것, 실재에 대한 우리의 경험을 재구성하고 재창조하면서 우리들 자신의 본래

모습을 되돌려주고 있는 게 그의 그림 세계다.

강연균 화백은 꽃 중의 꽃이라는 장미를 여지껏 그려보지 않았다고 한다. 그러면서 굳이 외형이 그다지 화려하다고 할 수 없는 수국이나 매화, 호박꽃이나 분꽃들과 결코 매끈하거나 다듬어지지 않는 모과나 석류를 즐겨 그린다고 덧붙인다. 단순한 소재주의를 넘어 이 세계 밖에서 고난 받고 버림받은 이들과 함께 하려는 움직임이다. 여전히 이해타산이 미처 섞여들지 않는 단순함과 소박함이 살아 있는 인간의 본질적 고향에 대한 그리움과 향수가 살아 있다는 증거다.

하지만 지난 시대에 대한 그의 회상이나 돌아봄은, 단지 이미 지나간 것들을 일시적으로 현재화하는 것과 다르다. 설령 이미 사라지고 없다고 해도 빼꼼히 그 고개를 내밀며 다가오는 외양간의 소는 근대화 과정에서 '억압된 것들의 귀환'이며, 뿌리쳐도 성가시게 침범해 오는 부재로 영속되는 그 전통의 세계라고 할 수 있다. 하루가 다르게 뿌리 뽑혀가는 고향 상실 또는 고향 파괴의 시대에 참다운 본성으로의 귀향을 의미하며, 특히 그것은 무관심한 사유와 습관적인 삶의 시선으로 그 모습을 포착할 수 없는 역사적 참된 이미지의 발견과 연결되어 있다.

무심히 놓여 있는 듯한 과수원 근처의 리어카나 바윗돌들에 대한 그의 회화적 기억과 전승 역시 그렇다. 그의 그림들은 결국 지배자들의 역사일 뿐인 거대서사에서 과거의 세부 조각 하나를 분리해 내 역사를 정지시키는 작업에 해당한다. 동시에 미완의 과거를 사후적으로 재구축하거나 소급적으로 완성하는 것을 뜻한다. 역사는 흘러가는 것이 아니라 구축되는 것이며, 현재의 행동이나 실천을 통해 과거를 소급적으로 구원하지 않는 한 미래 역시 존재하지 않는다는 메시지를 은근하고도 끈질기게 보여주고 있다.

조금만 주의를 기울여보면, 강연균의 활짝 피어난 한 송이 흰 모란꽃 그림 속에는 빛이 도달하지 못하는 타인의 슬프고 어두운 얼굴이 새겨져 있으며, 동시에 결코 나에게 종속될 수 없는 하나의 자유로 현상하는 주변자로서의 타자가 각인되어 있다. 또한 한사코 낮고 어두운 자리로 흘러가는 물처럼 천성적으로 겸허한 수성(水性)의 그림들을 보고 있노라면, 보잘것없는 삶의 외로움과 동경을 되찾아주고 서로 위로해주는 데서 오는 어떤 존재감을 느낀다. 특히 화이트가 섞이지 않는 그의 투명 수채화처럼 인간을 가장 근본적으로 소통시키는 것이야말로 가장 예술적이고 진실한 삶이라는 사실을 아주 구체적이고 생생하게 보여주고 있다.

광기의 시대와 절도의 정념

— 김호석의 수묵화전

김호석의 수묵화에는 그 누구의 것도 아닌 자들의 날숨과 들숨, 슬픔과 기쁨, 절망과 희망, 삶과 죽음이 흐른다. 뭐라 이름할 수 없는 한 개인이나 집단에게만 고유할 수 없는 우리 모두의 숨결과 박동, 고독과 환희, 분노와 미소가 물기 어린 화선지 속에 스며 있다. 이미 세계와 인간에 대한 이해나 해석이 전제되어 있는 언어화 이전의 생기적(生起的) 사건. 그러기에 그때마다 새롭고 다르게 선취될 수밖에 없는 인간과 현실의 공동 정신. 인간의 의식으로 붙잡으려 해도 붙잡을 수 없는, 한 사회적이고 문화적인 의식의 차원에서 규정된 어떠한 동일성으로 환원될 수 없는 자연성. 어떤 특정한 윤리 도덕이나 가치체계에 붙잡힐 수 없는 생명성이 그의 회화적 핵심을 이루고 있다.

흔들리지 않는 눈동자와 굳게 다문 입술을 한 엄정한 선승(禪僧)의 모습이 아닌, 지극히 평범한 인간의 얼굴을 무방비하게 보여주고 있는 성철 스님의 그림이 대표적이다. 누군가를 보거나 만나는 순간의 놀라움 또는 반가움을 표현하듯 동그랗게 뜬 두 눈이나 동그랗게 오므린 채 벌린 입술을 보여주는 이 그림은, 위대한 인격자로서 성철 스님의 불성(佛性)이나 종교성을 드러내기 위한 것이 아니다. 오히려 성철이라는 이름 속에 갇혀 있는, 종교적 이념이나 선지식(善知識) 이전의 인간의 면모 또는 숨결을 표현해내기 위함이다.

예컨대 대충 매어진 옷고름과 검정 고무신, 그리고 오른쪽 발목은 올라가고 왼쪽 발목은 내려간 대님들이 그렇다. 그 장면들은 단순히 한 선승의 소탈하고 꾸밈없는 일상을 그저 드러내기 위한 것이 아니다. 한 특정 종교의 지도자이자 드높은 정신세계를 가진 선승으로서의 페르소나(persona)보다는, 성철 스님 역시 여타의 보통 사람들과 같이 감정과 감각을 공유하는 자연인이라는 것을 보여준다. 순간적이나마 자신의 신분이나 위상을 잊고 뒷짐을 진 채 놀라워하거나 반가워하는 성철 스님의 표정과 반응은, 어떤 고착된 이념이나 개념 이전의 인간적 정념 또는 훼손되지 않은 인간 본성의 세계를 날것 그 자체로 보여주려는 시도라고 할 수 있다.

김호석의 회화작업이 보여주는 묘미는 단연 여기에서 발생한다. 기존의 평가들과 달리 그의 그림 세계를 '무엇'이라고 규정하려 드는 그 어떤 것. 가령 리얼리즘이라든가 민족적이라든가 하는 이념적이고 예술적인 규정은 지엽적인 평가에 불과하다. 오히려 그림들은 아직 이름 갖지 못한, 아무도 아닌 자들의 슬픔이나 희망에게도 아무런 목적과 근거 없이 열려 있다. 그리고 최소한의 예의도 지키지 않는 공권력에 의해 검문을 당하는 치욕을 당해야 했던 전(前) 조계종 종정을 지낸 지관 스님의 뒷모습이 그걸 입증한다. 지관 스님의 얼굴 대신 뒷모습만 비추며 망연자실 염주를 굴리고 있는 손은, 그 사건을 낱낱이 묘사하고 있는 것이 아니다. 결코 가시화할 수 없고 통제할 수 없는 한 인간의 난감한 내면의 흐름과 복잡다단한 감정의 교차를 효과적이고 절도 있게 보여준다.

신분을 드러내는 복식과 갓을 쓴 단정한 선비의 초상들 역시 마찬가지이다. 우리가 의관을 바르게 하고, 두 다리를 꼰 채 단정히 앉아 있는 모습에서 유교적 이념이나 교양을 읽어내는 것은 자유이다. 하지만 정작 이 그림에서 눈여겨봐야 할 것은, 흔히 조선 시대의 인물화 내지 초상화가 보여주듯이 표표한 유교적 이념의 구현자로서 선비상의 재현이 아니다. 얼마간의 수양과 절제를 체질화하고 있는 선비임에도 불구하고, 더 이상 견뎌낼 수 없는 데서 오는 얼굴의 난감한 표정들. 이를테면 흰 자위만 그려져 있는 뒤집힌 눈동자와 검은 얼굴의 선비의 초상이다. 한낱 이념적 규율이나 의지로 제어할 수 없는, 극단적인 분노나 참담한 감정이다.

김호석 수묵화의 정치성은, 따라서 그가 첨예한 현실 문제를 다루고 거기에 참여한 역사적 인물들을 형상화하는 데서 오지 않는다. 오히려 이 세계와 인간과 사물들을 재현할 수 있다는 순진한 믿음과 개념적 구성의 힘을 부정하는, 그 어떤 것으로도 대체할 수 없는 인간으로서의 정신적 한계와 인간의 무력(無力)을 여과 없이 드러내거나 적나라하게 고백하는 데서 온다. 특히 두 주먹을 꽉 쥔 채 무언가를 응시하지만 인간 정신을 표상하는 머리 부분이 반쯤 지워졌거나 아예 그마저도 뭉개져 있는 선비의 초상에서 우린 더욱 급진적인 그의 정치성을 읽어낼 수 있다.

머리와 안면을 가린 채 눈 부위만 빼꼼 뚫려 있는 그림이나, 인간이 애써 거두고 보관한 양식이나 축내다가 고양이에게 목과 앞다리만 남긴 채 잡아먹힌 죽은 쥐에 대한 풍자화가 역시 그렇다. 세상으로부터 받은 말할 수 없는 치욕이나 모독에서 오는 자기에 대한 가열찬 풍자든, 온갖 탐욕과 부정부패로 얼룩진 세상에 대한 풍자든 일단 지배계층이나 제도, 심지어 국가나 인류 전체를 우스꽝스럽게 만든다는 점에서 그의 풍자화는 기존의 사회이념이나 세계 구성의 반대편에 서 있다. 단지 지배 권력이나 사회의 악덕과 잘못을 꾸짖고 고발하기보다 특정한 역사 단계의 사회 성격과 내부적 모순을 드러내려는 전형성으로 포착할 수 없는, 이 세계 안의 구멍 또는 빈 곳을 주목하기에 더욱 강렬한 감정의 소통과 공감을 일으킨다는 점에서 그의 풍자화는 어디까지나 반정치적이고 반개념적 층위에 그 뿌리를 두고 있다.

김호석의 그림 세계가 이른바 여타의 사실주의 그림들과 다른 점이 바로 그 점이다. 그동안 현실 참여적인 화가들이 대체로 한 개인의 개별성이나 어떤 대상의 고유성을 부정하고 사회적이고 추상적으로 부과된 특수성에 주목했다면, 이와 달리 그의 그림들은 인물화든 동물화든 풍자화든 가리지 않고 특수성으로 환원될 수 없는 각 개인과 대상 내부의 고유성에 주목한다. 결코 특수성 같은 외적 규정성들로 환원되거나 그 누구에 의해서도 직접적으로 포착할 수 없는, 세세한 인간적 슬픔과 삶의 고뇌에 더 주목하고 있는 점이 확연한 변별점이다.

예컨대 〈빨래를 널고 있는 노파〉의 그림은 개인적인 것 속에서 사회적인 것을, 우연적인 것들 속에서 합법칙적인 것들을 전형화해서

감동을 불러일으키는 것이 아니다. 오히려 특정한 시대의 사회 모순과 그 성격을 보편화하고 본질적인 것들을 추출해내려는 전형성의 원리보다는 키가 미치지 않는 빨랫줄에 그 가족들이 덮고 잤을 이불 홑청을 걸려는, 그 어떤 언어나 개념으로 형용할 수 없는 한 인간의 마음의 흐름 또는 몸짓을 성공적으로 포착한 데서 온다. 무엇보다도 아픈 허리를 그 빨랫줄에 의지하여 허리를 펴는 늙은 여인이 보여주는 애잔함 또는 눈물겨움. 그러나 그녀만의 소중함과 아름다움을 간직한, 그 누구도 완전히 장악할 수 없는 그 아낙만이 가진 내면성 혹은 각자마다 다른 삶의 전체적 유형에 주목했기 때문이라 할 수 있다.

설령 세상을 매섭게 풍자하고 있거나 참람(僭濫)한 현실에 분노하고 있더라도, 그의 그림들이 결국 왠지 모를 연민과 서글픔의 감정을 불러일으키는 것도 이와 무관하지 않다. 온갖 악행을 저지르다 포식자인 고양이에 잡아먹힌 쥐보다 못한 세상에 대한 풍자적 동물화는 일차적으로 인간에게 해를 끼치는 쥐를 통해 약육강식의 무한 경쟁체제의 사회에 대한 타협 없는 풍자이다. 하지만 그는 그와 동시에 고양이가 먹다 남긴 쥐 수염이 나중에 화가의 붓으로 사용될 수도 있다는 점을 간과하지 않는다. 그리고 이는 한낱 쥐와 같이 적대적인 타자에게도 진정한 연민과 소통을 나누려 한다는 것을 나타낸다. 특히 이미 말라 죽어버린 어미 쥐 곁을 떠나는 못하는 어린 쥐를 그린 그림처럼 결국 그의 풍자는 단지 타자들을 비판하고 단죄하려는 순간에서조차도 그 대상에 대한 더할 수 없는 연민과 공감, 동정과 자비심을 동반하고 있다.

제 살과 피와 가죽 모두를 인간의 양식으로 내준 채 머리만 남은 염소나 온몸의 깃털이 다 벗겨진 채 제사상에 오른 닭 한 마리가 마냥 두렵고 불안한 눈빛을 하지 않고 있거나 심지어 증오의 눈빛 대신 웃고 있는 듯한 표정을 보이는 것도 그 때문이다. 그의 그림은 인간과 인간, 인간과 자연, 나와 타자 등에 대해 이분법적으로 접근하지 않는다. 뼈와 살을 다 인간들에게 내준 채 소 가죽의 찢긴 틈새로 솟아오른 핏물을 그린 그의 그림이 보여주듯이 '우리'를 미리 설정하고 타자들을 그 틀 안에 가두는 것이 아니다. 오히려 그 자신을 타자에로 개방하며 나아가고 있다.

그런 만큼 김호석의 그림들을 어떤 집단의식이나 특정한 가치의 틀에 타자들을 가두고 있지 않다. 인기척이 나면 죽은 듯이 누워 있는, 태어난 지 하루밖에 안 된 재두루미를 그린 그림이 보여주듯이 어떤 이념 장치나 보호막이 없이 적나라하게 노출되어 있는 인간의 가장 보편적인 조건에 더 민감하다. 그러니까 그의 눈은 세계의 타자와 그 어둠 그리고 거기에 처할 수밖에 없는 자들의 가난과 슬픔 그리고 아픔과 눈물 앞에서 그저 냉정하고 메마른 과학자나 사회학자의 눈을 하고 있지 않다. 그들 자체의 고통이 '나'의 고통이고, 그들의 위험이 '나'의 위험이라는 따스하고 습기 어린 눈물을 머금은 화가의 눈을 갖고 있다.

법정 스님의 초상화나 들판을 나란히 날아가는 암수 꿩과 독수리는 그런 눈을 가진 자만이 포착할 수 있는 어둠과 슬픔, 가난과 고통 속에 스며든 내면의 빛, 각고의 인내와 시련의 극점에서 갑작스레 일어나는 정신적 해방과 비상의 체험을 나타낸다. 단지 한 인물을 추억하고 기념하기 위한 것이 아니라, 자신의 밖에서 작용해 오는 인간이나 자연의 소리, 세상의 아름다움과 비밀에 열려 있는 한 인간상을 보여주는 것이 법정의 초상화다. 한편으로 날아가고 있는 두 마리의 꿩들과 잠시 제 깃털을 고르며 또 다른 비상을 준비하고 독수리 역시 그렇다. 개별자들의 자기 초월을 상징하는 독수리는, 기존의 질서나 선입견으로부터 자유로운 생명성과 창조성을 표상한다.

구름 위로 비상하는 물고기들과 고비 사막 한 가운데서 만난 성난 강물은 이를 극적으로 보여준다. 우주의 기를 획득한 의경(意境)의 최고 경지를 나타내는 〈하늘을 나는 물고기〉는, 이전에도 이후에도 없는 무제한의 지금(Nunc stans) 또는 우주적 사건의 움직임과 흐름에 자신을 온전히 내맡길 때 가능하다. 순식간에 사막을 휩쓸고 지나가는 강물 또한 그렇다. 이는 정체를 알 수 없는 어떤 힘 또는 두려움을 뜻하는 히에로파니(Hierophany)로서 타자성의 출현. 한 인간이자 화가로서 '나'의 의식이나 생각이 구성해낸 그 어떠한 이론적 총체성에도 흡수되지 않는 외재성과 초월성을 가리킨다. 온갖 거짓이나 허위의식을 포함한 유약한 인식을 파기하는 자기의식 너머 정신적 힘의 분출로서 크라토파니(Kratophany). 곧 '나'라는 주체가 지배할 수 없는 '타자의 출현' 또는 '침묵의 목소리'가 구름 위의 물고기와 사막의 강물로 기운생동(氣運生動)하게 표출되고 있다.

끝으로 한마디 덧붙이자면, 김호석의 〈사유의 경련〉에서 아폴론적인 지성과 신념을 갖춘 고집 센 중세의 선비는 필시 이 세상을 더 잘 지켜보거나 지각하기 위해 안경을 썼을 터이다. 하지만 정작 그 선비는 자신의 눈을 보여주지 않는다. 대신 어쩌면 완고하면서 모던한 그 선비는 제 안의 황폐함과 비열함을 동시에 들여다보고 있다. 그러면서 정작 눈을 뜬 채 보면서도 보지 못하는 '청맹과니'적 인생과 시대를 코미디화하고 역풍자화한다.

그러니까 김호석이 자신의 부단한 인격 변환을 위한 격렬한 '사유의 경련'을 겪는 과정에서 마주친 그 선비의 눈은 다름 아니다. 한 치의 흔들림이나 오류도 용납하지 않을 듯한 법정 스님의 법안(法眼)과 달리, 타인이나 집단 속의 '나'가 아니라 진정한 자기(Selbst)의 소리에 귀를 기울이는 눈은 선비의 눈이자 바로 김호석 자신의 눈이다. 제가 넘어진 땅에 발을 딛고 다시 일어서서 현실을 직시하며 세계의 심장으로 가는 길을 찾아가는, 제 본연의 근원적 윤리성(ethos)과 맞닿아 있는 그의 영안(靈眼)이 새겨진 그의 다음 그림 세계를 기대해본다.

현실주의적 수묵화의 길

— 한국화가 허달용전

세상의 모든 예술문화는 거의 예외 없이 평화를 꿈꾼다. 수많은 사상과 종교처럼 폭력과 분열보다 사랑과 화해를 근본 이념으로 삼고 있다. 모든 이들의 존재 근거를 박탈하는 신의 부재, 결여의 시대 속에서 존재의 비약을 이루고자 한다. 하지만 그러한 문화예술인의 꿈은 단 한 번도 실현된 적이 없다. 불행하게도 세상은 늘상 칡뿌리처럼 얽혀 있는 이해관계 때문에 크고 작은 대립과 갈등에서 자유롭지 못한 탓이라고나 할까. 그 꿈이 간절하면 할수록, 실상은 피폐하고 처참한 현실이 기다리고 있을 뿐이다. 현실과 이상, 타락과 초월, 저주와 구원 사이의 건널 수 없는 거리가 더욱 절실한 그리움을 낳고 사랑을 꿈꾸게 한다.

그런 만큼 세상의 모든 갈등과 대립을 일시에 해소하거나 완전히 지양하려는 그 어떤 사상이나 예술도 거짓이기 쉽다. 무갈등과 무고통의 유토피아를 설파하고 노래하는 사상가나 예술가의 열정은 그 의도와 의지와는 달리 자칫 헛되고 그릇된 것이 되기 십상이다. 그들이 꿈꾸는 유토피아적인 사랑과 평화에의 열망은 그만큼의 강도를 지닌 폭력성 또는 대립성을 전제로 하고 있기 때문이다. 가장 결정적으로 이 세상은 생성 이래 파도가 잘 날 없는 바다처럼 간단없는 고통과 슬픔으로 요동치고 있는 까닭이기도 할 것이다.

다섯 번째 개인전을 갖는 한국화가 허달용의 예술가적 고뇌도 여기에서 시작된다. 사전적으로 '나뭇결이 이어진 가지'를 뜻하는 〈연리지(連理枝)〉 연작은, 어쩌면 그가 내세운 이상적인 주제 의식과 달리 이 세계 자체가 근본적으로 폭력적인 상황에 노출되어 있다는 생각이 전제되어 있다. 그가 인간과 인간, 인간과 자연의 연리지적 결합 내지 화합을 강조하면 할수록, 오늘의 세계가 더욱 분열과 불화의 극단으로 치닫고 있음을 역설적으로 보여주고 있을 뿐이다.

특별히 그가 〈연리지〉 연작을 통해 상호 공존과 화해의 메시지를 전하고자 하는 이유는 바로 이것이다. 어쩌면 다소 억지스러워 보일 정도로 나무와 나무 사이의 만남에 대한 강조 속엔, 결코 그렇지 못한 세상의 질서나 구조에 대한 깊은 연민과 비애가 동시에 들어 있다. 동시에 신자유주의 체제 이후의 양극화와 여전히 해결될 기미가 없는 남북 대결 등 우리 사회의 갈등과 대립이 위험수위에 달했다는 의식이 반영되어 있다. 상호 간의 대립보다 협력을 통해 진정한 전체성 또는 화합을 이룸으로써, 우리가 놓쳐버린 삶과 존재의 충만성을 되찾아주려는 예술가적 의지가 크게 작용하고 있다.

솔직히 그동안 무의식적이나마 서로 다른 한쪽을 양립 불가능한 존재로 환원하는 선택지 속에서 자유롭지 못했던 허달용의 다섯 번째 전시회가 갖는 의의는 단연 이 지점에서 발생한다. 이제 그는 이번 전시회를 계기로 시대적 요청이든 아니면 개인의 세계관에서 비롯됐든지 간에 대체로 옳음과 그름, 선과 악, 참과 거짓을 이항대립적 사고 체계 속에서 벗어나고자 한다. 특히 전적으로 옳거나 선하다는 입장이 본의 아니게 독선과 배타의 행위로 이어질 수 있음에 유념하면서 서로 다른 개체의 두 나무가 하나 되는 것처럼 폭력과 평화, 사랑과 미움, 순수와 불순 사이의 화해와 공존을 모색하고 있는 것이 이번 전시회다.

그렇다고 그가 기존의 그림 세계와 완전히 결별했거나 청산했다고 말하는 것은 아니다. 예컨대 그의 문인화적 세계에 등장하는 인물은 전통의 선비나 신비한 인물이 아니다. 우리 주변에서 쉽게 찾아볼 수 있는 시골 할머니와 소풍 나온 일가족들, 여행자와 등산객, 아이 돌보는 노인과 학동 등 지극히 평범한 인물들이다. 특히 그들이 서 있는 곳은 높은 언덕이나 누대(樓臺)가 아니라 누구나 쉽게 접근할 수 있는 일상적인 길이거나 평지이다. 그리고 이는 정도의 차이는 있을 수 있으나, 여전히 그가 민중 지향적이고 사회 변혁적인 열망의 끈을 놓치지 않고 있다는 것을 보여준다.

그런 허달용의 이번 전시회가 보여주는 가장 주목할 만한 특징으로 '허실상생(虛實相生)'을 들 수 있다. 즉 이제 그는 그동안 사대부적이고 귀족적인 취향에 속한 것이라고 하여 행여 자신이 의도적으로 배제했을 수도 있는, 무한한 상징과 유추를 가능케 하는 여백의 미학을 그의 그림 속에 적극 도입한다. 또 그는 사실의 재현을 중시하는 기존의 리얼리즘적인 화풍에서 벗어나 외형의 묘사보다는 보이지 않는 정신의 표현에 중점을 두는 이른바 '득의망상(得意妄象)'의 수묵화 세계에 진입하고 있다. 과도한 메시지 강조 또는 이미지의 과잉을 벗어나 '생생불식(生生不息)'하는 세계의 실상, 곧 숨어 있는 세계의 무한함과 광활함에 주목하고 있는 점이 이번 전시회의 가장 큰 특징이자 매력이다.

이전과 달리 수묵의 농담에 크게 의지하고 있는 그의 그림들이 이걸 입증한다. 또한 전통적 소재로 선비의 절개나 기상을 상징하는 소나무의 잦은 등장 역시 이와 무관하지 않다. 물론 예전에 보여주었던 채색이나 민중적인 세계를 포기한 것은 아니지만, 이번 전시회의 그림들은 미학적인 측면에서 볼 때 눈에 보이는 형상보다는 비가시적 정신세계를 중시하는 전신론적(傳神論的) 입장이 강화되어 있다. 무엇보다도 기운생동(氣韻生動)한 필선과 골기(骨氣), 그리고 농담을 자유자재로 구사하여 천이나 종이에 배어들게 하는 선담법(渲淡法) 등에선 일찍이 추사가 〈세한도(歲寒圖)〉를 통해 보여준 바 있는 문인화적 기풍이 느껴진다.

허달용이 이번 전시회의 주제로 내세운 연리지적 세계는 그런 점에서 단지 현대 인간과 사회의 갈등과 분열의 치유나 통합만을 목표로 하는 것은 아니다. 일견 모순되고 역설적인 관계에 있는 것들의 이중주라고나 할까. 그는 이제 이른바 민중(족)적인 것과 귀족적인 것, 가시적인과 비가시적인 것, 현실적인 것과 비현실적인 것, 전통적인 것과 현대적인 것 사이의 시차적 대립과 그것들 간의 소통을 동시에 추구하고 있다. 또한 채색화와 수묵화, 일반 서민과 고사(高士)—인물이 직접 등장하지 않는 그림들 외부의 주인공을 그렇게 추측해볼 수 있을 것이다—등을 통해, 일견 두 대립적인 것이 그 근원에 있어 상호 공존의 관계에 있음을 은밀히 말하고 있다.

의재 허백련의 친동생으로서 소위 관념 산수보다 실경(實景)을 중시했던 친할아버지 허행면(許行冕, 1906~1964)과 부친이신 연사(蓮史) 허대득(許大得, 1932~1993)을 이어 3대째 화가의 길을 걷고 있는 중원 허달용이 지향하는 한국화의 진정한 의미는 여기에 있다. 그의 그림 세계는 자신의 핏속에 전해오는 실경산수의 미학과 80년대 학번으로써 몸소 체험했던 역사적 경험과 시대정신, 무엇보다도 그동안 낡은 회화 형식의 선비화로 격하되기도 했던 남종화 또는 문인화의 세계가 3차원적으로 결합되어 새로운 세계를 열어가고 있다.

그러나 나무의 세계이든, 인간의 세계이든 완전한 합일은 없다. 그의 그림에 나타나는 나무들이나 나뭇가지처럼 세상에 존재하는 모든 사물들과 생명체는 같으면서도 다르고, 하나이면서 하나가 아니다. 하지만 그것들은 나눠어져 있되 서로 투쟁하거나 배척하지 않는다. 세상의 이치 차원이든, 생명의 세계이든 양립 불가능한 모순은 이 세상 그 어디에도 없다. 그렇다고 보는 것은 하나의 실재에 대하여 대립되는 두 개의 개념들 또는 판단들을 설정하는 논리에 익숙한 인간의 탓이다.

그래서일까. 그동안 관람자들에게 하나의 의미 또는 주제를 강요(?)했던 이전의 세계와 달리, 이제 화가 허달용에게 이 세상의 모순과 대립은 마냥 해소하거나 청산돼야 할 대상이 아니다. 연리지처럼 서로 상반된 대립관계에 있으면서도 서로가 자신의 존재를 의존하는 상보적 관계에 있는 그 어떤 것이다. 서로 대립되고 모순되는 것들의 역동적이고 필연적인 공존뿐만 아니라, 그들 사이의 화해 또는 새로운 대긍정을 창출하는 것이 그의 궁극적인 관심사라 할 수 있다.

허달용은 이번 〈연리지〉 연작을 통해 일상과 현실성을 철저하게 추구하는 모습이다. 하지만 또 다른 한편으로 그는 '밖으로는 자연의 조화를 배우고 안으로는 그 심원함을 터득하는(外師造化 中得心源)' 정신적 경계를 넘보고 있다. 얼추 불가능해 보이는 물질과 정신, 현실과 이상 사이의 연리지적 조화 내지 균형을 추구하는 새로운 그의 그림 세계가 앞으로 더 기대되는 것도 그 때문이다. 허달용은 지금 동아시아적인 의미의 대상과 주관이 만나서 이뤄지는 새로운 지평을 뜻하는 '경계(境界)', 살아 숨 쉬는 무한한 생성과 환기의 열린 텍스트로 만들어가는 어떤 틈과 여백 속에 서 있다.

생성의 세계와 우연의 향연

— 화가 강운의 그림 세계

이른바 '구름의 화가' 강운의 그림 속에서 모든 것은 유동한다. 유동하지 않는 것은 강운의 관심사가 아니다. 그가 즐겨 그리는 구름이 그렇고, 바람과 물이 그렇다. 공통적으로 그것들은 한순간도 쉬지 않고 '흘러가는' 것을 그 본연의 생명으로 한다. 하지만 따지고 보면 세상에 존재하는 모든 것들이 크든 작든, 빠르든 느리든 간에 끊임없이 변화하고 요동치면서 저만의 생명적 리듬을 자랑한다. 가시적이든 비가시적이든 유동성은 살아 있는 모든 사물들의 근간을 이루며, 인간은 자신도 모르게 곧잘 이 격렬하고 역동적인 요동이나 흐름의 소용돌이 속으로 끌려 들어간다. 지금 이 순간에도 나와 타자, 나와 우주는 끊임없이 생성과 소멸을 반복하면서, 서로 충돌하고 어울리면서 거대하고 웅장한 군무(群舞)를 펼친다. 서로가 간단없이 영향을 주고받거나 서로 다른 몸짓이나 소리를 내며 저마다 아름답고 황홀한 독무(獨舞)를 춘다.

강운이 '순수형태'란 이름으로 형상화한 다양한 구름의 모습들은 이러한 유동성과 다양성의 현상화다. 그 구름들은 끊임없이 이어지는 생성의 특별한 순간을 연속적인 시간의 흐름으로부터 역동적이고 극적으로 정지시킨 장면들이다. 또한 다시 반복되거나 환원 불가능한 특수성으로 가득 찬 순간의 포착을 의미하며, 무한히 새롭게 육화되는 시간의 파편이자 부단히 명멸하는 '우주적 순간'으로서 영원한 현재를 나타낸다. 살아 있는 자연과 생명에 대한 근원적이고 원초적인 실재와 직접 맞부딪치려는 시도이자 그 생성의 순간과 생명의 실재에 대한 체험을 담고자 하는 시도가 그의 '순수형태' 시리즈다. 특히 그의 그림들이 전해주는 놀라움과 떨림은, 이러한 생성의 순간을 적실(的實)하고 충만하게 다룬 데서 온다.

강운의 일명 〈물 위를 긋다〉 시리즈는 그러한 무한 또는 혼돈적 무를 더욱 극적이고 빠르게 포착하려는 시도이다. 그만이 느끼고 이해할 수 있는 이미지, 순간에 명멸하는 감각의 궤적을 추적하려는 노력이다. 단 일획(一劃)의 붓질로 그가 순간의 감각과 함께 영원히 사라져 갈 물거품의 세계. 그 속에서 홀연 일어났다가 홀연 사라질 그 사물과 그 자신을 붙잡아두려는 회화적 모험이다. 그리고 경지에 이른 검객의 내리치는 칼날보다 빠를 법한 이러한 순간은, 존재의 근원에서 이뤄지는 도약의 순간이자 존재의 순간적 드러남을 엿보게 한다. 여느 바다보다 깊고 푸른 블루의 색채 속엔 사물의 순수한 떨림이 고이 간직되어 있으며, 무엇보다도 진리 생성의 순간들이 포착되어 있다.

〈바람, 놀다〉 시리즈 역시 그 연장선상에 놓여 있다. 먼저 여기서의 '놀다'는 일차적으로 어떤 것에도 자유로운 예술가적 행위와 예술 본연의 해방적 성격을 갖고 있다. 어떤 예술적 규율이나 윤리 도덕에도 자유로운, 순전히 작가 자신의 내적인 진리 추구와 관련을 맺고 있다. 즉 예술이 인간의 가장 거룩한 작업이 될 때는 당대 사회의 고통과 슬픔에 눈감는 순간이 아니다. 그 예술 행위가 인간적 자기 이해 또는 자기 존엄성에 기여했을 때 가능하다. 다시 말해, 그의 그림들은 생명의 본질적인 놀이로서 자연과 생명에 대한 근원적 체험을 동반하고 있다. 스스로가 아니었으면 존재하지 않았을 그 어떤 한순간을 통해 인간의 존재 망각 또는 의미 망각을 일깨우는 미학적 놀라움을 수반하고 있다.

그래서일까, 강운의 그림들은 사물을 충실히 묘사하고 재현하기보다 환기하고 기화한다. 구름이나 물, 공기나 바람 자체의 형상보다 그것들이 생성하고 소멸하는 순간에 유례없이 선명해지는 감각에 비친 사물의 정신성을 더 중시한다. 가장 구상적이고 구체적인 형태의 구름들일지라도 마찬가지다. '순수형태'란 타이틀하에 '생성', '순환', '파동', '정중동', '조응' 등의 부제(副題)를 달고 있는 그림들이 그 증거다. 그의 그림들은 단순히 사물을 재현하고 묘사하는 데 만족하지 않는다. 대신 생성의 한순간 혹은 최초이자 최후인 구름의 순결한 모습을 구현하는 데 집중한다. 구체적인 형상보다 그것들의 흐름 내지 역동성을 강조하되 최소한의 형상적 계기 또는 물질적 조건의 유지를 통한 사물성의 현시 또는 현전에 더 많은 관심을 드러내고 있다.

그런 연유로 강운은 그의 그림에서 우연적인 요소를 중시한다. 그리고 이 점은 최소한의 형용사나 부사조차 배제한 제목인 〈물 위를 긋다〉와 〈바람, 놀다〉의 시리즈가 단적으로 증명한다. 먼저 〈물

위를 긋다〉에서 스스로가 만든 붓으로 단 한 번 '그어' 얻은 그림의 형상들은, 그야말로 화가의 주체적 의지나 특별한 인과관계 없이 뜻밖에 일어난 사건들과 관계되어 있다. 또한 담쟁이덩굴을 하나씩 제거해 나가거나 미리 채집한 꽃잎을 뿌려 그걸 고정시키거나 그걸 그대로 재현하는 〈바람 놀다〉 시리즈는, 자신의 의지대로 기획하고 조직하는 미의 세계보다 자연스런 감정의 흐름과 미적 감동을 그대로 보여주고 있다.

그러나 우발적인 사건들과 잡다한 감정들의 우연적 결합에만 전적으로 의지할 때 자칫 그의 그림들은 무정부적이고 방종한 것이 되기 쉽다. 무분별한 광기와 충동과 연결될 때 필연적이고 고결한 양식의 회화적 언어를 획득하기 어렵다. 그의 '공어공전(空於空展)'은 그런 제어되지 않는 우연과 억제되지 않는 감정에서 방출되는 혼란스러운 이미지들을 몰아내려는 작업이다. 영원히 부재하는 자리인 창조의 세계 또는 생성의 세계에 도달하려는 의지이자 불성실하고 불완전한 화면과 색채들에 가려진 혼란과 불행을 잠시라도 끊어보려는 집중된 노력의 표현이다. 그는 지금 무심히 붓질하거나 한지를 한 장 한 장 붙여나가는 실존의 고행을 통해 우주의 영원성을 시간성으로, 무한을 우연으로 뒤바꾸려는 엄중하면서 숭고한 작업을 자청하고 있다.

제4부

그럼에도 불구하고 우리는

보이지 않는 것들이 이 세상을 움직여간다

비가 올 듯 바람이 부는 텅 빈 거리에 아이스크림 비닐 껍데기가 텅텅 소리 내며 굴러가고 살찐 고양이가 골목 안으로 다급하게 사라진다. 일시에 학교가, 교회가, 음식 가게가, 술집이 문을 닫고 마스크를 쓴 시민들이 일정한 간격을 유지한 채 행여 맞부딪칠까 머뭇거리다가 옆길로 비켜 간다. 뜻밖에 찾아온 원치 않은 격리와 단절의 시간들 사이로 TV방송들만 홀로 신난 듯 하루 종일 재난 방송을 반복하여 송출하고, 가끔씩 각 지자체의 '알림문자'의 진동이 찾아들며 어느새 익숙해진 침묵을 깬다. 막무가내의 욕망처럼 우뚝 솟은 빌딩의 엘리베이터가 멈춰서고, 불패의 신화를 기세 좋게 이어가던 자본주의가 급기야 그 속도를 늦추거나 정지시키는 사건이 눈앞에서 벌어지고 있다.

매우 작아 보통의 광학현미경으로는 볼 수조차 없는 코로나 19가 불러온 사태다. 생물계 중 가장 미세하고 하등인 단세포동물인 세균(細菌)과 달리 스스로 물질대사를 할 수 없어 반드시 숙주 세포 안으로 침입하여 기생할 수밖에 없는 바이러스가 몰고 온 놀라운 삶의 풍경들이다. 그저 코로나 19처럼 눈에 보이지 않는다고 해서, '아무 것도 아닌 것'이 아니다. 평소 우리가 간과하기 십상인 '보이지 않는 것들'은 이번 사태를 불러온 바이러스처럼 단단하게 연결되어 있는 세계를 한순간에 해체하는 힘을 갖고 있다. 우린 지금 세계인의 생계를 위협하고 죽음의 공포를 불러오는 코로나 19 사태를 통해, 이 '보이지 않는 것들'의 거센 반란을 생생하게 목격하고 있는 중이다.

하지만 진정한 시인들에겐 이 '보이지 않는 것들'의 도전이 특별한 일이 아니다. 그게 긍정적이든 부정적이든 시인들은 일찍부터 이러한 '보이지 않는 것들'의 도발 혹은 그 위력에 주목해왔다. 모든 가시적인 움직임을 빨아들이고 정지시키는 일종의 블랙홀로서 '보이지 않는 것들'의 가치를 주요 시적 대상으로 삼아왔던 게 사실이다. 예컨대 별다른 자의식 없이 '살아남은 자가 강하다'고 쉽게 말하는 자기 파괴의 생산 양식 속에서 더 가까이 다가가고 싶지만 그럴 수 없음에서 발생하는 그리움 또는 애틋함의 감정의 경우가 한 예이다. 일단 그런 감정들은 모든 걸 돈으로 환산하는 자본주의 체제 속에서 전혀 가치랄 것이 없는 가치에 불과하다. '최소한의 노력으로 최대한의 이익을 얻는다'는 경제적 원칙에서 볼 때 그저 시간낭비이자 쓸데없는 감정 소모일 뿐이다.

하지만 우리들에게 돈이나 명예, 권력 등 직접적으로 자신을 드러내거나 자신의 힘과 부를 맘껏 행사하는 것이 전부인 것은 아니다. 알고 보면, 우리 주변엔 서로 간의 이해관계 없이 순수하게 그 마음을 주고받는 우정이나 사랑 등 결코 돈으로 사거나 환산할 수 없는 소중한 것들이 적지 않다. 때로 자신의 목숨을 담보해가면서까지 지켜가려고 하는 진리에의 추구 정신이라든가, 각별했던 가족이나 이웃들이 죽어가는 데서 오는 '덧없음'에서조차 우린 무한한 생의 의미와 가치를 느낄 수 있다. 비록 세속의 눈으로 볼 때 결코 눈에 띄지 않거나 눈 밖에 난 것들 속엔 실상 돈으로 환산할 수 없는, 그야말로 자본주의적 경제 척도로 결코 잴 수 없는 무한의 가치를 지닌 것들이 많다.

그중의 하나가 자신이 지키고자 했던 원칙이나 삶의 기본 태도의 상실과 관련되어 있는 부끄럼이다. 가시적이고 대사회적인 관계에 더 중점을 두는 '수치'와 달리, 이러한 부끄럼은 순전히 자신의 내면과 관계되기에 '보이지 않는 것들' 중에서도 가장 '보이지 않는 것'에 속한다. 남의 눈이나 당대 사회의 윤리도덕을 의식하기보다 자신조차 그 정체를 미처 알 수 없는 심혼(心魂, Seele)의 움직임에서 나오는 게 부끄럼이다.

그러니까 부끄럼의 감정은 누구에게 보이거나 과시하고자 할 때 일어나지 않는다. 당장의 이해관계에 따라 행동할 것이냐, 아니면 비록 죽음을 불사할지라도 한 인간으로서의 위엄과 품위를 지켜나갈 것인가를 고민하고 주저하는 가운데 일어난다. 우리들 내면의 가장 깊숙한 양심에 자리하면서 결국 한 작가를 한층 더 성숙하게 만들거나 어떤 '절정'으로 이끌어 가는 게 부끄럼이다.

그런 만큼 한때나마 어느 작가가 '절정에 이르렀다'는 말은 단지 문학적 성취에 있어서 최고의 상태에 도달했다는 것만을 의미하지 않는다. 이육사처럼 "하늘도 그만 지쳐 끝난 고원/서릿발 칼날 진 그 우에" 스스로를 불러 세우는 데 성공했다는 것을 의미한다. 거기에서 한 걸음 더 나아가, "어데다 무릎을 꿇어야 하나"라는 단말마적인 자문자답 속에서 마침내 스스로가 그 어디에도 "한 발 재겨 디딜 곳조차 없다"(「절정(絕頂)」)는 처참하고 처연하며 막다른 인식에 도달한 상태를 나타낸다. 스스로의 말과 행동, 인식과 논리에서 한 치의 오류나 타협은 물론 그 과정에서 슬그머니 찾아들기 마련인 자기기만이나 자기 연민을 필사적으로 지워가는 데 성공했다는 것을 의미한다.

하지만 설령 스스로가 반복적으로 돌이켜보면서 양심상 한 점의 의혹이나 부끄럼을 허락하지 않은 마음의 경지에 이르렀다고 해도, 우리가 이런 부끄럼에서 자유로운 것은 아니다. 이육사가 그의 시 「해후(邂逅)」에서 "허무(虛無)의 분수령(分水嶺)에/앞날의 기(旗)빨을 걸고 너와 나와는 또 흐르자 부끄럽게 흐르자"라고 말하고 있듯이 육사 역시 불안정하고 불완전한 한 인간 존재로서 부끄럼의 찌꺼기가 어쩔 수 없이 남을 수밖에 없다. 설령 일제강점기에 형장(刑場)에서 죽어간 독립투사라도 제 스스로가 세우고 지키려 했던 제 마음속의 도덕률 또는 양심의 요청으로서 자기규율을 제대로 지켜가기 어려운 까닭이다. 그 누구에게나 스스로가 입법한 양심을 곧이곧대로 지켜가는 것은 매우 지난한 과제일 수밖에 없는 것이다.

그럼에도 불구하고 일제강점기에 보여줄 수 있는 가장 깊은 심층이자 최대치의 저항 의식을 보여준 윤동주를 비롯한 백석, 김수영, 김남주 시인의 시 등에서 어김없이 이러한 '부끄럼 의식'이 확인된다. 절대적인 힘의 열세와 열악한 삶의 조건 속에서도 자신의 불리함이나 무력함을 탓하지 않은 채 자신의 존엄과 자존을 지키고자 했던 이들의 비타협성이 엿보인다. 끊임없이 흔들리고 괴로워하면서도 끝내 타협이나 굴종의 길을 걷거나 결코 도덕적 패배나 치욕을 용납하지 않으려는 부끄럼의 명령에 순응한 결과다. 어떤 식으로든 갖고 있는 개인적이고 사회적인 '흠(Schuld)'을 온전히 떠맡으려는 부끄럼의 힘이 보내준 고난이자 선물인 셈이다.

여전히 늙고 가난한 자들에게 더 가혹한 코로나 19 사태가 우리에게 일깨워준 소중한 교훈은 바로 그것들이다. 모든 것을 '돈'이나 계량적 가치로 환산해온 시대에서 코로나 19는 그동안 가시적이고 지표화된 성장주의의 그늘에 가린 '보이지 않는 소박하고 소중한 가치들'의 놀라움이나 위대함에 눈 돌리기를 가만 권유하고 있다. 하지만 모든 것을 냉혹한 이해 법칙에 따라 따져보고 행동하는 자본주의적 인간들에게 시적 인간들은 '허튼소리'를 지껄이는 자에 불과하다. 반성할 줄 모르는 체제와 이념에 최초이며 최후의 결정적인 일격을 가하는, 땜질 불가능한 균열을 일으키는 가난한 시인들의 목소리는 그야말로 '헛소리'에 지나지 않을 것이다.

하지만 필시 자신도 알지 못하는 곳에서 발원하는 마음의 명령에 따르는 올바른 의미의 시인들은 일찍이 "'헛소리다!'를 수없이 되풀이하다 보면 뜻밖에 그 헛소리가 참말이 되고, 시의 기적이 되고, 마침내 민족과 역사의 자산이 된다"고 했던 김수영의 말을 믿어 의심치 않는다. 근본적으로 자신에게는 너무도 뚜렷하지만, 그러나 남이 '볼 수 없거나' 타인의 눈에는 좀처럼 '보이지 않는 것들'의 위력에 민감하다. 특히 보이지 않는 것들을 보이게 하는 것이 자신들이 걸어가야 할 운명의 길이라고 굳게 믿고 있다.

다시 강조하지만, 그러나 우리가 '볼 수 없는 것들' 가운데 가장 강력한 것은 코로나 19만이 아니다. 어쩌면 우리들에게 가장 불가항력인 영향력을 행사하는 양심의 소리다. 스스로를 그 앞에 불러들이고 또 자신의 모든 성취를 끊임없이 무화시키면서 한 치의 비켜 갈 틈도 없는 도덕률의 '절정'에 스스로를 세우는 부끄럼이 탄생시키는 시인들의 '헛소리'다. 알 수 없는 넋과 혼령, 의식이나 이성적 질서를 넘어 세계에 넉넉히 맞서 응시하거나 그 실재를 향해 모험해 가는 데서 오는 무언의 말들이다.

덧붙이자면, 물고기의 부레는 수면 밖으로 떠오르거나 가라앉지 않은 채 일정한 수심의 깊이에 머물게 하는 부력 기관이다. 물고기의 생명은 단연 이러한 부레의 유무와 순조로운 작동 여부에 달려 있다. 필시 우리들에게 부끄럼은 이런 물고기의 부레와 같다. 바로 그게 우릴 더 이상 삶의 밑바닥으로 추락하지 않도록 막으면서, 동시에 삶의 바깥으로 겉돌지 않게 만든다. 이런 부끄럼의 부레를 내장하지 않은 채 낡은 세계를 되풀이하는, 끊임없는 자기반성과 자기성찰이 없는 시인들의 말들은 한낱 부레를 잃은 물고기와 같다.

시는 여론이 아니다

얼마 남지 않은 '대통령 선거철'이어서인지, 언제부턴가 하루가 멀다 하고 여론조사 결과가 발표된다. 하지만 각자 지지하는 후보나 정당에 따라 희비가 교차하게 하는 여론조사의 결과가 과연 말 그대로 당대인의 공통된 의견(public opinion)이라고 할 수 있는가? 어쩌면 대중민주주의 또는 대의민주주의를 떠받치는 한 축이면서 한 국가 체제의 정립과 정부 구성에 지대한 영향력을 미치는 여론조사가 과연 사회와 시민 사이에 일어난 자생적인 의견이고, 이른바 공중(公衆)의 일치된 의견을 대변하는 것일까?

그러나 이러한 의문은 오늘날 한국 언론이 보여주는 여론조사에 대한 불신이나 조작 가능성을 겨냥한 것만이 아니다. 동시에 당대 사회 구성원들의 집합된 의견이라는 미명(美名)하에 어느 특정 집단의 가면(假面)으로 이용하고 있거나 악용되고 있는 여론조사를 비판하거나 탄핵하고자 함도 아니다. 문제 삼고자 하는 것은 여론조사가 과연 동시대를 살아가는 모든 이들의 심연을 대변할 수 있느냐의 여부다. 아니, 과연 무의식을 포함한 민심의 깊은 흐름을 계량화(計量

化)하고 수치화(數値化)할 수 있는 것이냐는 원초적인 회의와 맞물려 있다.

그렇다고 우린 모든 여론조사가 무의미하다고 말하는 것은 아니다. 오히려 우리가 대의민주주의 체제에 살고 있는 한, 대통령 선거 등 서로 상충하는 주요 쟁점에 대한 합의와 판단을 위해 여론의 향방을 살피는 데 유용한 수단 중의 하나라고 여긴다. 하지만 여론조사는 결코 여론의 대상이 될 수 없는, 여론화할 수 없는 각자의 마음 속에 일어나는 깊은 심리적 변화나 격렬한 감정 상태 등에 지극히 무기력하다. 각자의 내밀한 의견(opinion)이나 욕망의 흐름을 집합적으로 표상하고 그걸 객관적 지표로 나타내는 것은 거의 불가능하다.

예컨대 윤동주 시인의 지배감정이라고 할 수 있는 "부끄럼"(「서시」)과 "괴로움"(「바람이 불어」)이 그렇다. 누가 윤동주에게 강요하거나 그걸 촉발해서라기보다 자신도 모르게 마음 깊은 곳에서 솟아나온 자발적이고 불가역적인 정념(affection)은 애초부터 여론 대상이 아니다. 겨우(?) "방 두 칸과 마루 한 칸 말쑥한 부엌과 애처로운 처(妻)를 거느"린 채 "외양만이라도 남과 같이 살아간다"(「구름의 파수병」)는 것조차 겸연쩍어 했던 김수영의 '쑥스러움'의 감정 역시 그렇다. 남들보다 결코 풍족하게 사는 것이 아닌데도, 자신보다 더 형편이 어려운 이들을 생각하는 데서 오는 '쑥스러움'의 감정은 애당초 여론 대상에서 제외되어 있다.

이처럼 우리들 마음의 심층엔 결코 여론화할 수 없는, 자신도 어쩌지 못하는 어떤 힘이 존재한다. 일단의 여론조사와 달리 누가 시키거나 등을 떠미는 것이 아닌데도 문득 "스스로 화끈 낯이 붉도록 부끄러"워하거나 제 "슬픔과 어리석음에 눌리어 죽을 수밖에 없"(백석, 「남신의주 박시봉방」)는 어떤 감정에 휩싸이게 하는 '존재의 음성'이 숨어 있다. 당대인의 집합적 목소리를 대변하는 여론과 다른 어떤 무형의 특별하고 예민한 감정들이 시적 세계의 뿌리인 것이다.

물론 시가 독자 대중을 외면한다는 얘기가 아니다. 어떤 작가의 작품이든, 독자 없이 그 생명력을 유지할 수 없다. 그 수의 많고 적음과 관계없이 어떤 문학 텍스트를 살리거나 죽이는 것은 순전히 독자의 몫이다. 그리고 바로 그 점에서 독자는 단순히 소비자가 아니라 작가와 함께 텍스트를 탄생시키는 생산자이다. 하지만 그렇다고 해서 시는 여론조사처럼 대중의 선호도에 따라 결정되는 것이 아니다. 김수영의 말대로 "독자를 납득시키는 것은 필요한 일"이다. 하지만 "독자에게 아부하는 일은 피해야"(「문맥을 모르는 시인들—「'사기'론」에 대하여」) 하기 때문이다. 특히 시적 진실은 당대의 가치와 당장의 요구를 척도로 판가름되는 성질의 것이 아니기 때문이다.

하지만 이런 시적 본분을 망각할 때, 시는 즉각적인 반응을 이끌어내는 한낱 여론과 다름없는 소음이 되거나 하나의 상품으로 타락해간다. 불현듯 자신도 모르게 솟아올라서 스스로를 꾸짖거나 등 떠미는 낯선 힘으로서 시는, 본의 아니게 독자 대중을 한낱 계몽의 대상으로 삼거나 수동적인 소비자로 만드는 정신적인 폭력으로 이어진다.

그 어떤 불가해한 명령 또는 이전과 다른 '감정의 질'에 그 뿌리를 두고 있는 시는, 그런 만큼 결코 여론이 아니다. 마치 어디선가 비구름을 몰고 오고 나뭇가지들이 꺾여나가는 태풍 같은 감정의 사태를 계량화하겠다는 불가능한 도전이 여론조사라면, 오히려 시는 그 모든 사태를 몰아오는 '태풍의 눈'과 같은 불가사의하고 예측불가능한 마음의 소용돌이에 가깝다. 어디까지나 시는 어떤 심연의 부름(Ruf)에 대한 순전히 자발적이면서 무의식적인 응답이자 경청(敬聽)의 일종이다. 비록 소수의 독자들만이 알아차릴 수 있는 비의(秘意)의 일종이라고 할지라도 말이다.

그럼에도 불구하고 우리는

서른둘의 나이로 요절한 가수 김광석이 부른 대중가요 〈서른 즈음에〉엔 "내가 떠나보낸 것도" "떠나온 것도 아닌데" "조금씩 잊혀져"가고 "점점 멀어져간다"라는 구절이 있다. 우리에겐 자신의 의지와 상관없이 점점 망각되거나 멀어져가는 것이 있다는 내용이다. 이 노래가 대중들의 사랑을 꾸준히 받는 것도 바로 이 때문이리라. 영원히 지속될 것만 같은 '청춘'의 시간도, 뼈아픈 '사랑'의 기억도 잠시뿐, 우린 그의 노랫말대로 "매일 이별하고 살"고 있다. 제아무리 거부하려 해도 예정된 망각과 몰락을 막을 수 없는 처지에 놓여 있다.

문득 찾아드는 생의 덧없음이나 보잘것없음, 불안함이나 서글픔 등속의 감정들은 결코 이와 무관하지 않다. 마치 아무런 구속도 받지 않는 자유민처럼 살아가고 있지만, 엄밀히 말해 우린 자신의 생사 하나 마음대로 처리하지 못하는 노예(?) 신세다. 하이데거의 말대로 어쩌면 "우린 태어나자마자 죽음을 선고받은 존재"이다. 단 한 명의 예외자도 없이 우리 모두는 유한한 시간의 바다 위에서 허우적거리며 헤엄치고 있는 자들에 불과하다.

어찌 그렇지 않겠는가. 빠르고 느린 차이가 있을 뿐, 흔히 하늘이 맺어준다는 부모형제 또는 자식 간의 인연도 언젠가는 쓰디쓴 이별로 끝나기 마련이다. 당장 자신과 직접적으로 관계되지 않으면 남의 일처럼 여기기 일쑤이지만, 한 꺼풀만 더 벗겨보면 모든 인간의 삶은 결코 희극으로 종결되지 않는다. 미처 예측할 수도, 연역할 수도 없는 어둠의 비극이 우릴 기다리고 있다. 인간적인 노력과 지성을 최대한 동원해봐도 어찌할 수 없는 거대한 힘들이 우리들을 압박하고 있는 게 사실이다.

하지만 이러한 생의 비극이나 운명과의 대면이 곧장 체념이나 좌절과 이어지는 것이 아니다. 그것들이 피하거나 돌이킬 수 없는 성질의 것이라면, 우리들 인간의 의지 밖에 있는 것들과 직면하는 것이 중요하다. 아니, 자신에게 주어진 숙명을 받아들이는 것과 함께 그 숙명을 극복하려는 노력이 요청된다. 연이은 재난과 고난의 현실 속에서도 우리 모두에겐 "난 아무것도 후회하지 않으며, (다만) 나의 무덤을 향해 갈 뿐이다"고 말한 체 게바라처럼 당당하게 굴 필요가 있다.

조태일 시인의 시 「국토 서시」는 이러한 삶의 자세에 부합된다. 우린 "야윈 팔다리일망정 한껏 휘저어/슬픔도 기쁨도 한껏 가슴으로 맞대며" "우리의 땅"이나 "하늘 밑"을 "밟"거나 "서성일 수밖에 없"는 운명에서 자유로울 수 없다. 행여 더 갈 데 없는 절망의 상황에 놓여 있거나 되레 자신을 보호하기는커녕 압박하고 구속할지라도, 우리 모두는 고향이나 조국의 존재 자체를 지울 수 없는 운명공동체의 일원이다. 한 인간의 보편은 제가 자라고 성장해온 역사의 내부 또는 삶의 전통에서 형성될 뿐이라는 것을 새삼 강조하고 있는 시가 바로 조태일의 「국토 서시」라고 할 수 있다.

루디 모라 감독의 영화 〈그럼에도 불구하고(Y, Sin Embargo)〉(2012) 속에 등장한 소녀는 "왜 이렇게 살아가나요. 왜 이렇게 지루하게 살고 있나요. 나를 위해 꿈을 꾸어주세요. 자유로 가득한 꿈을. 내가 내가 아니었던 날들을 꿈을" 달라고 말하고 있다. 그처럼 설령 좀처럼 나아질 기미가 없다고 해도, 우린 결국 자신의 처지와 불합리함을 껴안은 채 살아갈 수밖에 없다. '그럼에도 불구하고' 어떤 식으로든 제 삶을 사는 것이 중요하다.

우연이었을까. 김승희 시인 역시 "폭설의 밭 속에서 살고 있는 것들!/백설을 뻗치고 올라가는 푸른 청보리들!/폭설의 밭 속에서 움직이고 있는 것들!/시퍼런 마늘과 꿈틀대는 양파들"(「갑자기 그럼에도 불구하고!라는 말이 들렸다」) 속에서 환청처럼 들려오는 '그럼에도 불구하고'란 말에 귀를 기울인다. 그러면서 모든 생명을 동결시키는 악조건 속에서도 '청보리'나 '마늘'처럼 생을 포기하지 않은 채 씩씩하게 살아내는 것이 소중하다고 말하고 있다. 되돌릴 수 없는 운명과 가혹하기만 한 삶의 조건을 탓하기보다 '그럼에도 불구하고' 어떤 식으로든 살아가기를 권유하고 있다.

하지만 '그럼에도 불구하고'가 단지 마약 같은 희망이나 전망을 무작정 강요하고 있다고 생각하면 오산이다. 오히려 그 속엔 처음부터 한 인간의 선택이나 자유의지와 무관한 것들에 대한 겸손함과 적극성이 들어 있다. 동시에 거기엔 결말이 뻔한 미래 때문에 불안해하는 우리들에게 어떤 위로로도 달랠 수 없는 냉엄하기만 한 현실을 직시하면서 새로운 삶의 각성이나 각오를 하라는 요청이 담겨 있다.

그러니까 '그럼에도 불구하고'는 단지 예측과 결과가 다른 내용의 앞뒤 문장을 이어주는 부사에 그치지 않는다. 불합리하고 부당한 삶의 조건 속에서도, 우리가 자존감을 잃지 않은 채 자신만의 매력을 뽐내며 고집스레 살아갈 수밖에 없다는 걸 가르쳐준다. 차마 어쩌지 못하는 아비규환의 세계 속에서도 필사적으로 악몽의 현실을 견뎌내며 강력하게 살아가라고 가만 속삭이고 있다. '그럼에도 불구하고' 하루하루의 우리들 삶 자체가 기적이고 축복이라는 것을 넌지시 알려주고 있다.

무등의 아침 햇살을 보며

"남자가 남자에게 반하는 것은/거기 의로움이 있고/여자가 여자에 반하는 것은/거기 외로움이 있기 때문이다"(범대순, 「큰 바위의 꿈」 부분)

누가 가난을 좋아할까? 만약 인류의 역사가 어떤 식으로든 가난을 극복하기 위한 지난한 과정이었다면, 서정주 시인의 말처럼 '가난'이 마치 낡고 누추한 누더기 옷처럼 한낱 "남루에 지나지 않"(「무등을 보며」)다고 단정하는 것은 옳지 않다. 절대가난은 인간의 육신과 정신을 병들게 하고 먹어치우는 '에어포켓'을 부르기 때문이다. 우리가 잘못된 사회구조와 부패한 정치권력과 때로 생사를 걸고 투쟁하는 것도 지긋지긋한 가난에서 벗어나기 위한 인류역사의 몸부림은 아닐 것인가?

하지만 오늘날의 가난이 절대적 빈곤층을 제외하고 대부분 상대적인 박탈감과 소외감에서 오는 것이라면, 우리가 느끼는 가난은 다분히 '남이 떡이 크게 보인' 결과이다. 스스로가 가난하다고 생각하는 자일수록 제가 가진 것보다 필요 이상으로 더 많은 것을 얻으려는 마음의 소유자일 가능성이 크다. 남들보다 덜 가졌다고 생각하는 마음이 스스로를 더욱 가난에 시달리게 한다.

우리들의 심층에 자리한 동물적 욕망의 배금주의와 물질주의를 겨냥하고 있었다면 지나친 진단일까. 몇 해 전에 크게 히트를 친 바 있는 '부자 되세요'라는 광고는 이러한 우리들의 심리 구조를 정확히 꿰뚫어 본 광고였다. 그래서 우린 그 광고를 대할 때마다 부자 되기를 소망하는 자신들의 내면을 들킨 것 같아 왠지 모를 거부감을 느낀 바 있다. 제아무리 노력해도 쉽사리 부자가 될 수 없는 세상 속에서 마치 그것만이 유일한 탈출구라는 묵시록적 메시지에 매우 불편함을 느껴야 했던 것도 사실이다.

분명한 것은 우리가 정작 부자가 된다고 해도, 생의 모든 고민들이 눈 녹듯이 사라지지 않는다는 사실이다. 특히 우린 그 가운데서 부자와 가난한 자를 일련의 경제적 수치나 지표로 구분하고 판가름하는 사회 속에서 그에 대한 질문을 놓쳐왔다. 그토록 부자 되기를 소망하면서도 정작 우린 과연 무엇이 잘사는 것인지, 묻지 못하고 있다. 그저 남들보다 더 잘 먹고 더 잘사는 것이 유일한 가치로 군림하면서 가난은 우리에게 그저 부끄럽고 수치스러운 것으로 취급되고 있는 형편이다.

하지만 가난함과 부유함 사이엔 절대적인 기준이나 정의가 있는 것은 아니다. 아파트 크기나 재산 소유 여부 등으로 가르곤 하는 빈부의 차이는 한 사회가 제공하거나 강요하는 척도에 지나지 않는다. 누가 더 잘살고 못사는가를 가늠하는 그러한 기준치들은 지극히 상대적이고 표면적인 것에 지나지 않는다. 모든 것을 양적이고 물질적으로 환원하려는 근대사회의 천박성과 추악함의 단면을 드러낼 뿐이다.

누가 봐도 열악한 삶의 조건에 놓여 있는 자들을 딱히 불행하다고 할 수 없는 것은, 그러나 단지 그들이 자신들의 타고난 욕심을 줄이거나 생활의 절제를 통해 자기만족을 하고 있기 때문이 아니다. 주어진 것들에 자족하며 평화롭게 살아갈 수 있는 힘은 가난과 부유에 대한 자신들만의 의미 구성에서 온다. 어떻게 가난함과 부유함을 구성하고 받아들이느냐에 따라, 우린 지극히 불행하거나 행복해질 수 있다.

'잘살아보세'라고 외치며 숨 가쁘게 달리며 살아오는 동안 우리가 잃어버린 것은 바로 그것들이다. 예컨대 우린 지난 세월 동안 가난함에도 그 속에 끈끈하게 흐르는 가족애와 서로에 대한 연민과 유대감 같은, 결코 돈이나 경제적 지표로 환원할 수 없는 것들의 가치에 주목하지 못했다. 어찌 그뿐인가. 뭐든지 '하면 된다'는 신념으로 무장한 파시즘적 근대화 과정을 거쳐 오는 동안 우린 또한 인간 내면의 원초적인 결핍감에서 오는 삶의 서글픔과 아픔, 그리움과 쓸쓸함 등의 감정들 속에 들어 있는 진정한 소통과 교류에 대한 열망을 애써 간과해왔다. 돈과 물질의 신이 지배하기 시작하면서 그 대가로 우린 곧 서로 아끼고 보살펴주고, 함께 아파하거나 기뻐할 수 있는 천진(天眞)의 마음을 상실해야만 했다.

생전에 무등산을 1천 번 이상 오르며 작고 직전 『무등산』이라는 시집을 상재한 바 있는 범대순 시인은 역시 무등산을 대상으로 한 시 「큰 바위의 꿈」에서 "남자가 남자에게 반하는 것은/거기 의로움이 있고/여자가 여자에 반하는 것은/거기 외로움이 있기 때문"이라고 말한다. 표피적이고 이해타산적인 인간관계나 인맥 관리가 중요하게 취급되는 사회 속에서 서로가 서로에게 반하게 만드는 '의로움'과 '외로움'과 같은 미덕을 강조하고 있다. 양적 성장의 신화와 자본주의적 소유 양식에 사로잡혀 남자와 여자, 아니 한 인간들마다 각기 다르면서 또한 공통적인 무한의 가치에 대해 생각해보라는 전언이다.

그런 만큼 우리가 정작 두려워해야 할 것은 물질적인 가난만이 아니다. 이미 충분히 소유하고 있음에도 만족하지 못한 채 더 많은 것을 갖거나 빼앗으려는 탐욕과 욕망에서 비롯된 가난이다. 끊임없이 결핍감에 괴로워하거나 알 수 없는 생의 허기에 불안해하는 자들이 느끼는 가난이다. 우리 시대의 가난함을 그 자체로 인식하지 못하는 데서 오는 근본적인 가난함이다. 부의 크기나 소유 여부와 관계없이 가장 가난한 자는 다름 아닌 가난할 줄 모르는 영혼을 가진 사람이라는 사실에 대한 무지와 몽매이다.

가난은 그렇듯 단지 물질적이고 사회경제적인 차원의 가난의 차원에 한정되지 않는다. '세월호 사태' 같은 악마적 대재난 속에서 위기를 위기로서 받아들이지 못하는 것도 가난이다. 어디 그뿐인가! 평소 이기적인 삶을 살다가도 이웃과 사회의 불행 앞에서 어김없이 발현되곤 했던 연민 또는 신성을 경험할 수 없는 무디어진 감각들이 역시 가난이다. 우매와 맹신, 불신과 적대가 지배하는 오늘의 세계에 대한 자기 절제와 자기 성찰의 부재에서 시작되는 끝없는 허기와 결핍이 가난이다. 보다 높고 깊은 인간적 가치와 자유에 응답할 수 있는 영적 감수성에 대한 망각에서 오는 정신적 가난이 더 큰 가난일 수 있다.

그렇다면 새해를 맞는 우리들이 소망하고 다짐할 것은 무작정 부자 되기일 수가 없다. 스스로를 지탱할 근거마저 상실한 '세계의 밤'의 시대 속에서 '갈맷빛' 무등의 겨울 하늘을 바라보며 우리 시대의 궁핍함과 피폐함을 가장 본질적이고 내적인 문제로 받아들이는 자발적 가난이다. 눈 깜짝할 새보다 더 짧게 살다 가는 불꽃같은 삶의 소중한 깨달음 또는 새로운 전망의 시간성을 마중하는 사심 없고 편견 없는 가난한 마음의 회복이다.

오늘 아침에도 늘 그 자리에서 두 팔 벌려 제 아이들을 껴안고 있는 듯한 무등을 본다. 그러면서 꾸밈없고 자발적인 마음의 가난에서 오는 아침햇살이 그새 잃어버린 활력을 불어넣는 것을 느낀다. 난 뒷동산에 오르면 멀리 보이는 그런 무등산을 보며 내 육신의 키를 늘렸고, 내 영혼을 살찌웠다. 나는 그 무등을 보며 꿈을 키웠고, 마침내 시인으로 돌아왔다. 난 그 무등의 아들이다.

자발적 가난과 예술가의 길

김수영 시인은 「돈」이라는 시를 통해 "무수한 돈을 만졌지만 결국은 헛만진 것"이라며 "아무도 정시(正視)하지 못"하는 게 "돈의 비밀"이라고 말한 바 있다. 인간 생활에 필수불가결한 '돈'의 존재와 효용 가치를 익히 알고 이용해왔지만, 여전히 '돈'이 지닌 본질을 잘 모르겠다는 고백이다. 하지만 이게 어찌 한 시인만의 고백에 그치랴! 마치 숨 쉬는 데 필요한 공기처럼 설령 그 실체를 알 수 없다고 해도, 돈은 이미 모든 인간이 생존하는 데 절대적인 요소가 되어 있다. 돈이 없다는 것은 곧 죽음을 의미할 만큼 돈이 행사하는 힘이 크다는 것을 누구도 부인하기는 힘들다.

짐짓 돈과 무관하거나 초연한 태도를 보이는 예술가들 역시 예외는 아니다. 자신들의 작품이나 예술 행위들을 통해 곧잘 돈을 탐욕과 타락의 상징으로 등장시키며 그에 대한 경계심을 보여주고 있다. 하지만 정직하고 올곧은 작가들일수록 가난할 수밖에 없다는 점에서 그들이야말로 무소불위의 제왕처럼 군림하는 돈의 위력을 더 깊게 실감한 자들이다. 대체로 작가들이 돈이 지닌 긍정성보다 부정성에 주목하고 있는 것이 사실이지만, 그렇다고 마냥 그걸 외면할 수 없다는 점에서 그들이야말로 돈의 부재가 주는 생활인으로서 고통의 정도가 클 수밖에 없는 자들이다.

그럼에도 불구하고 언제부턴가 예술가는 곧 가난해야 한다는 시대착오적인 통념이 우리 사회의 한구석에 자리 잡고 있다. 가령 예술가가 힘들게 창작한 작품에 대한 정당한 대가로 돈을 요구한다고 해도, 십중팔구 그런 예술가들을 속물 취급하기 일쑤다. 가난을 숙명처럼 떠맡은 자들이 예술가이며, 참된 작가들의 중요한 필수조건의 하나라고 취급해오고 있는 실정이다. 특히 일부 예술가들 또한 자신의 가난을 무슨 훈장처럼 내세우거나 그렇지 않은 자들을 경멸하거나 사갈시(蛇蝎視)하며 이른바 '가난의 권력화'(발터 벤야민)를 자신들의 문학적 입지점으로 삼고 있기까지 하다.

평균적으로 대다수 예술가들이 가난한 생활을 영위했던 것은 사실이다. 하지만 예술가들 모두가 가난했던 것은 결코 아니다. 특히 가난이 위대하거나 불멸하는 작품 탄생의 필요충분조건이 아닌 것만은 분명하다. 예컨대 널리 알려진 대로 톨스토이나 괴테처럼 대지주나 대재상 출신이든가, 특히 오늘의 한국문학을 살찌우는 데 일정한 역할을 감당한 일제강점기의 근대문학가들 역시 일본에 유학할 만큼의 경제력의 소유자였다고 봐도 무방하다. 특히 세계적 명화나 걸작들이 풍부한 경제력을 가진 예술 후원자들(patron)의 충분한 물질적 지원과 배려 속에서 탄생한 것도 부인할 수 없다.

그렇기에 예술가의 가난은 천부적인 것도, 마땅히 감수해야 할 그 어떤 것도 아니다. 그럼에도 불구하고 대다수의 예술가들이 지독한 가난의 고통에 시달려야 했던 것은 단지 그들의 무능력이나 나태한 생활태도 때문만은 아니다. 그들의 유일한 상품이라고 할 수 있는 창작물들이 한 덩어리의 빵처럼 당장 한 끼를 해결해주지 않는다는 점에 있다. 애초부터 그들이 교환하거나 사용할 만한 가치가 없는 물건(?)을 생산해왔으며, 특히 역사적으로 그들의 노동과 수고가 턱없이 저평가되거나 아예 외면당해왔던 탓이 크다.

바꿔 말하면, '예술가는 곧 가난한 자'라는 등식(等式)은 근본적으로 물리적이고 가시적인 가치로 환원될 수 없는 예술품의 성격에 기인한다. 한 편의 시 또는 한 장의 그림이 당장 눈에 보이고 손으로 느낄 만큼의 교환가치나 지불 수단이 되지 못한다는 데 있다. 수많은 뛰어난 예술가들이나 천재적인 작가들이 생활고에 못 이겨 평균적 삶조차 제대로 잇지 못했던 이유엔, 그들의 예술세계에 대한 당대인의 몰이해와 그들의 창작적 가치에 대한 턱없는 저평가가 한몫했다고 할 수 있다. 그들이 남긴 무형의 정신적 자산에 대한 정당한 평가와 지불이 이뤄졌다면, 적어도 그들이 가난 때문에 자신들의 목숨을 희생하면서 종내 작품 활동을 접는 일은 없었으리라.

그러나 아이러니하게도 생전에 생존을 위협받을 만큼의 지독한 가난과 불운에 몸부림치다가 단명하거나 죽어간 문학인이나 화가들이 곧잘 신화화되거나 숭배의 대상이 된다. 물질적이고 경제적인 핍박과 고통에 굴하지 않는 그들의 견인불발의 예술정신과 초인적인 투혼이 마치 물질 만능의 세계를 씻어주는 구원의 사도인 양 칭송되곤 한다. 살아 있는 동안 그야말로 처절한 궁핍과 고독 속에 내몰린 바 있는 빈센트 반 고흐처럼, 때로 예술가의 불행과 더불어 가난의 길이와 강도만큼 더 비싸고 화려한 값어치로 둔갑하기도 한다.

하지만 제아무리 예술가의 길이 자발적인 선택에서 비롯되었고, 또한 그러기에 응당 물질적 가난을 감수했다고 하더라도, 그 작가들에 대한 때 아닌 사후의 소동과 평가는 아무리 빨라도 늦다. 왕성한 창작 활동을 중단시킬 정도의 지나친 가난과 궁핍은 작가들의 육신을 좀먹는 악성 종양이며, 그들의 영혼에 치명상을 입히는 맹독(猛毒)이다. 오로지 자신의 욕망에 충실한 일상인들보다 한 발자국 앞서 깨어 있기 마련인 예술가들의 존재 가치와 작품 세계에 대한 몰이해와 외면은, 한 사회의 천박성과 졸렬성을 스스로 폭로하고 고발할 뿐이다. 한 중견 소설가의 탄식처럼 '신용카드 발급이나 의료보험 대상이 아닌' 작가들의 요절을 신화화하거나 때 이른 죽음을 미화하는 것은, 그러므로 어쩌면 그런 예술가들에 대한 집단적인 사디즘에 불과하다.

릴케에게 예술가의 가난은 그야말로 물리적 배고픔만을 뜻하지 않는다. 그에게 있어, 예술가의 가난은 어디까지나 자발적으로 세상의 거짓과 타락과 거리를 두려는 영혼적 태도 내지 내적인 능력이다. 과연 그렇다고 해도, 예술가들에게 무조건적으로 가난을 강요하거나 자신들의 무능력을 예술가적 자질의 하나로 포장하는 것은 일종의 사회적 폭력이자 자기기만의 행위이다. 작가들의 관심사는 돈의 도덕성 내지 윤리성이지, 재화적 가치의 척도이자 생계의 수단으로서 돈의 유용성과 효용성 자체를 거부하는 것은 아니기 때문이다.

굳이 셰익스피어를 들먹일 필요도 없이 오늘의 사회는 "더러운 것을 아름다운 것으로, 비겁을 용기로, 악을 선"으로 만들 만큼 배금주의(拜金主義)가 횡행하고 있다. 갈수록 "검은 것도 희게 늙은 것도 젊게" 만들 만큼 돈의 위력이 더해가고 있는 실정이다. 특히 그런 만큼 자본주의적 상품 생산 구조 속에서 기껏해야 수공업자의 신세를 면치 못하는 작가들의 절망감 내지 박탈감은 커갈 수밖에 없다. 이른바 '배부른 사회'가 될수록 기본적으로 돈이 안 되는 물건의 생산자로서 작가적 위상은 추락하고, 급기야 그나마 유지되던 작가적 자부심마저 무너질 위기에 처해 있다.

하지만 그 속에서도 천상병 시인은 그의 시 「최저재산제(最低財産制)를 권합니다」에서 마치 순진무구한 어린애처럼 "세계평화"나 "사회복지"를 위해 "사유재산" 보유 한도를 "한 10억 원 정도로" "제한" 하자는 용기를 보여준다. 그러면서 최소한의 생계소득의 보장을 위한 '최저임금제'는 있되, 왜 '박정희 정권'의 쿠데타 모의를 도운 대가로 5백억 원의 재산을 모은 부정축재자와 같은 부자들의 부를 제어할 '최저재산제'는 없느냐고 넌지시 반문한다. 세계의 불화나 불평등을 탄식하는 데 그치지 않고 사유재산의 과다소유 내지 독점에서 오는 문제에 대한 날카로운 인식을 선보이면서, 그는 부자들의 기부나 사회 환원으로 빈부의 격차를 줄이고 사회적 갈등을 완화해 가는 해결책의 하나로 '사유제산고'를 그 대안으로 제시하는 놀라운 통찰력을 보여주고 있다.

특히 그는 매우 선구적인 안목으로 고도성장 내지 벼락성장해가는 비민주적 군부체제의 자본주의 사회 속에서 '10억 원 정도'의 재산 외에는 '사유재산'을 제한하는 것이 시장경제 중심의 자본주의와 배치되기는커녕 오히려 "유익"하다는 파격적인 주장을 내놓고 있다. 또 그렇게 될 때 이른바 '자유주의 체제'의 유지는 물론 '이북의 제국주의' 비판이 그 힘을 잃게 되며, 궁극적으로 일반 노무자들 역시 혜택을 입으리라고 단정한다. 그리고 반공을 국시로 내세우던 당시 박정희 정권 치하에서 볼 때 그의 이러한 시적 주장은 매우 순진무구하고 불온한 발언이 아닐 수 없다.

가난한 시인의 대명사라고 할 천상병 시인 같은 '시적 인간'들은, 그런 면에서 그저 '허튼소리'를 지껄이는 자가 아니다. 모든 걸 돈으로 평가하는 자본주의 체제 속에서 그들은 전혀 가치랄 것이 없는 가치의 소중함을 일깨우는 자다. 당장 먹고사는 데만 지장 없다면 아무래도 괜찮다는 동물적 자본주의 체제를 반성시키고 각성시키는 자들이 천상병과 같은 예외적 개인이다. 그들은 출발부터 잘못된 한국 근대화의 그늘 속에서 돈으로 감히 계량할 수 없는 '보이지 않는' 소중한 가치들의 놀라움 또는 숭고함에 기꺼이 눈 돌렸던 자들이라 할 수 있다.

그렇다면 철저히 이해타산적 관계로 뒤얽혀진 세계 속에서 예술가들이 걸어야 할 길은 어디에 있는가. 마냥 그것과 타협할 수도, 배척할 수도 없는 딜레마 속에서 예술가적 자존과 정체성은 어떻게 확보될 수 있는가. 슬프게도 여전히 당장 쓸모 있는 것으로 환원되지 않기에, 예술가들은 앞으로도 더욱 처절한 가난과 고독 속에서 죽어가기도 할 것이다. 더욱 돈의 위력이 강해질 수도 있는 미래사회 속에서 그저 무상(無償)한 가치와 무애(無碍)한 자유의 편에 서고자 하는 그들의 가난은 더욱 커질 수도 있다.

지구의 종말 때까지 현실적으로 실현되기 어렵다고 해도, 하지만 그들은 인간다운 공동체의 건설과 삶의 확보를 위한 꿈과 이상을 결코 포기하지 않을 것이다. 모든 가치를 전도시키고 궁극적으로 인간성마저 변형시키는 돈의 타락과 권력의 남용에 맞서 참된 사랑과 진리의 부재를 부재로 드러내야 하는 임무를 떠맡고 있을 것이다. 무엇보다도 우리 시대의 예술가들에게 남은 마지막 의무는 마음의 자발적 가난 속에서 말없이 한 줄기 생의 아름다움을 꽃피워 올리는 것일지 모르기 때문이다.

'도토리 키 재기'와 왕따 사회

몇 년 전의 일이다. 유명 댄스그룹의 한 가수가 솔로로 데뷔하면서 '락(rock) 음악'을 하겠다고 하자 누리꾼들이 일제히 그를 비난하거나 조롱하기에 나섰다. 그때부터 그는 자기 생각이나 개념이 없는 자를 의미하는 '무뇌충'으로 불리기 시작했으며, 이른바 '국민적 밉상'이 되어갔다. 이미 반주와 노래가 녹음된 'AR(all recorded)' 테이프에 맞춰 입만 벙긋거리는 가수가 새삼 무슨 '락 음악'이냐는 게 주된 비난의 이유였다. 아이돌 그룹의 댄스가수라는 이름 뒤에 숨어 있는 그의 가창력이나 솔로 가수로 독립하기 위한 그만의 노력이 무엇인지 따져 묻지 않은 채, 그의 '주제넘음'과 '경솔함'을 들먹이며 온갖 모욕과 악담을 막무가내로 퍼부었다.

미국 유명 대학의 학력과 졸업 여부를 두고 '인터넷 마녀사냥'의 '희생물'이 되었던 또 다른 가수 역시 그렇다. 급기야 한 방송사가 현지 취재에 나서고 경찰과 법원이 그의 졸업 사실을 확인했음에도 불구하고, 그때마다 논점을 바꿔가면서 끊임없이 의문을 제기했다. 그러면서 그는 가수로서 명예뿐만 아니라 일상생활조차 맘대로 할 수 없는 처지에 이르렀다. 그리고 여기엔 일반인들이 쉽게 접근할 수 없는 그의 높은 학력과 지능지수(IQ)에 대한 근거 없는 반감과 무조건적 질시가 가장 큰 이유로 작용했다.

그렇다고 인터넷이나 SNS상의 문제 제기나 비판 행위들이 무의미하다는 것은 아니다. 하지만 예전보다 더 다양하게 타인들과 친교를 나누고 정보를 교류할 수 있는 장점에도 불구하고, 자칫 이러한 소통 도구들이 검증되지 않는 가짜 뉴스나 소문들을 마치 사실처럼 호도하는 행위에서 오는 상처와 부작용은 생각보다 크다. 지금도 유 · 무명 인사에 관계없이 '네가 잘나봐야 얼마나 잘났느냐'는 심리하에 집단적으로 인신공격하는 사이버상의 테러로 자살에 이르는 등 크게 상처받는 이들이 적지 않다. 여전히 그 어떠한 종류의 '잘남'이나 '앞서감'도 인정하지 못하겠다는 누리꾼들이 익명의 그늘 속에 숨어서 곧잘 특정 인사에 대한 맹목적인 분노와 저주를 퍼붓고 있는 실정이다.

그때마다 나는 우리가 잘 알고 있는 '도토리 키 재기'라는 속담을 떠올린다. 서로 간의 의견 차이가 크지 않음에 강조점을 둘 때, 고만고만한 능력이나 재주를 가진 사람들끼리 서로 다투되 결국 화해에 이르는 어떤 사태를 가리키는 속담이다. 하지만 모든 것을 똑같은 크기와 양으로 환원하려는 시도와 맞물릴 때, 이 속담은 서로가 가진 질적 차이와 깊이를 무시하는 폭력을 감춘 말이 된다. 비록 겉으로 보기에 그만그만하게 보일지 모르지만, 자세히 보면 뚜렷한 개성과 가치를 지닌 '도토리'들을 평균화하고 단순화하는 오류로 이어지기 십상이다. 무엇보다도 이 속담이 잘못 적용될 때, 세상의 정당한 권위나 보편타당한 진실마저 외면하는 무서운 도구의 말로 전락할 수 있다.

'모난 돌이 정 맞는다'는 속담은 또 어떤가. 일단 이 속담엔 그때그때 상황 파악을 제대로 하지 못한 채 유별나게 행동하는 사람들을 경계하고 충고하는 의미가 담겨 있다. 하지만 동시에 이 속담은 지금껏 한 인간이 가진 개성이나 장점을 사장시키거나 비난하는 말로 통용되곤 한다. 남과는 다르게 튀는 말과 행동들을 못마땅해하거나 깎아내리는 속담으로 받아들여지고 있다. 특히 극단적인 경우, 이른바 '모나고 튀는 발언' 때문에 모진 비난의 대상이 된 전직 대통령의 죽음이 보여주듯이 관습적인 사고를 벗어나는 일체의 언행을 불온시하거나 금기시하는 속물주의적 금언으로 통용되고 있는 실정이다.

자기들만의 공동체 결속력과 안정을 확보하기 위해 모두가 공모하여 하나의 희생양을 만드는 '왕따 현상' 역시 그렇다. 이러한 속담들처럼 '집단 따돌림'은 어떤 식으로든 어느 특정 집단이 공유하는 임의적 가치나 규준에 벗어났다고 생각될 때, 여러 사람들이 한 사람을 집중적으로 괴롭히면서 시작된다. 특히 '왕따 현상'은 이른바 '튀지 않는', 조금이라도 모가 나지 않는 '평균적인 인간상'을 암묵적으로 강요하거나 요구할 때 일어난다. 오직 자기들만의 행동과 가치기준에 부합되지 않는다고 생각되는 가장 연약하고 이질적인 사람들을 고립시키고 괴롭히는 것이 '왕따'의 주된 원리이다.

문제는 약자를 괴롭히는 소위 '왕따'의 주체들 스스로가 잘난(?) '도토리'를 지향하지 않는다는 점이다. 오히려 그보다는 그들이 남의 잘난 꼴도, 못난 꼴도 안 보겠다는 심리적 평균주의에 머물러 있기를 좋아한다는 점이다. 달리 말해, '왕따' 현상은 자신들이 여느 도토리와 별반 다를 게 없으며, 따라서 그럴수록 그만그만한 다른 도토리들로부터 '함께할 또래'로 인정받을 수 있다는 담합 의식에 그 뿌리를 두고 있다. 나의 삶과 가치 기준을 내가 아니라 타인이 원하는 대로 맞춰 살고자 하는 그들의 태도가 질 나쁜 범죄적 연대 또는 최악의 공모(共謀)로서 왕따를 양산시키는 태반이다.

비록 크기나 외양에 있어 비슷하게 보일지라도, 사실 세상의 어느 도토리도 똑같은 것은 없다. 외견상 '비슷하다'고 믿는 것은 양적이고 계량적인 차원의 착각일 뿐, 세상엔 단지 하나의 도토리가 있을 뿐이다. 질적인 차원에서 볼 때, 각각의 도토리들은 그 수의 많고 적음에 상관없이 이전에도, 이후에도 없는 유일무이한 존재인 것만은 분명하다. 필시 그 특성이나 모습이 제각각일지라도, 모든 도토리는 그 자체로 완벽한 생명체다. 무엇보다도 크면 큰 대로, 작으면 작은 대로 저만의 존재 이유와 가치를 충분히 갖고 있다.

그런데도 여전히 '좋은 게 좋다'는 식의 야합과 협잡의 논리가 통용되고 있다. 각자가 쏟은 노력이나 그로 인한 고뇌의 깊이와 높이에 대한 성찰을 거부한 채 자기보다 뛰어난 자들을 무조건 깎아내리고 무시하는 데 급급하다. 자기희생이나 주위의 비판을 감수하고서라도 진실을 규명하고 진리를 실현하고자 하는 자들을 자신들의 수준으로 끌어내리거나 이단자로 내모는 여론몰이가 심심찮게 눈에 띈다. '너와 나 사이에 차이가 있으면 얼마나 있겠느냐'는 식의 무차별한 평등주의 내지 가치 상대주의가 마치 절대적 진리의 척도인 양 행세하기도 한다.

하지만 네티즌들의 온갖 모욕과 조소에도 불구하고 보란 듯이 활동하는 두 가수의 사례가 보여주는 것처럼 '평범'은 어떤 식으로든 다른 존재와의 차이를 드러내는 '비범'을 누를 수는 없다. 그런 사회에선 진정한 영웅이나 창조의 정신을 기대하는 것은 거의 불가능하다. 자신만의 개성이나 소신을 명확하게 밝히기보다는 주변의 눈치나 시대적 대세를 쫓는 데 급급한 우리 사회 속에서 각자가 그들 자신의 가능성을 펼치고 자기 성숙을 이루는 데 일정한 한계가 있다. 각자가 지닌 내재적 가치에 주목하지 못한 채 존재의 평등성만 강조하는 것은, 자칫 마땅히 보호되어야 할 진정한 차이마저 없애는 환원주의로 귀결될 수 있다.

다시 강조하지만, 일단 도토리에서 발아된 각각의 상수리나무는 모두 동일한 가치를 가진 나무라고 할 수 없다. 모두가 똑같은 도토리라고 말하는 것은 한낱 발아 또는 성장 이전의 도토리들을 가리킬 뿐이다. 서로 다른 도토리들은 도토리라는 본질을 갖고 있다는 점에서 일단 평등하지만 한 알의 도토리는 한 그루의 상수리나무로 성장하면서 각기 다른 모습으로 진화한다. 마치 애벌레가 나비가 되는 것처럼 이미 도토리와 다른, 새롭게 탄생한 것이 한 그루 상수리나무다. 그런데도 모든 도토리를 같은 크기나 부피로 환원시키려는 '도토리 키재기'의 사회에선, 그전의 모습을 찾아볼 수 없을 정도로 전혀 딴판인 상수리나무를 기대하기 힘들다. 힘 약한 희생양을 제물로 하여 겨우 유지되는 '왕따' 사회 속에서 각자의 고유성을 유지하는 가운데 모두가 자유롭고 해방되는 세상의 도래는 한낱 부질없는 꿈일지도 모른다.

태극기 단상(斷想)

덴마크 귀족 출신의 물리학자로 1922년 노벨물리학상을 수상한 바 있는 닐스 보어(Niels Bohrs, 1885~1962)는 노벨위원회의 양해를 받아 수상식장에 주역팔괘도가 그려진 옷을 입고 나타났다. 특히 오늘날까지 '원자의 아버지'로 불리며 현대 양자역학의 뼈대를 완성한 이로 평가되는 그는 자신의 가문(家門)을 나타내는 문장(紋章)으로『주역(周易)』에 기반한 태극도를 그려넣었다. 그리고 그것은 원자의 구성요소인 양성자와 전자가 입자와 파동의 이중성을 갖는다는 그의 과학이론이 실상 "양과 음은 서로 조화를 이룬다"는 주역의 논리를 응용한 것에 대한 감사의 표시였다. 그의 노벨물리학상 수상은 "(모든) 대립적인 것은 상보적이다(Contraria Sunt Complemental)"라는 주역의 음양론 또는 '상보성 이론(Complementarity Principle)'에 힘입은 바 컸던 것이다.

그러나 서양의 과학자나 철학자 가운데 주역의 상보적인 원리에 관심을 가졌던 이는 닐스 보어만이 아니다. 지난 1679년 이진법을 고안한 라이프니츠와 말년에 '통일장'을 연구했던 아인슈타인, 그리고 분석심리학을 창시한 칼 융과 빅뱅이론으로 우주의 생성원리를 설파한 스티븐 호킹 박사 등이 그들이다. 그들은 주역의 구성 원리에서 자신들만의 새로운 과학 이론과 학문의 체계를 열어간 바 있다. 오늘의 서양 문명을 뒷받침하는 상대성 이론이나 양자역학이 바로 동아시아의 자연과학서이자 우주의 구성 원리를 담고 있는 『주역』과 밀접한 관계를 맺고 있는 셈이다.

그러나 우리에게 이러한 태극 원리 또는 상보성 이론은 낯선 것이 아니다. 지난 1949년 10월 공포된 국기(國旗)인 '태극기'의 중앙을 차지하고 있는 '태극'의 형상은 우주 삼라만상의 근원이자 인간 생명의 원천인 음양의 움직임을 나타낸다. 그리고 순수한 동질성을 나타내는 흰색 위에 그려진 네 괘상(卦象)은 우주만물의 변화상을 담고 있는 부분상(部分象)에 해당한다. 한낱 한 국가의 국기를 넘어 우주와 인간의 구성 원리가 동형적이며, 궁극적으로 모든 인간이 육체적인 단련과 정신적 수양을 통해 우주자연의 원리에 합일하려는 의지가 담겨 있는 게 우리의 태극기다.

그러나 우린 지금 이러한 태극기를 통해 무얼 보고 있는가? 단지 국가의 이익과 안전을 중시하는 애국적이고 국수적인 태도로 태극기를 대하고 있는 것은 아닌가? 물론 그러한 태도가 무조건적으로 잘못된 것은 아니다. 일제강점기의 체험이 잘 보여주듯이 국체(國體)가 있어야 개인과 민족의 생존과 문화가 가능하기 때문이다. 또 어떤 경우 개인의 생존보다 국가의 안위가 더 먼저일 수도 있다.

하지만 그렇다고 하더라도, 태극기는 다양한 생각과 이념을 제압하고 탄압하는 특정 세력의 도구나 수단일 수 없다. 오히려 하나의 국기(國旗)를 넘어 우리 민족의 오랜 역사와 전통과 함께해온 민족적인 부호이자 상징이자 인류 보편적인 지혜가 담긴 상징물 가운데 하나이기 때문이다.

그러한 태극은 궁전이나 사찰, 왕관이나 누각 등 상층부 문화에만 집중되었던 것은 아니다. 태극의 원리는 곡옥 등 패물과 거문고나 장고 등 악기뿐만 아니라 숟가락이나 식기 등 생활용품에도 적용되면서 한민족을 이끄는 지도적 사상 원리와 더불어 각 개인의 삶의 원리로도 작용해오는 중이다. 예컨대 신라 신문왕 때 세워진 감은사의 금당 동남쪽 기단 장대석에 새겨진 태극도형이 그렇다. 우린 그것을 통해 송나라 주렴계의 「태극도설(太極圖說)」(1070)보다 대략 388년 앞선 682년에 태극사상을 공유해왔다는 것을 알 수 있다. 또 현재까지 발굴된 국내 최고(最古)의 태극문양인 전남 나주 복암리의 목제품 한 쌍 역시 그렇다. 백제 사비 시대(538~660)에 제작된 것으로 미루어보아, 우리가 일찍이 중국과 다른 한국만의 독자적인 태극론이 존재해왔음을 알 수 있다.

1956년 제정된 이래 매년 시행되어오고 있는 '보훈의 달' 6월에 우리가 태극기를 통해 배울 점은, 따라서 무조건적인 애국심이나 조국애가 아니다. 특히 순국선열과 호국영령을 추모하고, 국가 유공자의 공헌과 희생을 기리는 행사만이 중요한 것은 아니다. 노벨물리학상 수상자 닐스 보어처럼 태극의 원리를 통해 세상에 존재하는 그 어떤 것도 홀로 존재할 수 없다는 상보성의 원리에 대한 새삼스런 주목이다. 존재하는 그 모든 것들이 그 자체로 완전하지 않기에 하나의 존재는 반드시 다른 존재에 의존하며 그 무언가에 의해 보충

되어야 한다는 상보적(相補的) 정신의 회복이다. 바로 인간과 세계가 단지 수동적인 상호의존을 넘어 능동적인 상호침투의 창조적 관계로 전환될 때 진정한 화합이나 통일이 가능하다는 것을 보여주는 태극의 심오한 이념과 사상에 대한 재조명이다.

한 가지 덧붙이자면, 남북분단을 비롯한 우리 사회에서 벌어지는 온갖 갈등과 분열이 행여 여기에서 기인한다고 하면 기우일까. 지금 우리가 사용하고 있는 태극기는 건(乾)이 위로 올라가고 곤(坤)이 밑으로 가라앉는 '막힘(否卦)'의 형상이다. '건괘(乾卦)'와 '곤괘(坤卦)'가 뒤집혀 있어 하늘과 땅이 상극을 이루는 상이다. 움직이면 움직일수록 서로 배척하며 더욱 멀어지는 흉상(凶相)을 하고 있다. 하지만 주역의 원리상, 우리 사회가 극한의 대결이나 갈등에서 벗어나 창조와 포용의 성숙한 사회로 도약하려면 '건'이 밑에 있고 '곤'이 위에 있어야 마땅하다. 우리가 원하는 남북 간의 화해와 협력, 그리고 새로운 시대의 생명문화는 바로 뒤바뀐 '홍청(紅靑)'의 세계를 바로 잡는 것에서부터 시작될지도 모르기 때문이다.

나는 불토릭이다

수경 스님이 조계사 경내에 사대강 반대를 위한 '서울 한강선원'을 개원하던 날이었다. 그날 나는 이명박 정권의 개발정책을 비판하며 자연의 순리를 강조한「세상은 그 누구의 것도 아니리니」라는 제목의 나의 자작시를 읽도록 되어 있었다. 때마침 비가 오던 그날 우산을 함께 받쳐 쓰며, 나는 이도흠 교수에게 넌지시 "난 불토릭입니다"라고 말했다. 그러면서 나는 철학적으론 불교도이지만, 종교적으로는 천주교를 버릴 수는 없을 것 같다고 했다. 행사가 시작되기 직전, 문득 나의 종교적 정체성은 무엇인가 하는 상념 끝에서였다. 화쟁이론가이자 실천적이며 독실한 불교 신자인 이도흠 교수는 그 말을 듣고 잠시 놀란 표정을 지었던 것 같다. 평소 불교 이론에 심취해 있으며, 불교계 인사들과 적지 않은 친교를 맺고 있는 것으로 보아 당연히 날 불교도로 생각했는데 조금 의아하다는 반응이었다.

정확히 말해, 하지만 난 지금 불교인도, 천주교인도 아니다. 아니, 어쩌면 난 불교도이면서 천주교인이기도 하다. 견진성사까지 받은 천주교인으로서 성당에 가면 미사에 참여하며, 또 무슨 일로 절에 가면 대웅전을 향해 합장하거나 법당에 들어가 기꺼이 최소한 삼배(三拜)를 하는 데 거리낌이 없으니까. 솔직히 천주교 집안에 자랐다는 것 때문에 선뜻 결혼을 결심하기도 했던 아내나 하루도 빠짐없이 묵주신공을 거르지 않는 어머니는, 아직도 나의 그런 태도를 쉬 납득하지 못하겠다는 표정이다. 일요일마다 성당에 가는 것을 거르지 않는 충실한 천주교인인 아내나 어머니의 눈으로 볼 때, 지금 냉담 중인 내가 결국 언젠가는 내가 천주교도로 다시 돌아올 것으로 믿고 있는 눈치이다.

고백하건대, 난 태어난 지 얼마 되지 않아 '모이세'라는 본명을 받았다. 하지만 그게 나에게만 해당되는 특별한 일이 아니었다. 나의 형제들은 물론 어머니를 비롯한 외가 식구들 모두 당시의 교회법에 따라 가능하면 태어난 지 3일 만에 노안 천주교회의 신부님께 영세를 받았다. 나의 외할아버지가 좋은 예이다. 천석꾼의 큰아들이었던 외할아버지는 일찍이 친어머니를 잃고 계모 밑에서 자란 탓인지 자신의 생일에 대한 기억이 불분명했다. 그래서 몇십 년 동안 특정한 날을 어림짐작으로 정해 생일을 삼아왔다고 한다. 하지만 노년에 외삼촌을 따라 서울로 이사한 후 교적(敎籍)을 옮기는 과정에서 외할아버지의 진짜 생일이 밝혀졌다. 거기에 외할아버지가 태어난 지 3일 만에 영세를 받은 날짜가 기재되어 있었고, 그에 따라 3일을 거슬러 당신의 진짜 생일을 되찾을 수 있었던 것이다.

그런 내력의 천주교 집안에서 자란 난 초등학교 입학할 때까지 내 호적상 이름이 '동확'인 줄 몰랐다. 그게 영세명인 줄 모른 채 나의 실제 이름이 '모이세'인 줄 알았다. 하지만 그건 나뿐 아니었다. 3

남 1녀인 우리 형제들 모두 역시 나처럼 영세명인 '다두' '요셉' '마리아'로 불렸다. 오랫동안 나의 이름은 가족은 물론 일가친척들이나 마을 사람들에게 '모이세'였으며, 어린 시절 일요일이면 으레 가족 모두가 성당에 가야 한다는 것을 철칙(?)으로 생각하며 살아왔다. 그리고 미사 참례가 끝나면, 2백여 년 전통의 나주 노안성당 곁에 있으면서 당시 그 일대에서 가장 큰집이었던 외가에 가서 점심 먹는 걸 즐거움으로 알고 지냈다. 방학 때도 예외는 아니었다. 천주교 신자들이 아닌 몇몇 동네 아이들과는 달리, 우린 어김없이 교리반에 가야 했으며, 방학이 끝날 무렵이면 교리 시험을 쳐야 했다. 여름방학이든, 겨울방학이든 건너 마을 정자에서 수녀님들이 진행하던 교리반은 적어도 나에게 학교 수업의 연장일 뿐이었다.

내가 그런 가톨릭 신앙에 일말의 회의를 갖게 된 것은 청소년기에 들어서면서였다. 난 제아무리 노력해도 '십계명'을 잘 지켜낼 수 없다는 생각이 들었다. 예컨대 예쁜 여학생을 볼 때 자연스레 저절로 일어나는 감정들이 불순하며 과연 죄라고 할 수 있는가? 그 때문에 고백성사를 반복하는 동안, 무언의 반항심과 거부감이 생겨났다. 또한 그 뒤를 이어 착한 사람은 상을 받고, 악한 사람은 벌을 받는다지만 과연 세상은 그런가, 하는 생각도 꼬리를 물고 일어나기도 했다.

일평생 성모 마리아에 의지하며 살았던 외할머니가 어느 날 내게 신부가 될 생각은 없냐고 물었을 때, 그냥 웃고 말았던 것도 그 때문이었다. 스스로가 생각할 때 나의 마음속은 외할머니가 생각한 것처럼 천진한 아이가 아니었다. 무엇보다도 결코 천주교인으로서 모든 교리를 잘 지켜갈 자신이 없었다. 밥 먹거나 잠들 때마다 안방 정면의 벽에 걸려 있던 십자가에 기도를 올리고, 들판을 건너 들려오던 성당 종소리에 잠깐 멈춰 서서 삼종기도를 하던 아이의 마음속엔 이미 '신은 꼭 한 분인가'와 같은 회의와 독신(瀆神)의 감정이 자라고 있었기 때문이기도 했다.

양가 부모들의 권유와 재촉에도 불구하고, 지금껏 나의 두 딸들에게 영세를 시키지 않았던 이유도 거기에 있었다. 본인의 선택이나 의지에 상관없이 천주교인이 되어야 했던 나와 달리, 나는 두 딸들이 자신들의 절실한 내면적 요구에 따라 후일 종교를 가지기를 바랐다. 특히 나는 어릴 때부터 특정 종교를 가졌다고 해서 반드시 착하고 올바른 사람이 된다고 믿지 않았다. 아무리 좋은 종교나 이념이라도 자신의 의지와 필요성이 작용하지 않는다면, 어떤 식으로든 내키지 않는 의무감과 알 수 없는 압박감에 시달릴 수밖에 없다고 생각했다. 그리고 나는 지금도 한 인간으로서 지켜가기 힘든 너무 많은 의무와 금기의 종교를 강요하기보다는 결국 진정하고 자유롭고 존재감 있게 살아가는 게 더 먼저라는 생각에 크게 변함이 없다.

그래서 나는 두 딸을 천주교 수녀회가 운영하는 광주 S사립초등학교에 보냈지만, 결코 영세를 시키지 않았다. 어느 순간 두 딸들이 세례명을 갖기 원했음에도, 나는 좀 더 커서 세례를 받아도 늦지 않다고 아이들에게 말하기도 했다. 대신 나는 오히려 모 사찰이 운영하는 하계 수련회에 두 아이를 보내기도 했으며, 어릴 적부터 절에 갈 때마다 법당에 가서 최소한 삼배를 올리게 했다.(둘째 아이는 그 수련회 동안 '극락심'이라는 법명을 받아 우리 집에서 유일한 불교 신자인 셈이다). 다행히도 벌써 대학교 졸업반이 되고, 대학 2학년이 된 두 딸은 특정 종교에의 편향이나 편견 없이 여태껏 잘 자라주고 있다. 특히 지금껏 별다른 말썽이나 양심에 어긋나는 행동 없이 자라줘 부모로서 그저 고마울 따름이다.

돌이켜보면, 그러나 내가 종교에 대해 비교적 관대한 생각을 갖게 된 것은 단지 우연한 일만이 아니었던 것 같다. 그리고 가장 직접적인 계기는 우리 집안의 제삿날 풍경이었다. 친가나 외가 할 것 없이 한 번은 유교식으로, 또 한 번은 천주교식으로 제사를 지내는 걸 보면서 내게는 종교 간의 갈등보다 조화가 매우 자연스러운 것으로 받아들여졌다. 여전히 한국 기독교에선 우상 숭배라고 하여 조상을 향해 절하거나 유교식 상차림을 하지 않는 것으로 알고 있지만, 적어도 우리 집안에서는 지금껏 그걸 병행해오고 있다. 한국 천주교 2백 년의 역사와 함께하는 외가 쪽과 달리, 노론 계통의 유교 집안으로 큰집의 친할머니께선 장독대에 정한수를 떠놓고 집안의 안녕과 자식들의 성공을 빌곤 했다는 친가 쪽이지만, 어머니가 시집온 이후 유교와 천주교식이 뒤섞인 제삿날의 풍경이었던 것이다.

얘기가 길어졌지만, 성장기에 전혀 접할 기회가 없던 내가 처음 불교와 인연을 맺은 곳은 해남 대흥사 진불암이었다. 당시 나는 군에서 제대한 후 3학년을 마치고 휴학한 상태에서 거의 1년 동안 그곳에 머물렀다. 거기서 나는 1980년 5 · 18 이후 얻은 거의 회복 불가능한 개인적 상처와 아픔, 그리고 제대 이후 변화된 학생운동의 상황에 쉽게 적응하지 못한 채 불교적 진리를 구하기보다는 지친 심신을 달래고자 했다. 하지만 솔직히 처음에 난 향이 섞인 채식 위주의 사찰음식에 잘 적응하지 못했다. 또 어느 날 밤 사천왕상이 내 목을 짓누르는 악몽에 시달리기도 했다. 내 마음속에 일어난 종교적인 갈등으로 인한 가위눌림이었다. 그 가운데 난 불교의 세계에 눈을 뜨게 되었고, 어느 순간부터 새벽마다 예불에 참석하면서 『반야심경』이나 『천수경』을 외게 되었다. 무엇보다도 불교의 철학과 진리에 깊이 빠지게 되었다. 불교는 그때까지 내가 접하지 못한 또 다른 진리와 진실의 세계였다.

그렇게 해남 대흥사 진불암에서 시작된 나의 불교와의 인연은, 후일 인생의 중요 고비마다 나주 녹야원 · 장성 백양사 · 곡성 태안사 · 화순 운주사 · 서울 봉원사 · 오대산 월정사 등과 만남으로 이어져왔다. 일정 기간 나는 그런 사찰들이나 그 인근에서 생활하면서 많은 스님들의 은혜를 입은 바 있다. 또 불교적 진리를 통해 많은 위로와 평안을 얻는 행운을 누렸다. 그중에서도 난 하안거 기간임에도 기꺼이 방을 내주었던 곡성 태안사에서 석사학위 논문을 10여 일 만에 완성할 수 있었다. 또 뒤늦게 박사학위 과정을 밟는 동안 서울 봉원사와 그 일대의 뒷산에서 많은 위로와 힘을 얻은 바 있다.

불교는 그런 나에게 우선 인간의 진정한 자유가 무엇인지 보여주고 있어 좋다. 동시에 종교적 진리의 차원에서도 매우 현대적이며 설득력이 있어 좋다. 천주교가 지닌 차가운 열정과 종교적 깊이도 무시할 수 없지만, 무조건 믿고 의지하기보다 스스로의 깨달음과 종교적 성숙을 강조하는 불교의 매력에 흠뻑 빠져 있는 상태다. 특히 그 때문에 만일 내가 성인의 상태에서 종교를 택했다면 당연히 불교였다는 생각을 해볼 정도이다. 그래서 나는 종종 개종을 생각해보지 않는 것도 아니다. 하지만 적어도 어머니가 살아 계시는 동안 나는 물론 우리 형제들 누구도 개종을 쉽게 꿈꾸지 않으리라 생각된다. 그게 오랜 신앙 생활을 해온 어머니에 대한 도리이고, 또 어떤 이유에서든 외가 삼촌이 현재 신부님으로 계실 만큼 집안 전통으로 내려오는 천주교 신앙을 하루아침에 저버리긴 힘든 까닭일 것이다.

라틴어로 종교를 뜻하는 '렐리기오(religio)'는 주의 깊고 성실한 관조의 자세를 뜻한다고 한다. 유한한 인간의 경험과 한계를 넘어서는 신성(神性)에 대한 경건하고도 겸허한 고려와 관조가 바로 모든 종교의 출발점이라는 얘기일 것이다. 천주교와 불교를 오가는 이른바 '불토릭'의 입장에서 나의 종교관은 바로 이와 맞닿아 있다. 세상 만물과 주위 사람들에 대한 겸허하고 허물없는 자세가 특정 종교의 교의(教義)나 도그마보다 더 중요하다는 생각만은 변함이 없다. 특히 나는 현상적인 종교의 구분을 넘어 심층 무의식의 차원에서 모든 종교는 하나라고 믿고 있다. 천당이든, 불국토이든 궁극적으로 그것들은 자기실현의 길을 가리킨다는 생각에 오늘도 '나무아미타불'과 '성호' 사이를 무람없이 넘나드는 '불토릭'으로 살아가고 있다.

5월이 온다

그리스 신화에 따르면, '오월제(五月祭)의 기둥(Maypole)'은 여신 퀴벨레의 사랑을 받았던 소년 아티스의 성스러운 소나무, 하지만 그 여신의 질투로 자신의 남근을 거세하고 죽은 아티스를 기념하기 위한 아티스제(祭)에 참가한 자들이 여신 퀴벨레의 신전으로 운반하기 위해 짊어지거나 전차에 실어 가던 소나무를 가리킨다. 오늘날 우리가 알고 있는 '메이퀸(May Queen)' 또는 '녹색인(Green Man)'을 뽑는 '오월제'는 여기에서 유래한다. 축제에 참가한 이들은 일종의 우주목(宇宙木)인 이 소나무 주위를 돌며 오는 봄을 맞이하고 생명의 재생과 부활의 기쁨을 만끽했다고 한다.

하지만 적어도 1980년 이후 한국인에게 이러한 '오월제'의 우의성(寓意性)은 한낱 사치스런 감정에 불과하다. 특히 80년 5월의 비극을 온몸으로 감당해야 했던 광주시민들에겐 새로운 생명의 탄생의 은총과 축복, 혹은 영적 재생과 성화(聖化)에 대한 기대와 소망은 어김없이 찾아드는 부채감과 죄책감, 원죄의식 등으로 뒤바뀌기 마련이다. 독일 철학자 아도르노의 말대로 "아우슈비츠 이후 서정시를 쓰는 것은 야만"이었던 세월 속에서 온갖 생명이 한껏 피어나는 5월의 찬란함을 노래하는 것은 거의 불가능에 가깝다.

그럼에도 불구하고 '살아남은 자의 슬픔'(브레히트)을 기꺼이 공유하고자 80년 5월에 대한 진실 규명과 학살자 처벌을 한결같이 외쳐왔던 것은 무슨 이유 때문인가. 우선 그것들은 우리가 특정 이념이나 정치적 신념을 공유했기 때문이 아니다. 오히려 그것들은 그러한 인간적 가치와 신념이 한꺼번에 무화되어버린 폭력의 사태 앞에서 벌거벗은 채 서 있다는 절망감, 인간과 자연의 위대함과 숭고함을 기리는 서정의 춤과 노래가 더 이상 불가능해진 야만의 시대를 살고 있다는 굴욕감이 더 크게 작용한 결과다.

80년 5월에 대한 기존의 학문적인 작업들은 이러한 사태를 인과적이고 합리적인 차원에서 이해해보려는 노력들이다. 특히 그것들은 문제의 근원으로 돌아가 눈앞에 벌어진 불가사의한 갈등과 모순을 해결하려는 이론적 시도이자 광주 5월에 대한 접근 방법을 정식화한 것들이다. 어찌해볼 도리가 없는 세계의 참혹을 감당하려는 인간적인 노력과 끝 간 데 없는 절망의 역사를 구조론적 관계에서 파악하려는 시도가 80년 5월의 사건에 대한 다양한 이론적인 방법론과 분석을 불러왔다고 할 수 있다.

하지만 얼마 전에 수학여행길의 아이들이 한꺼번에 수장되어버린 '4 · 16 대재난'이 보여주듯이, 80년 5월의 비극은 온갖 개념을 뛰어넘어 의미를 생성하는 그 무엇이다. 비록 그것들이 80년 5월의 비극을 단지 패배나 치욕이 아닌, 승리와 자존의 기억으로 뒤바꾸는 데 기여했다고 해도, 어떤 식으로든 그것들은 역사적 사건의 진행

과정을 정리하고 분석한 가설과 사변의 영역에 지나지 않는다. 본의 아니게 그러한 사회과학적인 개념의 작업들은 성격상 그 과정에서 한 사태의 의미를 생성하기보다 소비하고 박제화할 수밖에 없다.

80년 5월 광주에 대한 경험론적인 접근 역시 그렇다. 각기 다른 구체적 경험을 종합하는 증언록이나 수많은 기록물들은, 분명 왜곡되고 숨겨진 진실을 파헤치는 데 기여한다. 하지만 각자가 직접적인 경험이라고 주장하는 것들은, 사회적 분위기나 표층자아의 욕구에 맞게 변질되고 만다. 그 내적인 차이나 뉘앙스가 간과된 채 언어적 소통에 적합한 것으로 뒤바뀌어버린 것을 본래적이고 순수한 경험이라고 주장하기 마련이다. 바로 각자의 경험들을 절대화하여 실제적 진리에 접근하는 데 근본적인 한계를 갖고 있다.

한강의 장편소설『소년이 온다』가 매우 중요한 의미를 갖는 것은 이 때문이다. 이 소설의 한 구절대로 80년 5월의 시민항쟁에 참여한 이들은 무슨 특별한 사명감이나 이른바 사회적 불평등에 비롯된 계급의식에 의해 행동한 것이 아니다. 오히려 "도청에 남은 시민군"으로서 "살아남은 증언자"들 대부분의 "대답"대로 "모르겠습니다. 그냥 그래야 할 것 같았"기 때문에 행동에 나선 것이다. 그야말로 아무도 피해 갈 수 없는 죽음의 공포나 예정된 패배에도 "그냥 그래야 할 것 같"은 감성의 충동, 이성적 판단과 분별로 제어될 수 없는 강렬한 내적 정념이 더 강하게 작용했기 때문이다.

달리 말해, 80년 5월이 우리에게 의미 있는 것은 무슨 거창한 명분이나 이념 때문이 아니다. 이웃의 죽음과 불행을 제 것으로 느끼고 그걸 타인과 공유하려 했던 순수한 마음, 이성적 판단이나 개인적 열정을 넘어선, 고통스럽고 비참한 세상과 인간의 슬픔과 고통을 외면하지 않는 '선한 심장'을 갖고 있었기 때문이다. 인간이 처할 수밖에 없는 수동성과 유한성을 그대로 인정하고 깊이 공감하는 데서 발생하는 끝없는 연민의식이 바로 80년 5월 정신의 한 축이다.

물론 그렇다고 80년 5월 광주에 대한 학문적 방법론이나 경험론 자체를 부인하는 것은 아니다. 80년 5월의 진실을 총체화하려면 대상들의 경계를 구분하거나 아직도 밝혀지지 않은 진실을 규명하기 위한 생존자들의 증언은 필수적이다. 하지만 학문적 접근이나 경험론은 불가피하게 80년 5월의 참여자들의 가슴마다 들어 있었을, 그 자신들도 어쩌지 못한 마음의 자발성이나 순수성을 바로 보지 못한다. 80년 5월에 대한 서로 다른 이론적 기준들과 구체적 경험론들은, 바로 하나의 잣대로 잴 수도 포착할 수도 없는 진실들을 포착하는 데 무력하다.

누군가 "사물들이 춤추게 하려면 그들에게 그들 자신의 멜로디를 연주해주어야 한다"고 말한 적이 있다. 그리고 이것은 80년 5월의 경험을 일종의 독단으로 개념화하거나 고정화하기보다 가장 순수한 형태의 실체적 진실 또는 실재적 경험에 접근할 때 역사는 인간적인 것이 되고, 현실은 춤이 된다는 것을 가리킨다. 80년 5월이 단지 하나의 기념식이나 행사 아닌 살아 있는 축제로서 각자의 미래를 해방시키는 데 있는 것이라면, 기존의 딱딱하고 의례적인 선율과는 다른 노래, 가시적이고 고정화된 방법과 경험에 가려지거나 가려져 있던 존재를 해방시키는 노력이 절실하다는 것을 말해준다.

흔히 우린 신화를 단지 재미와 흥미를 위해 꾸려진 황당무계한 허구적 이야기쯤으로 인식하고 있다. 하지만 인류가 그때마다의 위기나 절박함을 극복하기 위한 의도에서 탄생한 것이 신화이다. 그러니까 동서고금의 '오월제'와 같은 각종 제의(祭儀)는 그러한 신화의 재현을 통해 해당 사회가 겪는 절실한 모순을 해결하고 불가해한 삶과 죽음의 의미를 이해하고자 하는 노력에서 탄생한 것들이다. 특히 그것들은 단순히 기념제나 축제가 아니라 인간의 한계 또는 고통의 극단 속에서 언어를 상실하거나 세계가 차단되는 경험 속에서 타자와의 소통 내지 공감을 얻을 때 더욱 의미가 있다.

5월이 온다. 지울 수 없는 하나의 현대 신화이자 제의로서 80년 5월의 광주를 기억하고 기념하는 '오월제'는, 따라서 한낱 주어진 경험이나 자료들을 정당화하고 합리화하는 것이 아니다. 한낱 개념이나 경험의 차원에서 이해할 수 없는 비극을 이해하고 승화시키는 노력이 우선적이다. 궁극적으로 말해질 수 없고, 소통할 수 없는 것들을 말하고 소통하고자 할 때 80년 5월은 시대와 세대를 초월하는 지지와 공감을 일으킬 수 있다. 하나의 동일한 척도로 규정할 수 없는 작고 순수한 차이와 그 차이의 다양성에 주목할 때, 80년 5월은 국경과 인종을 넘어서 엄청난 생명력을 가진 재생과 부활의 축제가 될 것이다.

푸른사상 산문선

1 나의 수업시대 | 권서각 외
2 그르이 우에니껴? | 권서각
3 간판 없는 거리 | 김남석
4 영국 문학의 숲을 거닐다 | 이기철
5 무얼 믿고 사나 | 신천희
6 따뜻한 사람들과의 대화 | 안재성
7 종이학 한 쌍이 태어날 때까지 | 이소리
8 노동과 예술 | 최종천
9 은하수를 찾습니다 | 이규희
10 흑백 필름 | 손태연
11 인문학의 오솔길을 걷다 | 송명희
12 어머니와 자전거 | 현선윤
13 아나키스트의 애인 | 김혜영
14 동쪽에 모국어의 땅이 있었네 | 김용직
15 기억이 풍기는 봄밤 | 유희주
16 계절의 그리움과 몽상 | 강경화
17 오늘도, 나는 꿈을 꾼다 | 최명숙
18 뜨거운 휴식 | 임성용
19 우리는 영원하고 사랑도 그렇다 | 김현경 외
20 꼰대와 스마트폰 | 하 빈
21 다르마의 축복 | 정효구
22 문향 聞香 | 김명렬
23 꿈이 보내온 편지 | 박지영
24 마지막 수업 | 박 도
25 파지에 시를 쓰다 | 정세훈
26 2악장에 관한 명상 | 조창환
27 버릴 줄 아는 용기 | 한덕수
28 출가 | 박종희
29 발로 읽는 열하일기 | 문 영
30 봄, 불가능이 기르는 한때 | 남덕현
31 언어적 인간 인간적 언어 | 박인기
32 낡아도 좋은 것은 사랑뿐이냐 | 김현경
33 대장장이 성자 | 권서각
34 내 안의 그 아이 | 송기한
35 코리아 블루 | 서종택
36 천사를 만나는 비밀 | 김혜영
37 당신이 있어 따뜻했던 날들 | 최명숙
38 무화과가 익는 밤 | 박금아
39 중심의 아픔 | 오세영
40 트렌드를 읽으면 세상이 보인다 | 송명희
41 내 모든 아픈 이웃들 | 정세훈
42 바람개비는 즐겁다 | 정정호
43 먼 곳에서부터 | 김현경 외
44 생의 위안 | 김영현
45 바닥-교도소 이야기 | 손옥자
46 곡선은 직선보다 아름답다 | 오세영
47 틈이 있기에 숨결이 나부낀다 | 박설희
48 시는 기도다 | 임동확
49 이허와 저저의 밤 | 박기눙
50 지나간 것은 모두 아름답다 | 유민영
51 세상살이와 소설쓰기 | 이동하